岩波現代文庫／文芸 295

中国名言集 一日一言

井波律子

岩波書店

はじめに

長い歴史をもつ中国には、今なお人の心をうつ名言がそれこそ星の数ほどある。『中国名言集 一日一言』というタイトルが示すように、本書はそんな中国の名言のうちから三百六十六を選びだし、一年三百六十六日に配して解説を加えたものである。

発言者の生きた時代は、春秋時代の孔子から現代の毛沢東まで、約二千五百年にわたる。また、正統的な詩文や史書から随筆、小説、書簡、俗諺《ぞくげん》等々にいたるまで、多種多様なジャンルから言葉を選びだすように留意した。

本書を著すにあたって、ジャンルをとわず、時代を超えて生き生きとした生命力を保つ言葉を選ぶように心がけ、あまりに教訓的なものや説教臭の強いものは避けた。しみじみ味読すると、発言者の深い叡智を感受して、なるほどと元気になったり、楽しくなったり、勇気がわいてきたりする。そんな言葉が本書の核になっている。有名な詩文中のよく知られている名言のほか、隠れた名言や中国でよく用いられる面白い俗諺をまま織りまぜたのも、こうした意図によるものである。

また、「君子豹変《くんしひょうへん》」のように、言葉じたいはよく知られているものの、もともとの意味がわからなくなっていたり、時代とともに意味が変化しているものも数多い。本書ではそんな名言をもとりあげてみた。

さらにまた、一年三百六十六日、春夏秋冬、「一日一言」をたどることによって、季節の移ろいがおのずと浮き彫りにされるよう、言葉を配置したのも、本書の特徴だといえよう。変わりゆく季節をゆったり実感しながら、それぞれに味わい深く、意味深い言葉に親しんでいただければ、これにまさる喜びはない。

なお、本書の巻末に、「人名索引」「出典索引」「語句索引」「年表」を付した。「年表」は、本書に登場する人物を中心に作成したものである。おりにつけ、これらを参照いただき、本書に見える名言や登場する人物の軌跡をたどっていただければ幸いである。

また、本書の図版は主として人物の肖像であり、現在手に入るものは、ほぼ網羅した。ちなみに、本書にもっともよく登場する孔子の肖像は多くの種類があり、あえて何種もの肖像を掲載した。見比べていただくのも一興かと思われる。

それでは、この『中国名言集 一日一言』が、多くの方々の良き友となることを祈りつつ、一年の幕あけとしたい。

目　次

一月

一月一日

一年《いちねん》の計《けい》は春《はる》に在《あ》り

新年の宴(『中国民間伝統節日』)

中国の古い格言。「一日《いちにち》の計《けい》は晨《あさ》に在《あ》り」と対句をなす。この「春」は年の初めを指すから、日本の「一年の計は元日にあり」と同じ意味。元日になると一念発起して、日記をつけはじめたりするが、三日ともたない場合が多い。いわゆる三日坊主だが、中国では俗に「三日香《サンリーシャン》」という。いくらよい香りでもたちまち消えてはどうにもならない。「終始一《しゅうしいつ》の如《ごと》し(始めから終わりまで変わらないこと)」(『荀《じゅん》子《し》』礼《れい》篇)とゆきたいものだ。

一月二日

春風《しゅんぷう》　暖《だん》を送《おく》って　屠蘇《とそ》に入《い》る

王安石

爆竹《ばくちく》の声中《せいちゅう》　一歳除《いっさいじょ》す
春風《しゅんぷう》　暖《だん》を送《おく》って　屠蘇《とそ》に入《い》る

北宋《ほくそう》の王安石《おうあんせき》の七言絶句「元日《がんじつ》」第一、第二句。「爆竹の音が鳴り響くなかで一年が終わり、春風が暖かさを屠蘇に吹きこんでくる」の意。喧騒のうちに除夜が過ぎると、一転してのどかな元旦となり、屠蘇を飲むと春風が吹きこむように体がぽかぽか暖かくなってくるというのだ。孔子《こうし》も「惟《た》だ酒《さけ》は量無《りょうな》し、乱《らん》に及《およ》ばず」(『論語《ろんご》』郷党篇《きょうとう》)と述べているが、正月酒は王安石のようにゆったり楽しみたいものだ。

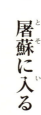

一月三日

学《まな》んで思《おも》わざれば則《すなわ》ち罔《くら》し 思《おも》うて学《まな》ばざれば則《すなわ》ち殆《あや》うし

孔子

「読書をするだけで考えないと混乱するばかりだ。考えるだけで読書をしないと不安定だ」との意味。自分で考えつつ、読書によって多様な知識を得たなら、独断に陥ることなく、柔軟でバランスのとれた知的生活が送れるというのだ。二千五百年も前に生きた儒家《じゅか》思想の祖、孔子《こうし》の言葉だが、現代にも通用する基本的な知性論である。

(『論語』為政《いせい》篇)

一月四日

千里《せんり》の行《こう》は足下《そっか》に始《はじ》まる

老子

道家《どうか》思想の祖、老子《ろうし》の言葉。孔子《こうし》を祖とする儒家《じゅか》思想は、教養を高め社会的に有益な存在となることを重視する。これに対して、道家思想はあるがままに、のびやかに生きよと説く。この言葉も、すべては小さな積み重ねから始まるが、だからといって無理する必要はなく、自然体で対処するのがよい、という脈絡で述べられている。力まず、ゆったりとマイペースで生きることの大切さを説く言葉である。（『老子』第六十四章）

一月五日

君子《くんし》の交《まじ》わりは淡《あわ》きこと水《みず》の如《ごと》し

荘子

道家《どうか》思想の祖の一人、荘子《そうし》の言葉。「小人《しょうじん》の交《まじ》わりは甘《あま》きこと醴《れい》の如《ごと》し」と対句をなす。淡々と水のような君子のつきあい方と、ベタベタと甘酒のような小人物のそれが対比されている。利益で結びつく小人物は得になる場合は密着するが、いざ相手が逆境になると離れてゆく。一方、君子は淡々としながら、相手が逆境になるほど思いやるという文脈で述べられている。なかなか痛烈な皮肉のこめられた発言である。（『荘子』山木《さんぼく》篇）

一月六日

水魚《すいぎょ》の交《まじ》わり

三国志《さんごくし》世界の英雄、劉備《りゅうび》は「三顧《さんこ》の礼」によって諸葛亮《しょかつりょう》あざな孔明《こうめい》を軍師に迎え、厚遇した。弟分の関羽《かんう》と張飛《ちょうひ》が嫉妬し文句を言うと、劉備は「孤《われ》の孔明《こうめい》有《あ》るは猶《な》お魚《うお》の水《みず》有《あ》るがごとし」と答えた。親密度の高い交際を「水魚《すいぎょ》の交《まじ》わり」というのはこれに由来する。劉備と諸葛亮のように相手の欠点も短所も許容しつつ、全面的な信頼関係を保ち、水魚の交わりを持続することは、至難のわざだといえよう。（『三国志』諸葛亮伝）

諸葛亮

一月七日

愚公《ぐこう》　山《やま》を移《うつ》す

「チリも積もれば山となる」「ローマは一日にしてならず」等々、類似した意味の成句は数多い。この成句は、北山愚公《ほくざんぐこう》なる老翁が息子や孫とともに、家の前にそびえる二つの高山を切り崩すべく、毎日えいえいと作業をつづけたという話にもとづく。毛沢東《もうたくとう》時代の有名なスローガンだが、今や中国は高度成長のただなか、まさに「時代は変わる」である。愚公の話は、先秦《せんしん》時代の道家《どうか》的思想家、列子《れっし》の著(『列子』湯問《とうもん》篇)に見える。

列子

一月八日

後生《こうせい》 畏《おそ》る可《べ》し

孔子

この「後生《こうせい》」は後に生まれた者、後輩・若者を指す。この句につづき「焉《いず》くんぞ来者《らいしゃ》の今《いま》に如《し》かざるを知《し》らんや」とある。後輩こそ畏敬すべきだ。来者(未来の人間)がどうして現在の人間より劣るとわかるか、という意味。未来志向のつよい偉大な教師孔子《こうし》らしい発言である。誰でも「後生」だったころがある。だから「近ごろの若い者は」と頭ごなしに否定してはならないということであろう。成人の日にふさわしい『論語《ろんご》』子《し》罕《かん》篇の言葉。

一月九日

老驥《ろうき》は櫪《うまや》に伏《ふ》すも 志《こころざし》は千里《せんり》に在《あ》り

三国志世界の英雄にしてすぐれた詩人である曹操《そうそう》あざな孟徳《もうとく》の「歩出夏門行《ほしゅつかもんこう》」第四首に見える詩句。

老驥《ろうき》は櫪《うまや》に伏《ふ》すも
志《こころざし》は千里《せんり》に在《あ》り
烈士《れっし》は暮年《ぼねん》になるも
壮心已《そうしんや》まず

「老いたる名馬は厩《うまや》に寝そべっていても、千里を走ることを夢み、勇者は晩年になっても気概を抱きつづける」と歌う。曹操は六十六歳で死ぬまで戦場を離れず、天下統一の夢を捨てなかった。最後まで積極的に生きようとする意欲がこの一句に凝縮されている。

曹操

一月十日

胡馬《こば》は北風《ほくふう》に依《よ》り　越鳥《えっちょう》は南枝《なんし》に巣《す》くう

約二千年前に作られた作者不詳の「古詩《こし》十九首」其《そ》の一に見える対句。「胡馬《こば》」は北方砂漠地帯で生まれた馬、「越鳥《えっちょう》」は南方の越《えつ》の国で生まれた鳥をいう。馬や鳥でさえ故郷を懐かしむもの、まして人はなおさらだ、という意味。時移り所変わっても、自分のルーツを求める人の思いは変わらない。毎年くりかえされる正月の帰省ラッシュもそのあらわれであろう。

一月十一日

是《いた》る処《ところ》　青山《せいざん》　骨《ほね》を埋《うず》む可《べ》し

蘇軾

北宋《ほくそう》の大詩人蘇軾《そしょく》(あざな子瞻《しせん》、号は東坡《とうば》)の詩「予《わ》れ事《こと》を以《もっ》て獄《ごく》に繫《つな》がれ……子由《しゆう》に遺《おく》る」の第五句。「青山《せいざん》」は墓地。当時、彼は政争に巻きこまれ獄中にあった。「(故郷の墓に葬られなくてもいい)どこにでも骨を埋めるべき墓地はある」の意。蘇東坡は家族の行く末を案じつつ、人はどこでも生き死ぬことができるのだから、くよくよすまいと明るく開き直る。なお、「人間到《じんかんいた》る処青山有《ところせいざんあ》り」は幕末の僧月性《げっしょう》の詩「壁《かべ》に題《だい》す」の一句。

一月十二日

人間《じんかん》万事《ばんじ》塞翁《さいおう》が馬《うま》

「人間」は人の世、世間の意で、ジンカンと読むのが慣例。「塞翁《さいおう》」は塞すなわち国境の砦付近に住む老人。馬が逃げたかと思うと、胡《こ》馬《ば》(北方地帯の馬)を連れてもどって来たのを皮切りに、塞翁の身に禍《わざわい》と福が交互にふりかかった故事にもとづく言葉(『淮南子《えなんじ》』人間《じんかん》訓《くん》)。「禍福《かふく》は糾《あざな》える纆《なわ》の如《ごと》し」(『漢書《かんじょ》』賈誼《かぎ》伝)も同義。人の世は定めがたいものだから一喜一憂せず、冷静に対処すべきだという、含蓄に富む成句である。

捲土《けんど》重来《ちょうらい》

項羽

「捲土重来《けんどちょうらい》」は土煙をあげもう一度やってくること。晩唐《ばんとう》の詩人杜牧《とぼく》の七言絶句「烏《う》江亭《こうてい》に題《だい》す」に見える。杜牧は、

勝敗《しょうはい》は兵家《へいか》も事《こと》期せず
羞《はじ》を包《つつ》み恥《はじ》を忍《しの》ぶは是《こ》れ男児《だんじ》
江東《こうとう》の子《し》弟《てい》　才俊《さいしゅん》多《おお》し
捲土重来《けんどちょうらい》　未《いま》だ知《し》る可《べ》からず

と歌い、項羽《こうう》を哀惜した。ちなみに、項羽は紀元前二〇二年、「垓下《がいか》の戦い」で劉邦《りゅうほう》に撃破され、敗走中、烏江亭で追っ手につかまり自刎《じふん》した。この言葉はその後、失地回復を期す人々のモットーとなる。

一月十四日

歳月《さいげつ》　人《ひと》を待《ま》たず

陶淵明

東晋《とうしん》の詩人、陶淵明《とうえんめい》の「雑詩《ざっし》」其の一の第十二句。

この詩の結びに、

　盛年重《せいねんかさ》ねては来《き》たらず
　一日再《いちじつふた》びは晨《あした》なり難《がた》し
時《とき》に及《およ》んで当《まさ》に勉励《べんれい》すべし
　歳月《さいげつ》　人《ひと》を待《ま》たず

とある。若い時代は二度と来ないから、その時がんばらないと歳月は人を待ってはくれない、という意味。単に勉強や学問に励めと説くのではなく、より広い意味で、一度きりの若い時代にこそ充実した時間をもつようにと、若者に呼びかけるニュアンスがある。

一月十五日

心遠《こころとお》ければ地《ち》自《おの》ずから偏《へん》なり

陶淵明

陶淵明《とうえんめい》の「飲酒《いんしゅ》二十首」其の五の第四句。この詩は四十一歳で「帰りなんいざ」と帰郷、隠遁した陶淵明の心境を鮮やかに映し出す。なにも辺鄙《へんぴ》な土地に住んでいなくとも、「心が俗世を遠く離れていれば、土地もおのずと辺鄙になる」というのである。この句を受けて、周知の、

菊《きく》を采《と》る　東籬《とうり》の下《もと》

悠然《ゆうぜん》と南山《なんざん》を見《み》る

の二句がつづく。うっとうしいことの多いとき、「心遠ければ……」と唱えると、気分がよくなること請け合いだ。

一月十六日

唇《くちびる》亡《ほろ》べば歯《は》寒《さむ》し

もともとは唇がなくなると歯がむきだしになり寒くなるという、ややグロテスクな意味。転じて、密接な関係にある者の一方が滅びると、もう一方も滅びることをあらわす。古来、共通の利害関係にある者が強敵に対し、手を組んで立ち向かうさいのキーワードとして用いられる。全体状況をしっかり把握して真の敵を見定め、誰と同盟するかを判断すべきだという、いかにも中国的な乱世の知恵である。（『春秋左伝《しゅんじゅうさでん》』僖公《きこう》五年）

一月十七日

泰山《たいざん》は土壌《どじょう》を譲《ゆず》らず故《ゆえ》に能《よ》く其《そ》の大《だい》を成《な》す

秦《しん》の始《し》皇帝の懐刀《ふところがたな》、李斯《りし》の言葉。彼は秦の敵対国楚《そ》の出身であり、始皇帝に仕えた当初は風当たりが強く、他の臣下の策謀で他国出身者を排除すべく、「逐客令《ちくかくれい》」が発布されたときには、追放の憂き目にあうところだった。このとき李斯は始皇帝に「泰山は小さな土くれも受け入れ、だからあれほど大きくなることができました」と訴え、説得に成功した。これがもとになり、この言葉は度量を広くし、異質な者を多く受け入れることを指す成句となる。(『史記《しき》』李斯《りし》列伝)

「東岳泰山」(『程氏墨苑』)

一月十八日

復《ま》た呉下《ごか》の阿蒙《あもう》に非《あら》ず

呉《ご》の孫権《そんけん》配下の名将呂蒙《りょもう》(あざな子明《しめい》)は勉強嫌いで、「呉下《ごか》の阿蒙《あもう》(呉のおばかさん)」と揶揄《やゆ》された。その後、教養を積み、周瑜《しゅうゆ》、魯粛《ろしゅく》についで呉の軍事責任者となる。これは呂蒙の成長に驚いた魯粛の言葉。のちに、見違えるように変身することを指す成句となる。なお、進歩しない者を「呉下の阿蒙」と形容する場合も多い。なかなか世間は過去を忘れてくれないと、呂蒙も苦笑していることだろう。(『三国志』呂蒙《りょもう》伝・裴《はい》注『江表伝《こうひょうでん》』)

「呂子明　智もて荊州を取る」(『三国志演義』)

一月十九日

風声鶴唳《ふうせいかくれい》

四世紀末の「肥水《ひすい》の戦い」で、謝玄《しゃげん》の率いるわずか八千の東晋《とうしん》精鋭軍は百万にのぼる前秦《ぜんしん》の大軍を撃破した。浮き足だった前秦軍は「風声《ふうせい》(風の音)鶴唳《かくれい》(鶴の鳴き声)」を聞いても、東晋軍の攻撃だと怯《おび》えたという。のちにこの言葉は、臆病風《おくびょうかぜ》に吹かれた者がわずかな物音を聞いても怯えることを指すようになる。「ススキの穂《ほ》にも怯《お》づ」と同義である。不安はあらぬ妄想を呼び、自分で自分を追いつめる結果になるということ。(『晋書《しんじょ》』謝玄《しゃげん》伝)

謝玄

一月二十日

氷凍三尺《ひょうとうさんじゃく》 一日《いちじつ》の寒《かん》に非《あら》ず

王充

大寒のころの北中国の寒さは想像を絶する。これは、水面に張った氷が三尺(一メートル弱)もの厚さになるのは、一朝一夕のことではなく、寒さの累積によるものだ、との意味。「愚公《ぐこう》 山《やま》を移《うつ》す」(一月七日参照)ともあい通じる表現である。俗諺《ぞくげん》だが、後漢《ごかん》の思想家王《おう》充《じゅう》の言葉「河氷結合《かひょうけつごう》、一日《いちじつ》の寒《かん》に非《あら》ず」(『論《ろん》衡《こう》』状留《じょうりゅう》篇)にもとづくようだ。自然現象と人事(人間社会の事柄)をさりげなく重ね合わせた卓抜な成句である。

一月二十一日

徳《とく》は孤《こ》ならず

孔子《こうし》の言葉。「徳《とく》は孤《こ》ならず、必《かなら》ず鄰《とな》り有《あ》り」とつづく。道徳性の高い者は孤立無援ではなく、必ず隣人(同行者、理解者)がいるという意味である。孔子は十数年間、弟子を連れ、みずからの政治理念を認めてくれる君主を求めて諸国を放浪したが、ついに理解者を得られなかった。しかし、孔子はめげることなく、「徳は孤ならず」と確信しつづけた。まさに筋金入りのオプティミズム(楽天主義)といえよう。(『論語』里仁《りじん》篇)

陳国で飢えに苦しむ孔子(『聖蹟之図』)

一月二十二日

三人《さんにん》行《あゆ》めば必《かなら》ず我《わ》が師《し》有《あ》り

孔子《こうし》の言葉「三人《さんにん》行《あゆ》めば必《かなら》ず我《わ》が師《し》有《あ》り。其《そ》の善《よ》き者《もの》を択《えら》んで之《こ》れに従《したが》う。其《そ》の善《よ》からざる者《もの》は之《こ》れを改《あらた》む」の一節である。「三人でともに行動すると、他の二人の行動は必ず自分の手本になる。彼らの善い行動を選んで見習い、悪い行動を見て自分の欠点を改める」との意味。他人の行動を観察し、ああいうふうでありたい、あんなふうにはなりたくないと、識別するのだから、なかなか辛辣な人間観である。(『論語』述而篇《じゅつじ》)

一月二十三日

士《し》は己《おのれ》を知《し》る者《もの》の為《ため》に死《し》す

橋の下で趙襄子を待ち受ける豫譲（『唐土名勝図会』）

下剋上《げこくじょう》に揺れた春秋《しゅんじゅう》時代末、大国晋《しん》で四人の重臣が台頭したが、やがて三人が結託し、最強の智伯《ちはく》を滅ぼした。智伯の厚遇をうけた臣下の豫譲《よじょう》は報復を期し、もっとも残忍な重臣（趙襄子《ちょうじょうし》）の命を狙いつづけた。これは復讐の鬼と化した豫譲の言葉。豫譲は本望を達することができず、趙襄子の面前で自刃して果てたが、烈々たる志の軌跡は、何事もなし崩しにされがちな今、なおさら鮮烈な輝きを放つ。（『史記』刺客《しかく》列伝）

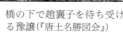

一月二十四日

君子《くんし》は人《ひと》の美《び》を成《な》し　人《ひと》の悪《あく》を成《な》さず

孔子《こうし》の言葉「君子《くんし》は人《ひと》の美《び》を成《な》し、人《ひと》の悪《あく》を成《な》さず。小人《しょうじん》は是《こ》れに反《はん》す」からとったものである。「君子は他人の善事を助け完成させるが、悪事には手を貸さない。小人物はその逆だ」という意味。孔子はまっとうな人間に愛情をそそぐ反面、利にさとい小人物をにべもなく突き放すところがある。虚飾のない健康な人だったのだ。醜悪な生き方を本能的に拒否する、その健康さが存分に発揮された表現である。(『論語』顔淵《がんえん》篇)

一月二十五日

古《いにしえ》の君子《くんし》は交《まじ》わり絶《た》ゆるも悪声《あくせい》を出《いだ》さず

燕を攻撃しようとする趙王を諫める楽毅(『唐土名勝図会』)

戦国七雄《せんごくしちゆう》の一国、燕《えん》の名将楽毅《がくき》の言葉。楽毅は昭《しょう》王に信頼されたが、息子の恵《けい》王に排斥されて燕を去った。後悔した恵王は帰国を要請するが、楽毅は「古《いにしえ》の君子《くんし》は交《まじ》わり絶《た》ゆるも悪声《あくせい》を出《いだ》さず、忠臣《ちゅうしん》は国《くに》を去《さ》るも其《そ》の名《な》を絜《きよ》くせず(昔の君子は友人と絶交しても悪口を言わず、忠臣は国を去っても身の潔白を表明しない)」と固辞した。言いわけはしないが、煮え湯をのませた相手も許さないという断固たる態度である。(『史記』楽毅《がくき》列伝)

一月二十六日

風樹《ふうじゅ》の嘆《たん》

「樹《き》静《しず》かならんと欲《ほっ》するも風《かぜ》止《や》まず、子《こ》養《やしな》わんと欲《ほっ》するも親《おや》待《ま》たず」(『韓詩外伝《かんしがいでん》』巻九。『韓詩《かんし》』は『詩経《しきょう》』の古い注釈書の一つ)に由来する言葉。「孝行したいときに親はなし」である。「風樹《ふうじゅ》の悲《ひ》」ともいう。中唐《ちゅうとう》の詩人白居易《はくきょい》あざな楽天《らくてん》が、「庶《こいねがわ》くは孝子《こうし》の心《こころ》をして、皆《み》な風樹《ふうじゅ》の悲《かな》しみ無《な》からしめんことを」(「友《とも》に贈《おく》る五首」其の五)と歌ったのをはじめ、詩にもよく用いられる。高齢化社会の現在、やや牧歌的にも聞こえるが、やはり親子関係の原点を示す言葉である。

白居易

一月二十七日

人《ひと》に誨《おし》えて倦《う》まず

孔子《こうし》の言葉「黙《もく》して之《こ》れを識《しる》し、学《まな》んで厭《いと》わず、人《ひと》に誨《おし》えて倦《う》まず。我《わ》れに於《お》いて何《なに》か有《あ》らんや」(『論語』述而《じゅつじ》篇)からとったもの。「黙って事の本質を見抜き、嫌気をおこさず学問に励み、飽くことなく人に教える。こんなことは私の苦にはならない」との意味。孔子は弟子を教育するさい、自発性を尊重し、「憤《ふん》せずんば啓《けい》せず、悱《ひ》せずんば発《はっ》せず(やる気がなければ導かない、あと一歩のところまで達しなければ教えない)」(同篇)と、彼ら自身の知への欲求が高まるのを待った。まさに偉大な教師というべきであろう。

弟子たちを教育する孔子(『聖蹟之図』)

一月二十八日

人《ひと》の患《うれ》いは好《この》んで人《ひと》の師《し》と為《な》るに在《あ》り

孟子

孟子《もうし》の言葉。「人たる者の困った点は他人の先生になりたがることである」との意味。歯に衣《きぬ》きせぬ痛烈さを身上とする孟子らしい発言だ。孟子の大先輩の孔子《こうし》は弟子自身の問題意識や自発性を尊重したが、ふつうはそうはゆかない。誰しもちょっとした知識があると得意満面、押しつけがましく他人にひけらかしそうになる。以《もっ》て瞑《めい》すべき言葉である。

(『孟子』離婁《りろう》篇上)

一月二十九日

我《わ》れは生《う》まれながらにして之《こ》れを知《し》る者《もの》に非《あら》ず

孔子《こうし》の言葉「我《わ》れは生《う》まれながらにして之《こ》れを知《し》る者《もの》に非《あら》ず。古《いにしえ》を好《この》み敏《びん》にして以《もっ》て之《こ》れを求《もと》むる者也《ものなり》」による。「私は生まれながらに知識をもっているわけではない。古代の事柄を好み、そのなかから敏感に知識を追究しようとする者だ」との意味。古典を丸のみせず、鋭敏な感覚で重要な事を吸収しようとするところが、やはりただ者ではない。なお、唐《とう》の韓愈《かんゆ》はこれを「人は生《う》まれながらにして……」(「師説《しせつ》」)と普遍化している。(『論語』述而篇《じゅつじ》)

韓愈

一月三十日

志士《しし》は日《ひ》の短《みじか》きを惜《お》しむ

西晋《せいしん》の文人・学者である傅玄《ふげん》の「雑詩《ざっし》」冒頭の一句。

志士《しし》は日《ひ》の短《みじか》きを惜《お》しむ
愁人《しゅうじん》は夜《よる》の長《なが》きを知《し》る

とつづく。「志の高い人は早く日が暮れるのを惜しみ、憂いを抱く人は夜がなかなか明けないのをよく知っている」との意味。意欲的な人には活動の時間たる日中はまたたくまに過ぎ、心に屈託のある者に眠れない夜は長い。これは今も昔も変わらない事実だ。個々人にとり時間の長さは絶対的なものではなく、そのときの気分しだいなのである。

一月三十一日

人生《じんせい》　意気《いき》に感《かん》ず

魏徴

『唐詩選《とうしせん》』の冒頭に掲載された魏徴《ぎちょう》の詩「述懐《じゅっかい》」は、

人生《じんせい》　意気《いき》に感《かん》ず
功名《こうみょう》　誰《だれ》か復《ま》た論《ろん》ぜん

という二句をもって結ばれる。「人として生まれたからには、自分と意気投合した者のために命をかけるもの。功名なぞ論外だ」との意味。魏徴は唐《とう》王朝創業の功臣であり、この詩句にも、古い時代と訣別し新しい時代を切り開こうとする気迫がこもっている。困難に直面したとき、この句を唱えると元気になり勇気がわいてくる。

二月

二月一日

天《てん》の我《わ》が材《ざい》を生《しょう》ず　必《かなら》ず用《ようあ》有り

李白

「君見《きみみ》ずや　黄河《こうが》の水《みず》　天上《てんじょう》より来《き》たり」と歌いだされる李白《りはく》「将進酒《しょうしんしゅ》」の第七句。

天《てん》の我《わ》が材《ざい》を生《しょう》ず　必《かなら》ず用有《ようあ》り
千金散《せんきんさん》じ尽《つ》くさば　還《ま》た復《ま》た来《き》たらん

とつづく。「天が私に才能を与えてくれた以上、必ず用いられる道があるはず。いくら散財してもまたもどってくる」。だから、とことん飲んで「一飲《いちいん》三百杯なるべし」と李白は豪語する。この酒賛歌は、「酒中《しゅちゅう》の仙《せん》」李白が「須《すべか》らく歓《よろこ》びを尽《つ》くすべし」と、「万古《ばんこ》の愁《うれい》」を吹き飛ばし豪快に飲み酔う姿を活写する。ちなみに、李白あざな太白《たいはく》は杜甫《とほ》とともに「李杜《りと》」と併称される盛唐《せいとう》の大詩人であり、中国古典詩を代表する存在である。

二月二日

香炉峰《こうろほう》の雪《ゆき》は簾《すだれ》を撥《かか》げて看《み》る

清少納言『枕草子』の逸話で知られる中唐《ちゅうとう》の大詩人、白居易《はくきょい》あざな楽天《らくてん》の七言律詩「重《かさ》ねて題《だい》す」第四句。

遺愛寺《いあいじ》の鐘《かね》は枕《まくら》を欹《そばだ》てて聴《き》く
香炉峰《こうろほう》の雪《ゆき》は簾《すだれ》を撥《かか》げて看《み》る

と対句をなす。白楽天が江《こう》州(江西省《こうせいしょう》)に左遷されていたときの作。反骨の反面、そのあざなのとおり、根が楽天的な白楽天は左遷もなんのその、かの地に悠然と草堂をかまえ、愛妻とともにのんびり地方暮らしを楽しみながら、詩作に励んだ。この詩句はそんな生活の情景を鮮やかに浮き彫りにする。

白居易

未《いま》だ柳絮《りゅうじょ》の風《かぜ》に因《よ》って起《お》こるに若《し》かず

伝統中国屈指の才女、謝道蘊《しゃどううん》の言葉。ある日、東晋《とうしん》の大立者謝安《しゃあん》が子弟を集め、降る雪を指して何に似ているかとたずねた。姪の謝道蘊は幼稚な発想しかできない従兄弟《いとこ》たちを抑え、「未《いま》だ柳絮《りゅうじょ》の風《かぜ》に因《よ》って起《お》こるに若《し》かず(もっと似ているのは柳のわた毛が風に吹かれて飛ぶさま)」と美しい比喩を用いて答え、一座を圧倒して謝安を喜ばせた。謝道蘊は度胸満点、動乱の渦中を生きぬき天寿をまっとうした。(『世説新語《せせつしんご》』言語《げんご》篇)

謝家の庭で雪を柳絮に喩える謝道蘊(『楊柳青年画』)

二月四日

春《はる》 人間《じんかん》に到《いた》らば草木《そうもく》知《し》る

立春の時期である。これは南宋《なんそう》の哲学者張栻《ちょうしょく》の七言絶句「立春偶《りっしゅんぐう》成《せい》」の一句で、「春が地上にやってくると、まっさきに草や木がその気配を察知する」という意味。真冬の間、枯れしぼんでいた草木がふたたび萌《も》えだすさまを、鮮やかにとらえた表現である。あまりにも有名な杜甫《とほ》の「春望《しゅんぼう》」冒頭二句、

　国破《くにやぶ》れて山河《さんが》在《あ》り
　城春《しろはる》にして草木深《そうもくふか》し

も、人の世の有為《うい》転変に関わりのない、草木の強靭な生命力に着目した詩句にほかならない。

張栻

淡粧濃抹《たんしょうのうまつ》　総《す》べて相《あ》い宜《よろ》し

西湖の三潭印月

西湖《せいこ》を把《と》って西子《せいし》に比《ひ》せんと欲《ほっ》すれば
淡粧濃抹《たんしょうのうまつ》　総《す》べて相《あ》い宜《よろ》し

風光明媚な杭《こう》州（浙江省）の西湖を古代の美女西施《せいし》に喩えた、蘇《そ》東坡《とうば》の七言絶句「湖上《こじょう》に飲《うたげ》せしが初《はじ》めは晴《は》れ後《のち》に雨《あめ》ふる二首」其の二の第三、第四句。「薄化粧をしても濃い化粧をしても、すべてよく似合う」という意味。いついかなるときも魅力的な風景と美女を大胆に結びつけたこの作品には、心のおもむくまま詩作した蘇東坡の自由闊達な感覚が存分に生かされ、読者に快い解放感をおぼえさせる。

二月六日

人《ひと》の己《おのれ》を知《し》らざるを患《うれ》えず
人《ひと》を知《し》らざるを患《うれ》うる也《なり》

孔子

孔子《こうし》の言葉(『論語』学而篇《がくじ》)。「自分が人から認められないのは悩みではなく、自分が他の人のよさを認められないことこそ悩みである」との意味。人が自分を評価してくれないと腹を立てるのに、他人については欠点や短所ばかりが目につくのは、誰しもありがちなこと。自己中心的な見方を脱却し、「天《てん》を怨《うら》まず、人《ひと》を尤《とが》めず」(同、憲問篇《けんもん》)、こだわりなく我が道を行きたいものだ。

二月七日

道《みち》は邇《ちか》きに在《あ》り

孟子《もうし》の言葉。「而《しか》るに諸《こ》れを遠《とお》きに求《もと》む」とつづく。「道は手近な所にあるのに、遠大な所に求めようとする」という意味。孟子はさらに「事《こと》は易《やす》きに在《あ》り、而《しか》るに諸《こ》れを難《かた》きに求《もと》む」と言葉をつぐ。真理は高遠なものと思う必要はなく、なすべき事も難しく考える必要はない。これらは手の届く身近なところにあるというのだ。人が今ここに生きる、等身大の日常世界を重視する、含蓄の深い発言だといえよう。(『孟子』離婁《りろう》篇上)

二月八日

桃李《とうり》言《い》わざれど　下《した》自《おの》ずと蹊《こみち》を成《な》す

「桃や李《すもも》は何も言わないが、人は花や果実に引きつけられ、いつか樹下に至る道ができる」という意味。古い諺だが、飛《ひ》将軍と称された前漢《ぜんかん》の名将李広《りこう》が、口下手で無骨な人柄だったにもかかわらず、誠実さによって配下に慕われたことの喩えとされ、人口に膾炙《かいしゃ》する。オーバーな自己宣伝が幅をきかせる昨今、懐かしさすら感じさせる奥ゆかしい言葉。（『史記』李将軍列伝《りしょうぐんれつでん》）

二月九日

伯牙絶絃《はくがぜつげん》

伯牙

伝説的な琴の名手、伯牙《はくが》と最良の聴き手だった鍾子期《しょうしき》の故事にもとづく成語である。伯牙があるいは山、あるいは水のイメージを思い浮かべて琴をひくと、聴き手の鍾子期は必ずそのイメージを言い当てたとされる。鍾子期が死去すると、またとない理解者を失った伯牙は琴を壊し絃《げん》を断ち切って、二度と演奏しなかった。いかに人には「知《ち》己《き》(自分の理解者)」が大切かという意味で、よく用いられる言葉。(『呂氏春秋《りょししゅんじゅう》』本味《ほんみ》篇)

二月十日

我《わ》れを生《う》む者《もの》は父母《ふぼ》
我《わ》れを知《し》る者《もの》は鮑子《ほうし》也《なり》

管仲

春秋《しゅんじゅう》時代の斉《せい》の名臣管仲《かんちゅう》の言葉。鮑子《ほうし》は管仲の親友鮑叔《ほうしゅく》を指す。若いころから管仲の理解者だった鮑叔は、斉の桓《かん》公が敵対勢力に仕えていた管仲を殺そうとしたときも、その優秀さを説いて思いとどまらせた。やがて管仲は桓公を覇者《はしゃ》におしあげる最大の功労者となる。後世、彼らのように相手を信頼しつづける友人関係を「管鮑《かんぽう》の交《まじ》わり」と称する。

（『史記』管晏《かんあん》列伝）

二月十一日

手《て》を翻《ひるがえ》せば雲《くも》と作《な》る

杜甫《とほ》の「貧交行《ひんこうこう》」の第一句「手《て》を翻《ひるがえ》せば雲《くも》と作《な》り　手《て》を覆《くつがえ》せば雨《あめ》」による。「掌《てのひら》の向きを上下にかえる間にも雲となり雨となる」と境遇しだいで相手の態度がころころ変わり、友情が長続きしない現状を鋭く指摘したもの。さらに杜甫は古《いにしえ》の管仲《かんちゅう》と鮑叔《ほうしゅく》の固い信頼関係に言及し、「此《こ》の道　今人《きんじん》棄《す》つること土《つち》の如《ごと》し」と、軽薄な「今人」を怒り嘆く。千三百年も前の言葉だが、いつの世の「今人」も似たようなものというべきか。ちなみに、周知のごとく杜甫は「詩聖」と呼ばれる盛唐《せいとう》の大詩人であり、李白《りはく》とともに中国古典詩を代表する存在である。

「杜甫游春」(『古文正宗』)

二月十二日

氷炭《ひょうたん》相《あ》い容《い》れず

冷たい氷と熱く燃える炭のように、性格を異にする者がたがいに相手を容認できないことをいう。古くから多くの用例があり、「氷炭《ひょうたん》は器《うつわ》を同《おな》じくして久《ひさ》しからず（氷と炭は同じ容器に入れたままでは長くもたない）」（『韓非子《かんぴし》』顕学篇《けんがくへん》）など、さまざまなヴァリエーションがある。また、これを逆転させた「氷炭相《ひょうたんあ》い愛《あい》す」（『淮南子《えなんじ》』説山訓《せつざんくん》）という表現もあり、異質な者が本来の性格を保ちながら、刺激しあう比喩として用いられる。

二月十三日

収穫《しゅうかく》を問《と》う莫《な》かれ　但《た》だ耕耘《こううん》を問《と》え

清《しん》末の有能な政治家・軍事家にしてすぐれた文人でもあった曾国藩《そうこくはん》の言葉。「収穫を問題にするな。耕し雑草を取ることだけが肝要だ」という意味。成果にこだわらず、力を尽くすプロセスこそが大切だというのだ。やみくもに成果をあげようとデータを捏造するなど、今や世は成果主義の悪弊《あくへい》におおわれている。そんな風潮を一蹴《いっしゅう》し、何をなすべきかを、ずばりと指摘した名言である。（梁啓超《りょうけいちょう》編『曾文正公嘉言鈔《そうぶんせいこうかげんしょう》』）

曾国藩

二月十四日

路《みち》の遠《とお》きを怕《おそ》れず只《た》だ志《こころざし》の短《みじか》きを怕《おそ》る

俗諺《ぞくげん》。「道が遠いのはこわくないが、志が短くなる(なくなる)のがこわい」と、「遠」と「短」を機知的に対応させているところがおもしろい。この「～を怕《おそ》れず、只《た》だ～を怕《おそ》る」という表現法による俗諺は数多い。「人《ひと》の老《お》いるを怕《おそ》れず、只《た》だ心《こころ》の老《お》いるを怕《おそ》る」「一万《いちまん》を怕《おそ》れず、只《た》だ万一《まんいち》を怕《おそ》る(一万回でもこわくないが、万一がこわい)」という具合である。機知に富んだ警句の真骨頂といえよう。

豹《ひょう》は死《し》して皮《かわ》を留《とど》む 人《ひと》は死《し》して名《な》を留《とど》む

古い諺。唐《とう》王朝滅亡(九〇七年)後、黄河中・下流域にはおよそ半世紀にわたって短命な五つの王朝(五代《ごだい》)が成立したが、その一つ後《こう》梁《りょう》の王彦章《おうげんしょう》が好んだ言葉として知られる。彼はこの言葉をモットーにして戦場で果敢に戦い、敗北後も降伏を拒否し殺害された。歴史上、さして著名な人物ではないが、この言葉で永遠の存在になったのだから、まさに「人《ひと》は死《し》して名《な》を留《とど》む」である。(『新五代史《しんごだいし》』王《おう》彦章《げんしょう》伝)

王彦章

二月十六日

匹夫《ひっぷ》も志《こころざし》を奪《うば》う可《べ》からず

孔子《こうし》の言葉「三軍《さんぐん》も帥《すい》を奪《うば》う可《べ》き也《なり》。匹夫《ひっぷ》も志《こころざし》を奪《うば》う可《べ》からず」による。「大軍の総大将を奪い取ることはできても、一人の人間の志を奪い取ることはできない」との意味。「匹夫《ひっぷ》」はもともと地位の低い者を指す。地位も身分もない者でも、その意志を強制的に変えることはできない。個人の強い意志や精神力がいかに不屈であるかを強調するこの言葉には、めげずにわが道を行けと人を鼓舞する力がある。（『論語』子罕《しかん》篇）

二月十七日

天下《てんか》の興亡《こうぼう》は匹夫《ひっぷ》も責《せ》め有《あ》り

顧炎武

明《みん》末清《しん》初の大学者、顧炎武《こえんぶ》の言葉「天下《てんか》を保《たも》つ者《もの》は匹夫《ひっぷ》の賤《せん》も与《あずか》って責《せ》め有《あ》るのみ」(『日知録《にっちろく》』)に由来する。顧炎武は満州族《まんしゅうぞく》王朝の清《しん》に仕えず、明《みん》の遺民《いみん》として生きた人物。時代はくだり清末、この言葉は「天下の興亡は一人の人間にも責任がある」という意味で愛誦された。孔子《こうし》の「匹夫《ひっぷ》も志《こころざし》を奪《うば》う可《べ》からず」(前日の項参照)によった表現だが、「匹夫」を個人の枠を超えた社会との関係性においてとらえているところに、時代の変化、歴史の流れがある。

二月十八日

窮《きゅう》すれば則《すなわ》ち独《ひと》り其《そ》の身《み》を善《よ》くす

孟子《もうし》の言葉。「達《たっ》すれば則《すなわ》ち兼《か》ねて天下《てんか》を善《よ》くす」と対をなす。「困窮すればわが身だけをよくし、栄達すればあわせて天下をよくする」との意。窮達にかかわらず、核になるのは自分自身だから、精神の高みをめざし堂々と生きよ、というわけだ。窮するケースが多いのは世の習い。伝統中国の士《し》大夫《たいふ》知識人の生きる支えだったこの言葉には、今も人を奮いたたせる迫力がある。（『孟子』尽心《じんしん》篇上）

二月十九日

柔《じゅう》能《よ》く剛《ごう》を制《せい》す

「柔弱なものは剛強なものを抑えることができる」との意味。古代の兵法書『三略《さんりゃく》』の言葉だとされるが、『老子《ろうし》』第三十六章の「柔《じゅう》弱《じゃく》は剛強《ごうきょう》に勝《か》つ」に由来するとおぼしい。前漢《ぜんかん》創業の功臣韓信《かんしん》が若いころ無頼漢に脅かされ、相手の言いなりになって平然と股の下をくぐったという逸話などは、その典型的な例だといえる。臨機応変、柔軟な対応こそ逆転勝利につながる場合があるという、いかにも中国的な人生の知恵である。

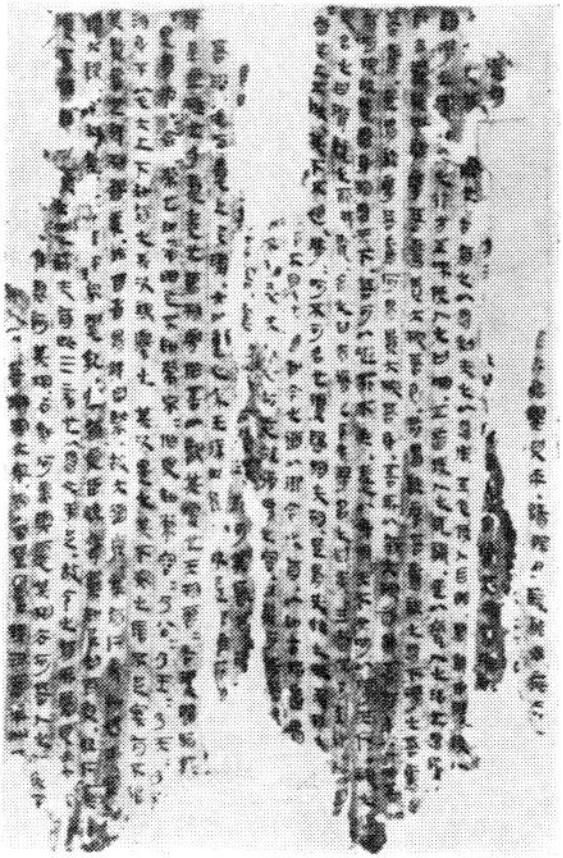

馬王堆漢墓帛書『老子』

二月二十日

大勇《たいゆう》は怯《きょう》の若《ごと》し

蘇東坡

蘇《そ》東坡《とうば》の言葉。「大智《たいち》は愚《ぐ》の如《ごと》し」と対をなす。「大いなる勇者は臆病者のようであり、大いなる智者は愚か者のようだ」の意。真の勇者はゆったり慎重にかまえ、真の智者は知恵をひけらかさない。これとは逆に勇気や知恵を誇示する者には偽者《にせもの》が多い。まさに弱い犬ほどよく吠える、である。この言葉には『老子《ろうし》』第四十五章の「大《たい》直《ちょく》は屈《くつ》するが若《ごと》く、大巧《たいこう》は拙《せつ》なるが若《ごと》く、大弁《たいべん》は訥《とつ》なるが若《ごと》し」と通じるものがある。（「欧陽少師《おうようしょうし》の致仕《ちし》を賀《が》す啓《けい》」）

二月二十一日

楚王《そおう》　細腰《さいよう》を好《この》む

性悪説《せいあくせつ》で知られる荀子《じゅんし》の「楚《そ》の荘王《そうおう》　細腰《さいよう》を好《この》み、故《ゆえ》に朝《ちょう》に餓人《がじん》有《あ》り」(『荀子』君道篇《くんどう》)による。楚の荘王(一説では霊《れい》王)がウェストの細い女性を好んだため、宮女は競ってダイエットに励み餓死者が続出した。上位者の好みに配下が媚び従うことの喩えだが、荀子の弟子韓非子《かんぴし》にも似た表現がある。高名なモデルが激やせで衰弱死したという話もあるように、角度を変えれば、スリム好みの現代にも通用する警句である。

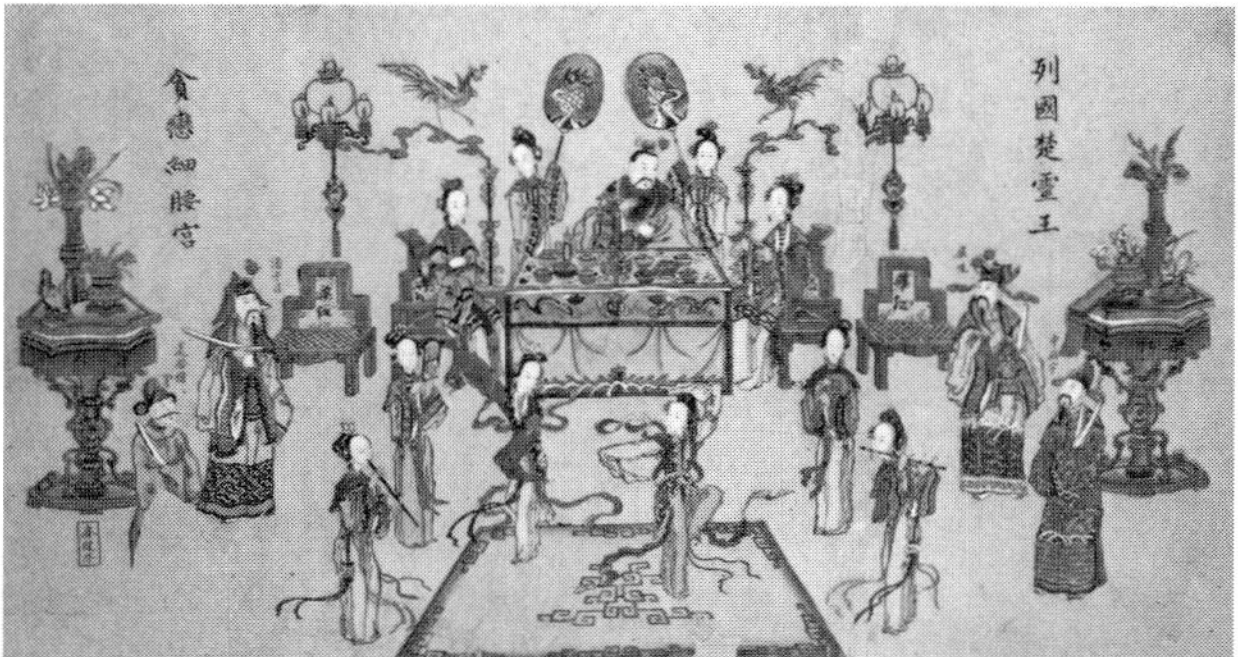

「列国　楚の霊王，細腰宮を貪恋す」(『楊柳青年画』)

二月二十二日

鹿《しか》を指《さ》して馬《うま》と為《な》す

秦《しん》の始《し》皇帝の死後、二世《にせい》皇帝の胡亥《こがい》を操ったのは宦官《かんがん》の趙高《ちょうこう》だった。ある日、趙高が馬だと称して鹿を献上すると、胡亥は「いや、鹿だ」と否定した。趙高は臣下に意見を求め、正直に鹿だと答えた者を殺してしまう。自分に背く者は容赦しないというわけだ。これがもとになり、この言葉は他人にまちがいをおしつけることを指す成語となる。これから「馬鹿」という語が出たとする説もあるが、諸説があり断定はできない。(『史記』秦始皇本紀)

二月二十三日

巧言令色《こうげんれいしょく》　鮮《すくな》し仁《じん》

孔子《こうし》の言葉(『論語』学而《がくじ》篇、陽貨《ようか》篇)。「言葉を飾り、表情をとりつくろう者は、人への誠実な愛情に乏しい」の意。一刀両断、まことに切れ味がいい。笑みをたやさず、歯の浮くような美辞麗句を並べる人間を、孔子は軽蔑した。また「紫《むらさき》の朱《しゅ》を奪《うば》うを悪《にく》む也《なり》。鄭声《ていせい》の雅楽《ががく》を乱《みだ》るを悪《にく》む也《なり》。利口《りこう》の邦家《ほうか》を覆《くつがえ》す者《もの》を悪《にく》む(中間色の紫が正色の朱を圧倒するのを憎む。淫《みだ》らな音楽である鄭声が由緒正しい雅楽を乱すのを憎む。口達者が国家を乱すのを憎む)」(陽貨篇)と、偽物が本物を侵害することを嫌い警戒した。

二月二十四日

剛毅木訥《ごうきぼくとつ》　仁《じん》に近《ちか》し

子路

孔子《こうし》の言葉（『論語』子路《しろ》篇）。「気骨があり飾り気のない者には、至高の誠実さに通じるものがある」との意味。昨日とりあげた「巧言令色《こうげんれいしょく》鮮《すくな》し仁《じん》」を裏返しにした発言である。孔子の高弟のうち、この言葉にぴったり当てはまるのは、純情な無骨者の子路《しろ》（本名は仲由《ちゅうゆう》）だといえよう。孔子は、「由《ゆう》や勇《ゆう》を好《この》むこと我《わ》れに過《す》ぎたり」（同、公冶長《こうやちょう》篇）と、彼の過剰な勇敢さを心配しながら、その率直でかざり気のない人柄を深くいとおしんだ。

二月二十五日

暗香《あんこう》　浮動《ふどう》　月《つき》　黄昏《こうこん》

中国で古来、もっとも愛された花は梅である。これは梅とともに生きた北宋《ほくそう》初期の詩人、林逋《りんぽ》の七言律詩「山園小梅《さんえんしょうばい》」の第四句。

疎影《そえい》　横斜《おうしゃ》　水《みず》　清浅《せいせん》
暗香《あんこう》　浮動《ふどう》　月《つき》　黄昏《こうこん》

と対をなす。「梅の枝のまばらな影は清く浅いせせらぎに向かって、横ざまに斜めに突き出し、ほのかに漂う梅の香りはおぼろな月影のなかで揺れ動く」との意味。梅といえば想起される古今の名句である。生涯独身、杭《こう》州の西湖《せいこ》畔で隠遁生活を送った林逋は清新な作風で知られ、江戸のころ日本でも人気が高かった。

林逋

二月二十六日

三分《さんぶ》の白《しろ》　一段《いちだん》の香《かおり》

宋《そう》の盧梅坡《ろばいは》の七言絶句「雪梅《せつばい》」に見える言葉。季節の変わりめに、冬の名残りの雪と春のさきがけの梅が張り合うという趣向で歌いだされ、

　須《すべか》らく梅《うめ》は雪《ゆき》に三分《さんぶ》の白《しろ》を遜《ゆず》るべく
　雪《ゆき》は却《かえ》って梅《うめ》に一段《いちだん》の香《かおり》を輸《いた》すべし

と結ばれる。白さでいうなら梅は雪にいささかひけをとり、香りでいうなら逆に雪が梅に劣るというわけだ。遊戯的な雰囲気の詩篇だが、春の到来が待ち遠しい昨今にぴったりの小品だといえよう。

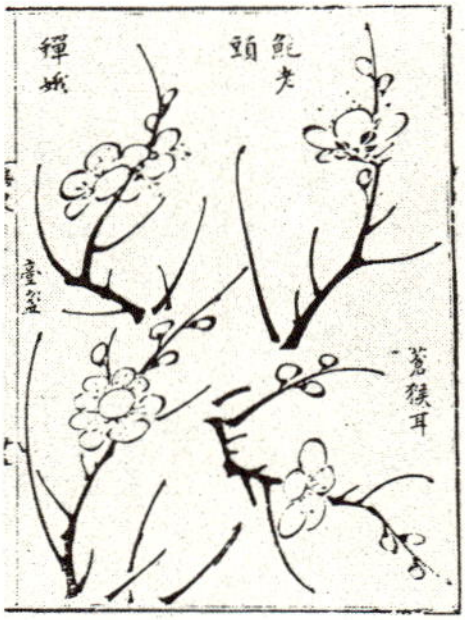

汪懋孝『梅史』

崔杼《さいちょ》　荘公《そうこう》を弑《しい》す

春秋《しゅんじゅう》時代の斉《せい》の重臣崔杼《さいちょ》が、荘《そう》公を殺し景《けい》公を即位させたとき、斉《せい》の太史《たいし》(史官)は「崔杼《さいちょ》　荘公《そうこう》を弑《しい》す」とひるまず事実を記録した。怒った崔杼が太史を殺すと、弟がまた記録した。これを殺すと、末弟がまた記録し、ついに崔杼も黙認したという。このほか古《いにしえ》の良史と称えられた董狐《とうこ》をはじめ、断じて筆をまげなかった史官は数多い。中国の歴史記録はこうした人々によって書き継がれてきたのである。

(『史記』斉太公世家《せいたいこうせいか》)

二月二十八日

水《みず》は則《すなわ》ち舟《ふね》を載《の》す

荀子

荀子《じゅんし》の言葉。まず「君《きみ》なる者《もの》は舟《ふね》なり、庶人《しょじん》なる者《もの》は水《みず》なり」と、舟を君主、水を庶民になぞらえ、「水《みず》は則《すなわ》ち舟《ふね》を載《の》せ、水《みず》は則《すなわ》ち舟《ふね》を覆《くつがえ》す」と述べる。水たる庶民は舟たる君主が良き政治を行えば、穏やかに載せいただくが、悪《あ》しき政治を行えば、波立ち転覆させるというのである。庶民の力を軽視してはならないという君主への警告だが、さまざまな局面において、現代にも通用する鋭い指摘だといえよう。（『荀子』王制篇《おうせいへん》）

豎子《じゅし》　与《とも》に謀《はか》るに足《た》らず

「漢楚《かんそ》の戦い」のヤマ場「鴻門《こうもん》の会《かい》」にまつわる有名な言葉。項羽《こうう》の部将范増《はんぞう》はライバル劉邦《りゅうほう》を排除する機会を逸した優柔不断な項羽に失望し、「唉《ああ》、豎子《じゅし》　与《とも》に謀《はか》るに足《た》らず。項王《こうおう》の天《てん》下《か》を奪《うば》う者《もの》は必《かなら》ず沛公《はいこう》ならん(ああ、小僧っ子とはいっしょにやれない。項羽の天下を奪う者は劉邦にちがいない)」と罵った。この予言は的中し、項羽は劉邦に敗北し非業《ひごう》の最期を遂げた。不運な英雄項羽には「四面楚歌《しめんそか》」など関連する名言が多い。(『史記』項羽本紀)

鴻門の宴(漢の画像石)

三月

三月一日

善《よ》く游《およ》ぐ者《もの》は溺《おぼ》る

「善《よ》く游《およ》ぐ者《もの》は溺《おぼ》れ、善《よ》く騎《の》る者《もの》は堕《お》つ。各《おの》おの其《そ》の好《この》む所《ところ》を以《もっ》て、反《かえ》って自《みずか》ら禍《わざわい》を為《な》す」の冒頭である。「水泳の名手が溺れ、乗馬の名人が落馬するのは、得意のわざによって、逆に禍《わざわい》を招くのだ」との意。「上手《じょうず》の手から水が漏る」「猿も木から落ちる」等々、同義の成句も多い。得意分野だとつい油断し、思わぬ失敗をすることはよくある。何事につけ初心を忘れず、緊張感を失わないようにしたいものだ。（『淮南子《えなんじ》』原道訓《げんどうくん》）

三月二日

安《やす》くして危《あや》うきを忘《わす》れず

これにつづき、「存《そん》して亡《ほろ》ぶるを忘《わす》れず、治《おさ》まりて乱《みだ》るるを忘《わす》れず」とある。「(君子《くんし》は)安定しているときも危機を忘れず、存続しているときも滅亡を忘れず、治まっているときも混乱を忘れない」との意味。個人から国家にいたるまで一寸先は闇、ぬるま湯につかったように現状に満足しきっていると、突然の危機に対応できない。つねに最悪の状態を想定し準備すべきだという、深い含蓄に富んだ警告である。(『易経《えききょう》』繋辞《けいじ》下)

三月三日

形骸《けいがい》の外《そと》に放浪《ほうろう》す

王羲之

今日は雛祭。中国では四世紀ごろからこの日に、「曲水流觴《きょくすいりゅうしょう》（屈曲した流れに盃を浮かべ、順番にすくいあげて詩を作る）の宴」を催した。東晋《とうしん》貴族で書の名手の王羲之《おうぎし》が、別荘の蘭亭《らんてい》で開いた宴がことに有名。彼は参加者の詩を集め、『蘭亭集《らんていしゅう》』を編集したが、これはその序に見える言葉。「形骸《けいがい》（肉体・身体）を離れ、心を遠くさまよわせる」との意味になる。ちなみに中国ではこの日に雛人形を飾る風習は今も昔も見られない。

三月四日

成竹《せいちく》　胸中《きょうちゅう》に在《あ》り

すぐれた画家でもあった北宋《ほくそう》の大文人蘇東坡《そとうば》の言葉「必《かなら》ず先《ま》ず成竹《せいちく》を胸中《きょうちゅう》に得《う》」(「文与可《ぶんよか》の画《えが》く篔簹谷偃竹《うんとうこくえんちく》の記《き》」)に由来する。「(竹を描くときには)必ずまず胸中にすでに描きあげた竹の全体像がなければならない」という意味。「筆を下《くだ》せば章《しょう》を成す」多産型の天才文人、蘇東坡の創作のポイントを示す言葉である。蘇東坡はこれと同様、何事も着手する前に明確な全体構想が不可欠だともいう。なお、表題の言葉は「成算《せいさん》　胸《むね》に在《あ》り」という表現で流布している。

蘇東坡

三月五日

頰上《きょうじょう》に三毛《さんもう》を益《ま》す

顧愷之

東晋《とうしん》の大画家顧愷之《こがいし》の逸話に由来する（『世説新語《せせつしんご》』巧芸篇《こうげいへん》）。ある人物の肖像画を描くさい、頰に三本の毛を描き加えたところ、特徴がいきいきと再現されたというものだ。北宋《ほくそう》の蘇東坡《そとうば》もこれを踏まえて、「凡《およ》そ人《ひと》の意思《いし》は各《おの》おの所在《しょざい》有《あ》り。或《ある》いは眉目《びもく》に在《あ》り、或《ある》いは鼻口《びこう》に在《あ》り」（「伝神記《でんしんき》」）と述べ、対象の特徴が凝縮されたポイントを把握して、肖像画を描くことが肝要だとしている。絵画のみならず広く人間理解に通用しそうな話である。

三月六日

蟄虫《ちっちゅう》　始《はじ》めて振《うご》く

『礼記《らいき》』月令篇《がつりょう》に「東風《とうふう》　凍《とう》を解《と》き、蟄虫《ちっちゅう》　始《はじ》めて振《うご》き、魚《うお》　氷《こおり》に上《のぼ》り、獺《かわうそ》　魚《うお》を祭《まつ》り、鴻雁《こうがん》　来《き》たる」とある。「東風(春風)が氷を溶かすころ、蟄虫《ちっちゅう》(地中で冬眠していた虫)が動きだし、魚が氷上に浮かび、獺《かわうそ》が獲物の魚を並べ、雁《かり》が南から飛来する」との意。二十四節気《せっき》の一つ、啓蟄《けいちつ》の日はこれにちなむ。春の到来とともに、虫も魚も獣も鳥も蘇《よみがえ》るさまを記すこの一文は、古代人の生命感あふれる季節感覚を浮き彫りにする。

百里《ひゃくり》を行《ゆ》く者《もの》は九十《きゅうじゅう》を半《なかば》とす

始皇帝

「百里を行こうとする者は九十里まで行ったとき、やっと半分来たと思うべきだ」との意味。これはもともと秦王《しん》(のちの始《し》皇帝)に対し、ある人が「王は最近、驕《おご》る傾向がおありだ」と注意したとき、引用した古い詩句である(『戦国策《せんごくさく》』秦策《しんさく》)。「始めよければ終わりよし」ともいうが、その実、一定の調子を持続しながら「有終《ゆうしゅう》の美」を飾るのは至難のわざだ。何事につけ、最後まで気を抜かず完走することを心がけたいものだ。

三月八日

三人《さんにん》　虎《とら》を成《な》す

「三人《さんにん》　市虎《しこ》を成《な》す」ともいう。本来ありえないことだが、三人が口をそろえて市場に虎が出たと言うと、ついにその話が信じられるということ。「衆口《しゅうこう》　金《きん》を鑠《と》かす」と同義である。もともと『戦国《せんごく》策《さく》』魏策《ぎさく》に見える。個人レベルでもそうだが、社会レベルでも噂が噂を呼び、パニック状態になることはよくある。現代では氾濫する情報に惑わされず、冷静に根拠を確認する操作が必要だ。その意味で今に通用する格言である。

三月九日

東隅《とうぐう》に失《うしな》い　桑楡《そうゆ》に収《とら》う

馮異

後漢《ごかん》王朝創業の功臣、馮異《ふうい》はすぐれた軍事家であり、光武《こうぶ》帝（後漢初代皇帝）のライバルや反乱軍の赤眉《せきび》軍を次々に撃破した。これは当初、赤眉軍に大敗を喫した馮異が、態勢を立て直し殲滅《せんめつ》したとき、光武帝が与えた言葉。「東隅《とうぐう》（正午前）にこれを失ったが、桑楡《そうゆ》（日暮れ時）に獲得した」という意味。「勝敗《しょうはい》は兵家《へいか》の常《つね》なり」と敗北にこだわらず、劣勢を挽回した馮異への最高の賛辞というべきであろう。

（『後漢書《ごかんじょ》』馮異《ふうい》伝）

三月十日

実事《じつじ》求是《きゅうぜ》

「事実を把握し、物事の真実を追求する」との意味。前漢《ぜんかん》の武《ぶ》帝の弟、河間献王《かかんけんおう》の伝記(『漢書《かんじょ》』河間献王伝)に見える「学《がく》を修《おさ》め、古《いにしえ》を好《この》み、実事《じつじ》求是《きゅうぜ》なり」にもとづく。以来、「実事求是」は空論を嫌う中国的学問方法の基礎を示す語となり、時代が下った清《しん》代の実証主義的学風もこの語で総括される。さらに文化大革命の時期にも、学問方法の標語として大いに用いられた。二千年余りフルに活用された息の長い言葉である。

三月十一日

歳寒《としさむ》くして　然《しか》る後《のち》に松柏《しょうはく》の彫《しぼ》むに後《おく》るることを知《し》る也《なり》

孔子《こうし》の言葉。「寒い季節になってはじめて、松や柏《はく》(ヒノキなど常緑樹の総称)がしぼまないことがわかる」という意味。こうして冬になって常緑樹の松や柏の強靱さがわかるのと同様、人間も危機に遭遇してはじめて、本質があらわになるというのである。この言葉がもとになり、かたく節操を保つ者を「松柏《しょうはく》の質《しつ》」と形容し、称賛するようになる。(『論語』子罕《しかん》篇)

銭貢「歳寒図軸」

三月十二日

前《まえ》に古人《こじん》を見《み》ず　後《うしろ》に来者《らいしゃ》を見《み》ず

初唐《しょとう》の陳子昂《ちんすごう》の四行詩「幽州台《ゆうしゅうだい》に登《のぼ》る歌《うた》」の前半二句。後半の二句は、

天地《てんち》の悠然《ゆうぜん》たるを念《おも》い
独《ひと》り愴然《そうぜん》と涕下《なみだくだ》る

と歌う。「前を見ても過去の人間はおらず、後を見ても未来の人間はいない。悠久の天地を思うと、孤絶したこの身が悲しく涙が流れる」の意。「幽州台」は河北《かほく》省にあった高台。永遠の宇宙と有限の人間存在を対比した名詩である。ことに、大胆なタッチで人たる者の絶対的孤独を浮き彫りにする前半二句は秀逸。

三月十三日

疾風《しっぷう》に勁草《けいそう》を知《し》る

後漢《ごかん》初代皇帝の光武《こうぶ》帝が配下の王覇《おうは》を称えた言葉。「強い風が吹いてはじめて、どの草が強靭であるかがわかる」という意味である。王覇は光武帝が挙兵した直後からつき従い、苦楽をともにした創業の功臣。当初、王覇とともに光武帝の傘下に入った者は雲ゆきが芳しくないと見るや、次々に立ち去った。しかし、王覇だけは頑として踏みとどまり、感動した光武帝はこう述べて、その節操のかたさを称賛した。（『後漢書《ごかんじょ》』王覇《おうは》伝）

光武帝

三月十四日

西《にし》のかた陽関《ようかん》を出《い》づれば故人《こじん》無《な》からん

王維

三月は別れと旅立ちの季節。これは送別の歌として有名な、盛唐《せいとう》の王維《おうい》の七言絶句「元二《げんじ》の安西《あんせい》に使《つか》いするを送《おく》る」の第四句。詩全体は、

渭城《いじょう》の朝雨《ちょうう》　軽塵《けいじん》を浥《うるお》し
客舎青青《かくしゃせいせい》　柳色新《りゅうしょくあら》たなり
君《きみ》に勧《すす》む　更《さら》に尽《つ》くせ一杯《いっぱい》の酒《さけ》
西《にし》のかた陽関《ようかん》を出《い》づれば故人《こじん》無《な》からん

となる。「陽関《ようかん》」は西域《せいいき》との国境にあった関所。「故人《こじん》」は友人。この詩は「陽関三畳《ようかんさんじょう》」と称され、実際に歌われた。骨気《こっき》太く朗々と惜別の情を歌いあげた名詩中の名詩である。

三月十五日

天涯《てんがい》　比隣《ひりん》の若《ごと》し

初唐《しょとう》の王勃《おうぼつ》が蜀《しょく》(四川省《しせん》)に赴任する友人を見送ったときに作った五言律詩「杜少府《としょうふ》　任《にん》に蜀州《しょくしゅう》に之《ゆ》くを送《おく》る」の第六句。

海内《かいだい》　知己存《ちきそん》せば
天涯《てんがい》　比隣《ひりん》の若《ごと》し

とつづく。「天下のどこにでも理解してくれる友人はいるのだから、天の果てでも隣りみたいなものだ」との意。作者は視野を拡大することにより、くよくよするなと旅立つ友人を慰め、自分も別離の悲しみを乗り越えようとする。あたたかく深い思いやりのこもった別れの歌。

王勃

三月十六日

家書《かしょ》　万金《ばんきん》に抵《あた》る

国破《くにやぶ》れて山河《さんが》在《あ》り
城春《しろはる》にして草木《そうもく》深《ふか》し
と歌いだされる、杜甫《とほ》の有名な五言律詩「春望《しゅんぼう》」の第六句。
烽火《ほうか》　三月《さんがつ》に連《つら》なり
家書《かしょ》　万金《ばんきん》に抵《あた》る
とつづく。「(危急を告げる)のろし火は三月になってもやまず、家からの手紙は万金にも相当する」の意。このとき、七五五年に勃発した安禄山《あんろくざん》の乱によって唐《とう》の首都長安《ちょうあん》は陥落、下級官吏の杜甫も軟禁されていた。戦乱の渦中で家族の安否を気づかう心情がひたひたと伝わってくる名句である。

杜甫

三月十七日

郷音《きょうおん》改《あらた》むる無《な》きも鬢毛《びんもう》衰《おとろ》う

賀知章

盛唐《せいとう》の賀知章《がちしょう》の七言絶句「回郷偶書《かいきょうぐうしょ》」第二句。「お国なまりは変わらないが、鬢《びん》の毛は薄くなってしまった」の意である。詩全体は、

少小郷《しょうしょうきょう》を離《はな》れ　老大《ろうだい》にして回《かえ》る
郷音改《きょうおんあらた》むる無《な》きも鬢毛衰《びんもうおとろ》う
児童《じどう》相《あ》い見《み》るも相《あ》い識《し》らず
笑《わら》って問《と》う　客《かく》は何処《いずこ》より来《き》たるかと

となる。賀知章は八十六歳のとき、若くして離れた故郷会稽《かいけい》（浙江省《せっこう》）に帰り、まもなく死んだ。浦島太郎のようなわが身をユーモラスに描く味わい深い詩句である。

三月十八日

君子《くんし》豹変《ひょうへん》

もともとは、君子(りっぱな人物)が旧悪を改め、善なる方向に転じることを指し、そのさまを豹の毛が秋になり、美しく生え変わることに喩えた言葉(『易経《えききょう》』革《かく》)。のちに意味が逆転し、君子と思っていた人物が善からぬ方向にがらりと態度を変えることを指すようになる。長らく流通するうちに意味が変わる言葉も少なくない。この場合は、好ましからぬ変身を遂げる君子が多いため、言葉の内容も変化したものと見える。

三月十九日

兵《へい》は拙速《せっそく》を尊《たっと》ぶ

『孫子《そんし》』作戦篇《さくせん》に見える「兵《へい》は拙速《せっそく》なるを聞《き》くも、未《いま》だ巧久《こうきゅう》なるを睹《み》ざる也《なり》」による。「戦争には下手でもすばやくやるというのはあるが、上手に長くやる例はない」という意味。拙速が尊ばれるのは、戦争が長引いて利益があったためしがないからだ。現在、拙速というとやっつけ仕事のイメージが強い。これも時代とともに指示内容が変わった例だろう。ちなみに、『三国志』郭嘉《かくか》伝に、「兵《へい》は神速《しんそく》を尊《たっと》ぶ」という表現がある。

三月二十日

杞憂《きゆう》

今も「杞憂《きゆう》にすぎない」といった表現でしばしば用いられるが、もともとは『列子《れっし》』天瑞《てんずい》篇に見える寓話にもとづく。春秋時代《しゅんじゅう》、杞《き》の国に天が落ちて来たらどうしようと、憂いのあまり、眠ることも食べることもできなくなった者がいたという話である。これがもとになり、無用の心配や取り越し苦労をすることを、「杞憂」というようになる。もとになった故事は忘れられても、言葉は生命を保ちつづける顕著な例だといえよう。

三月二十一日

春宵《しゅんしょう》一刻《いっこく》値《あたい》千金《せんきん》

名句として知られる蘇東坡《そとうば》の七言絶句「春夜《しゅんや》」の第一句。「春の夜のひとときは千金の値打ちがある」の意である。詩全体は、

春宵《しゅんしょう》 一刻《いっこく》 値《あたい》 千金《せんきん》
花《はな》に清香《せいこう》有《あ》り 月《つき》に陰《かげ》有《あ》り
歌管《かかん》 楼台《ろうだい》 声《こえ》 細細《さいさい》
鞦韆《しゅうせん》 院落《いんらく》 夜《よる》 沈沈《ちんちん》

となる。花の香が漂うおぼろ月のもと、高殿から歌や音楽がかすかに響き、中庭にはブランコがぶらさがり、しんしんと夜はふけゆくと、作者は「値　千金」の春夜の情景を鮮やかに浮き彫りにする。

三月二十二日

春眠《しゅんみん》　暁《あかつき》を覚《おぼ》えず

孟浩然

盛唐《せいとう》の孟浩然《もうこうねん》の五言絶句「春暁《しゅんぎょう》」の第一句。暖かな春の朝、夜が明けたのにも気づかず、うつらうつらとまどろむ心地よさを歌う、極め付きの名句である。詩全体は、

　春眠《しゅんみん》　暁《あかつき》を覚《おぼ》えず
処処《しょしょ》　啼鳥《ていちょう》を聞《き》く
夜来《やらい》　風雨《ふうう》の声《こえ》
花落《はなお》つること知《し》んぬ多少《たしょう》ぞ

となる。作者は夢うつつで鳥の鳴き声を聞きながら、ゆうべ風雨の音がしたけれど、花はどれほど散ったことだろうかと、思いをめぐらす。つかのまの春の陶然《とうぜん》たるひとときをみごとに描いた詩篇。

三月二十三日

年年歳歳《ねんねんさいさい》　花相《はなあ》い似《に》たり

年年歳歳《ねんねんさいさい》　花相《はなあ》い似《に》たり
歳歳年年《さいさいねんねん》　人同《ひとおな》じからず

とつづく。「毎年、花は同じように咲くが、毎年、人は同じではありえない」との意。初唐《しょとう》の劉希夷《りゅうきい》の七言古詩「白頭《はくとう》を悲《かな》しむ翁《おきな》に代《かわ》る」に見える詩句である。再生を繰り返す自然と、歳月の経過とともに不可逆的に衰えてゆく人間存在をリズミカルに対比させている。この「花」を日本人は反射的に桜だと思うが、実は冒頭に「洛陽《らくよう》城東《じょうとう》　桃李《とうり》の花《はな》」とあり、ここでは桃と李《すもも》を指す。

三月二十四日

白駒《はっく》の郤《げき》を過《す》ぐるが若《ごと》し

「人《ひと》　天地《てんち》の間《かん》に生《う》まるるは、白駒《はっく》の郤《げき》を過《す》ぐるが若《ごと》く、忽然《こつぜん》たるのみ」(『荘子《そうし》』知《ち》北遊篇《ほくゆうへん》)による。「郤《げき》」は隙《げき》に同じ。「人が天地の間に生きている時間は、白馬が走って行くのを戸の隙間からのぞき見るように、あっという間だ」という意味。後世、「白馬《はくば》　隙《げき》を過ぐ」という成語となる。「光陰箭《こういんや》(矢)の如《ごと》し」など、歳月の過ぎやすさ、人生の短さについての比喩は数多いが、この疾走する白馬を用いた比喩はとりわけ秀逸である。

三月二十五日

忽《こつ》として遠行《えんこう》の客《かく》の如《ごと》し

「古詩《こし》十九首」（作者不詳）其の三に見える詩句で、

人《ひと》　天地《てんち》の間《かん》に生《う》まれ
忽《こつ》として遠行《えんこう》の客《かく》の如《ごと》し

とつづく。「人はこの世に生まれても、遠国へ行く旅人のようにたちまち立ち去り、二度と帰ることはない」との意。昨日あげた荘子《そうし》の言葉を下敷きにした表現だが、この詩はついで、

斗酒《としゅ》もて相《あ》い娯楽《ごらく》し
聊《いささ》か厚《あつ》しとし薄《うす》しと為《な》さず

と歌い、どうせ短い人生なら酒を飲んで愉快にすごし、それでよしとしようと、快楽賛美へと移行する。

三月二十六日

人心《じんしん》は面《めん》の如《ごと》し

「人心《じんしん》の同《おな》じからざるは、其《そ》の面《めん》の如《ごと》し」(『春秋左伝《しゅんじゅうさでん》』襄公《じょうこう》三十一年)に由来する。「人の思いがそれぞれ異なるのは、顔がちがうのと同じだ」との意味。「十人十色《じゅうにんといろ》」に類する言い方である。人はそれぞれ異なる感覚や考え方をもつと重々わかっていても、つい自分と同じだと錯覚し、相違を見せつけられるとがっくりすることが多い。他者理解は「人心《じんしん》は面《めん》の如《ごと》し」という一種の断念を踏まえてはじめて、成立するのかもしれない。

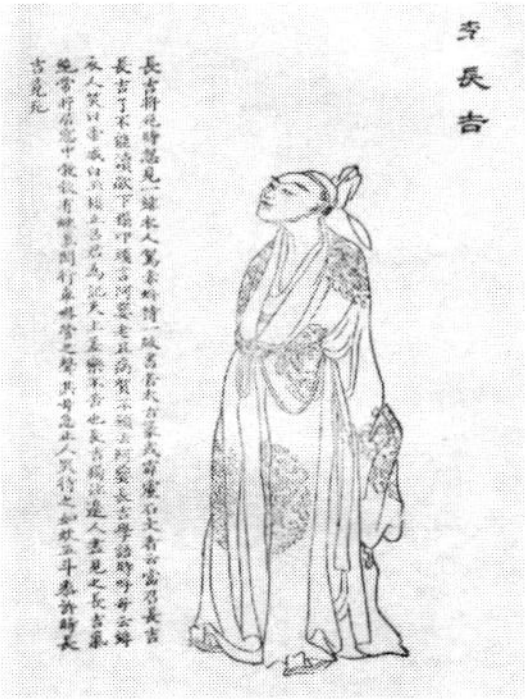

李賀

三月二十七日

天若《てんも》し情有《じょうあ》らば　天《てん》も亦《ま》た老《お》いん

中唐《ちゅうとう》の李賀《りが》の「金銅仙人《きんどうせんにん》　漢《かん》を辞《じ》するの歌《うた》」第十句。金銅仙人は前漢《ぜんかん》の武《ぶ》帝が長安《ちょうあん》に置いた巨大な仙人像。数百年後、魏《ぎ》の明《めい》帝はこれを洛陽《らくよう》に移す。この故事を歌う上記の詩で、仙人像はみずから「天に情があるなら、天も(流転の私を憐れみ)老いこむことだろう」と嘆くのである。奇抜な発想と表現に魅《み》せられたのか、北宋《ほくそう》の欧陽修《おうようしゅう》はこの言葉をそのまま自作の詞《ツー》に転用している。

三月二十八日

未《いま》だ生《せい》を知《し》らず　焉《いず》くんぞ死《し》を知《し》らん

やんちゃな愛弟子子路《しろ》が死について質問したときの孔子《こうし》の答えである(『論語』先進《せんしん》篇)。「生きている間のこともわからないのに、どうして死後のことがわかるか」との意。いかにも現実重視のリアリストらしい発言だ。孔子はまた「鬼神《きしん》を敬《けい》して之《こ》れを遠《とお》ざく」(同、雍《よう》也《や》篇)と述べ、「子《し》は怪力乱神《かいりきらんしん》を語《かた》らず」(同、述而《じゅつじ》篇)と不可知の世界に踏みこまない態度を明確に示している。

三月二十九日

名山《めいざん》に蔵《ぞう》す

司馬遷

前漢《ぜんかん》の司馬遷《しばせん》の言葉。彼は宮刑《きゅうけい》(去勢の刑罰)に処せられた後、屈辱に耐え神話時代から前漢までの通史『史記《しき》』の著述に心血をそそいだ。この言葉は友人あての手紙「任少卿《じんしょうけい》に報《ほう》ずる書《しょ》」に見え、「これ(史記)を名山に蔵し不朽のものにできれば本望だ」という脈絡で述べたものである。亡失を防ぐため、実際に石の箱に入れ名山に埋めたかどうかは不明だが、自著の永遠性を切望する執念には鬼気迫るものがあり、胸うたれる。

三月三十日

洛陽三月《らくようさんがつ》　花《はな》は錦《にしき》の如《ごと》し

南宋《なんそう》の詩人劉克荘《りゅうこくそう》の「鶯梭《おうさ》」第三句。

洛陽三月《らくようさんがつ》　花《はな》は錦《にしき》の如《ごと》し
多少《たしょう》の工夫《こうふ》　織《お》りて成《な》すを得《え》ん

とつづく。「工夫《こうふ》」は手間、労力。「洛陽の三月は花々が錦《にしき》のようだ。どれくらいの手間をかけて織りあげたことやら」という意味になる。詩全体として鶯《うぐいす》の飛びかうさまを梭《さ》(「ひ」すなわち織物の道具)に喩え、この「鶯梭」が花の錦を織りあげたとする。この詩句には平安時代の素性《そせい》の和歌に見える「都ぞ春の錦なりけり」の句と、はるかに共鳴するものがある。

三月三十一日

万紫千紅《ばんしせんこう》　総《すべ》て是《こ》れ春《はる》

春爛漫《らんまん》である。これは南宋《なんそう》の朱子《しゅし》の「春日《しゅんじつ》」第四句で、

等閑《とうかん》に識《し》り得《え》たり　東風《とうふう》の面《めん》
万紫千紅《ばんしせんこう》　総《すべ》て是《こ》れ春《はる》

とつづく。「等閑《とうかん》」は無意識のうちに、そぞろに。「私はそぞろに春の真面目《しんめんぼく》を理解した。色とりどりに咲きほこる花はすべて春の化身なのだ」の意である。百花繚乱《りょうらん》、華麗な春景色を一気に歌いあげたこの詩には、大哲学者朱子の意外なほど柔軟な感性があらわれている。のちに「万紫千紅《ばんしせんこう》」は多彩なものの共存を指す成語となる。

朱子

四月

四月一日

少年《しょうねん》老《お》い易《やす》く　学《がく》成《な》り難《がた》し

朱子

入学、入社、進級の季節である。これは朱子《しゅし》の七言絶句「偶成《ぐうせい》」第一句。詩全体は、

少年《しょうねん》老《お》い易《やす》く　学《がく》成《な》り難《がた》し
一寸《いっすん》の光陰《こういん》　軽《かろ》んず可《べ》からず
未《いま》だ醒《さ》めず　池塘《ちとう》春草《しゅんそう》の夢《ゆめ》
階前《かいぜん》の梧葉《ごよう》　既《すで》に秋声《しゅうせい》

となる。「若者はすぐ老いるが、学問は成就しがたい。だから少しの時間もむだにしてはならない」との意味。やや説教臭があるとはいえ、これはまぎれもない真理である。人生の先輩が若者に向かい、めいっぱい生きよと励ます言葉とうけとっておきたい。

四月二日

千万人《せんまんにん》と雖《いえど》も吾《わ》れ往《ゆ》かん

孟子《もうし》の言葉「自《みずか》ら反《かえ》りみて縮《なお》くんば、千万人《せんまんにん》と雖《いえど》も吾《わ》れ往《ゆ》かん」(『孟子』公孫丑《こうそんちゅう》篇上)による。「内省し正しいと確信したことは、千万の敵がいても私はつき進む」との意。孟子は「人《ひと》は為《な》さざる有《あ》り、而《しか》る後《のち》に以《もっ》て為《な》す有《あ》る可《べ》し(なすべきでないことはけっしてやらない。それでこそ重要なことができる)」(同、離婁《りろう》篇下)とも述べている。真の勇気は無鉄砲ではなく、内省による揺るがない確信から生まれるという意味深い発言。

彼《か》れも一時《いちじ》　此《こ》れも一時《いちじ》也《なり》

孟子《もうし》の言葉（『孟子』公孫丑篇下《こうそんちゅう》）。「昔の太平の世も一時期なら、今の乱れた世も一時期だ。（君子《くんし》はどの時期に遭遇しても、天も人も怨まず心楽しく生きるものだ）」との意。孟子には治世と乱世が交替するという歴史観があり、「天下の生ずるや久しきも一治《いっち》一乱《いちらん》たり」（同、滕文公《とうぶんこう》篇下）とも述べている。この言葉は現在、時勢の変化に応じて態度を変える者の自己弁明として用いられる場合が多い。孟子が知れば烈火のごとく怒るに相違ない。

四月四日

千里《せんり》鶯《うぐいす》啼《な》いて緑《みどり》紅《くれない》に映《えい》ず

晩唐《ばんとう》の杜牧《とぼく》の七言絶句「江南《こうなん》の春《はる》」第一句。「千里のかなたまで鶯は鳴き、木々の緑と花の紅が照り映える」と、江南の春景色が名調子で寸描されている。詩全体は、

千里《せんり》　鶯《うぐいす》　啼いて緑紅《みどりくれない》に映《えい》ず
水村《すいそん》　山郭《さんかく》　酒旗《しゅき》の風《かぜ》
南朝《なんちょう》　四百八十寺《しひゃくはっしんじ》
多少《たしょう》の楼台《ろうだい》　烟雨《えんう》の中《うち》

となる。「八十」は「はっしん」と読むのが慣例。江南の春を舞台に、滅び去った南朝(隋《ずい》以前、建康《けんこう》すなわち南京を都とした漢民族王朝)への追慕の念を連綿と歌いあげた極め付きの傑作である。

杜牧

四月五日

清明《せいめい》の時節《じせつ》　雨紛紛《あめふんぷん》

清明は二十四節気《せっき》の一つで陽暦では四月五日前後。中国では墓参と郊外散策を行う。これは晩唐《ばんとう》の杜牧《とぼく》の七言絶句「清明」第一句。「紛紛《ふんぷん》」は雨が降りしきるさま。詩全体は、

清明《せいめい》の時節《じせつ》　雨紛紛《あめふんぷん》
路上《ろじょう》の行人《こうじん》　魂《たましい》を断《た》たんと欲《ほっ》す
借問《しゃもん》す　酒家《しゅか》何《いず》れの処《ところ》にか有《あ》る
牧童《ぼくどう》　遥《はる》かに指《ゆび》さす杏花村《きょうかそん》

となる。清明の日、雨に濡れ身も心も疲れた旅人が牧童に杏《あんず》の咲く村の酒屋を教えられ、ほっと心をなごませる。そんな情景を臨場感ゆたかに歌う名詩。

四月六日

清明《せいめい》は雪《ゆき》を断《た》つ

「清明《せいめい》は雪《ゆき》を断《た》ち、穀雨《こくう》は霜《しも》を断《た》つ」という俗諺《ぞくげん》。清明（前日の項参照）を過ぎれば雪が降らず、穀雨《こくう》（二十四節気《せっき》の一つ。陽暦四月二十日前後）を過ぎれば霜が降りない、との意。このへんで春本番となるわけだ。清明節の二日前が「寒食《かんしょく》」であり、伝統中国ではこの前後三日間は火を使わず冷たい物を食べた。季節感の乏しい今とは異なり、昔の人々は季節の節目を明確に区切り、生活にメリハリをもたせていたのである。

一杯《いっぱい》一杯《いっぱい》　復《ま》た一杯《いっぱい》

花に酒はつきもの。これは李白《りはく》の七言絶句「山中《さんちゅう》にて幽人《ゆうじん》と対酌《たいしゃく》す」第二句。全体は、

　両人対酌《りょうにんたいしゃく》すれば　山花《さんか》開《ひら》く
　一杯一杯《いっぱいいっぱい》　復《ま》た一杯《いっぱい》
　我《わ》れ酔《よ》うて眠《ねむ》らんと欲《ほっ》す　卿且《けいしば》らく去《さ》れ
　明朝《みょうちょう》　意有《いあ》らば　琴を抱《いだ》いて来《き》たれ

となる。山の花が咲く季節、友の隠者と杯を重ねるうち、李白は「もう眠くなったからきみは帰ってくれ。明朝、気が向けばまた琴を抱いて来ておくれ」と告げる。天衣無縫の「詩仙《しせん》」李白ならではの名セリフである。

「太白酔酒」(清代河北の民間画)

四月八日

浮《ふ》生《せい》は夢《ゆめ》の若《ごと》し

李《り》白《はく》の言葉。「夫《そ》れ天地《てんち》は万物《ばんぶつ》の逆旅《げきりょ》にして、光陰《こういん》は百代《ひゃくだい》の過客《かかく》なり。而《しこう》して浮生《ふせい》は夢《ゆめ》の若《ごと》し」とつづく。万物の宿である天地の間に生まれ、永遠に停止しない時間のなかで生きる人間の一生ははかない夢のようだ、との意味。もっとも、李白は次の瞬間、この詠嘆をふりきって春の宴を徹底的に楽しむ姿勢に転換する。ちなみに、李白を好んだ芭蕉はこの一節を『奥の細道』冒頭に転用している。

（「春夜《しゅんや》　桃李《とうり》の園《えん》に宴《えん》するの序《じょ》」）

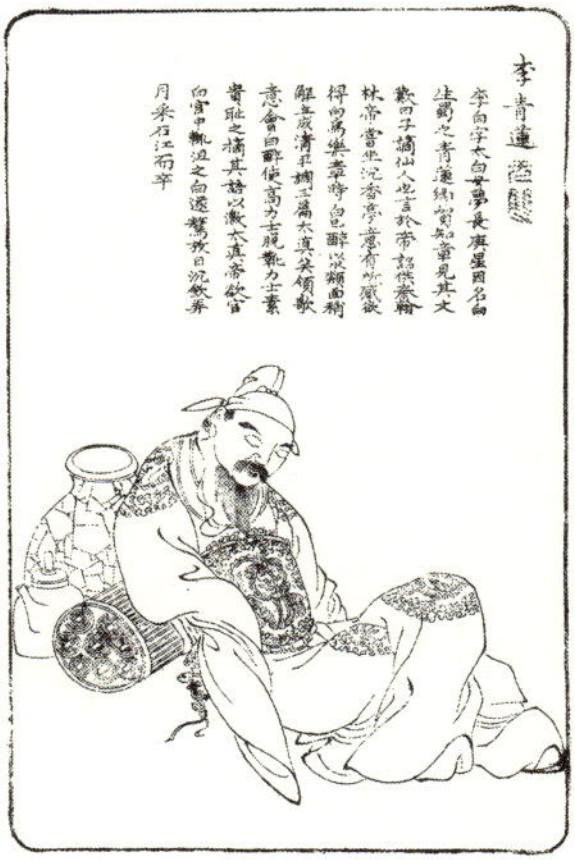

李白

春光《しゅんこう》度《わた》らず　玉門関《ぎょくもんかん》

春の到来には地域差がある。これは盛唐《せいとう》の王之渙《おうしかん》の七言絶句「涼《りょう》州詞《しゅうし》」第四句。詩全体は、

黄河《こうが》遠《とお》く上《のぼ》る白雲《はくうん》の間《かん》
一片《いっぺん》の孤城《こじょう》　万仞《ばんじん》の山《やま》
羌笛《きょうてき》何《なん》ぞ須《もち》いん　楊柳《ようりゅう》を怨《うら》むを
春光度《しゅんこうわた》らず　玉門関《ぎょくもんかん》

となる。「玉門関《ぎょくもんかん》」は西域《せいいき》との境の関所。「楊柳《ようりゅう》」は別れの曲「折楊《せつよう》柳《りゅう》」。第三、第四句は「羌族《きょうぞく》の笛で折楊柳の悲しい調べを奏でるまでもない。春光は玉門関を越えて来ないのだから(それだけで悲しい)」の意。春の遅い荒涼たる辺境の情景を彷彿《ほうふつ》とさせる歌である。

四月十日

古来《こらい》　征戦《せいせん》　幾人《いくにん》か回《かえ》る

これも「涼州詞《りょうしゅうし》」。盛唐《せいとう》の王翰《おうかん》の七言絶句だが、詩全体は、

葡萄《ぶどう》の美酒《びしゅ》　夜光《やこう》の杯《さかずき》

飲《の》まんと欲《ほっ》すれば　琵琶《びわ》　馬上《ばじょう》に催《うなが》す

酔《よ》うて沙場《さじょう》に臥《ふ》するを君笑《きみわら》うこと莫《な》かれ

古来《こらい》　征戦《せいせん》　幾人《いくにん》か回《かえ》る

である。華麗な異国情緒あふれる歌い出しと、辺境守備に当たる者の「昔から出征して何人が帰ってきたか」という悲痛な結びとの落差が強烈だ。辺境生活者の悲しみや苦しみをテーマとする多くの「辺塞詩《へんさいし》」のうち屈指の傑作といえよう。

四月十一日

洛陽《らくよう》の女児《じょじ》　顔色好《がんしょくよ》し

初唐《しょとう》の劉希夷《りゅうきい》の「白頭《はくとう》を悲《かな》しむ翁《おきな》に代《かわ》る」第三句。

洛陽《らくよう》の女児《じょじ》　顔色好《がんしょくよ》し
行《ゆ》くゆく落花《らっか》に逢《お》うて長歎息《ちょうたんそく》す
今年花落《こんねんはなお》ちて顔色改《がんしょくあらた》まり
明年花開《みょうねんはなひら》くも復《ま》た誰《だれ》か在《あ》る

とつづく。「顔色好し」は「顔色を惜しむ」ともいう。「洛陽の美少女は落花に出合いため息をつく。今年花が散るとともに容貌も衰え、来年花が咲いても誰が元気でいられようか」との意。落花しきり、洛陽の美少女ならずとも、誰しもふと無常感にとらわれる季節である。

四月十二日

青帝《せいてい》をして長《なが》く主為《しゅた》らしむ

朱淑真

宋《そう》の女性詩人、朱淑真《しゅしゅくしん》の七言絶句「惜春《せきしゅん》」第三句による。落花を嘆き、

願《ねが》わくは青帝《せいてい》をして長《なが》く主為《しゅた》らしめ
紛紛《ふんぷん》として翠苔《すいたい》に落《お》としむる莫《な》かれ

と歌う。「青帝《せいてい》」は春の神。「翠苔《すいたい》」は緑の苔《こけ》。「永遠に春の神が主となり、苔の上に花を散らせないでほしい」という意味。ちなみに、四季と色は五行《ごぎょう》(宇宙を構成する五元素)とも関連し、春—青、夏—朱《あか》、秋—白、冬—玄《くろ》と一定の組み合わせがある。青春や白秋の語はこれに由来する。

四月十三日

学《まな》んで時《とき》に之《こ》れを習《なら》う 亦《ま》た説《よろこ》ばしからずや

『論語《ろんご》』冒頭の言葉。孔子《こうし》はまずこのように「学んだことをしかるべき時に復習し自分のものにするのは、喜ばしいことではないか」と反復しつつ学ぶ喜びを説く。ついで他者との関係に言及し「朋有《ともあ》り遠方《えんぽう》より来《き》たる、亦《ま》た楽《たの》しからずや。人知《ひとし》らずして慍《いか》らず、亦《ま》た君子《くんし》ならずや」、すなわち「勉強仲間が遠方からやって来るのは、楽しいことではないか。人から認められなくても腹を立てない、それこそ君子ではないか」と述べる。性急に結果や評価を求めるな、楽しく充実して生きよという力強い発言である。(『論語』学而《がくじ》篇)

孔子

四月十四日

温故知新《おんこちしん》

孔子《こうし》の「故《ふる》きを温《たず》ねて新《あたら》しきを知《し》る。以《もっ》て師《し》と為《な》る可《べ》し」による。「温」は本来、冷えた食物をあたためることだから、「温故《おんこ》」は過去を歴史的現在としてホットな視点で学ぶこと、「知新《ちしん》」はこうした学びの姿勢により現実問題を認識することをいう。このように過去(歴史)と現在をいきいきと結びつけることができてこそ人の教師になれると、孔子はきっぱり言いきる。現実感覚あふれる学問論・教師論である。(『論語』為政《いせい》篇)

四月十五日

尽《ことごと》く書《しょ》を信《しん》ずれば　則《すなわ》ち書無《しょな》きに如《し》かず

『孟子《もうし》』尽心《じんしん》篇下の言葉。「書《しょ》」は五経《ごきょう》の一つ『書経《しょきょう》』を指す。「書経をまるごと信じるなら書経などないほうがましだ」の意。孟子は殷《いん》・周《しゅう》王朝交替についての『書経』の記述が気に入らなかったのである。このやや強引な孟子の発言は後世、『書経』を書物一般とし、「書物をまるごと信じるなら書物などないほうがましだ」と意味が広がり、陽明学派《ようめいがくは》が好んで用いる言葉となる。

四月十六日

朱《しゅ》に近《ちか》づけば必《かなら》ず赤《あか》し

「墨《ぼく》に近《ちか》づけば必《かなら》ず黒《くろ》し」とつづく。西晋《せいしん》の傅玄《ふげん》の「太子少傅箴《たいししょうふしん》」にある言葉。人は友人しだいで善くも悪くもなる喩えだが、日本では「朱に交われば赤くなる」という表現でよく使われる。ちなみに、荀子《じゅんし》も「蓬《ほう》も麻中《まちゅう》に生《しょう》ずれば扶《たす》けずして直《ちょく》なり」(『荀子』勧学《かんがく》篇)と述べている。「蓬《ほう》」はヨモギでなくツル草。ツル草も麻《あさ》の中に生えれば自然にまっすぐになるとの意。環境しだいで植物も人も変化するのは今も昔も変わらない。

四月十七日

君子《くんし》は器《うつわ》ならず

孔子《こうし》の言葉（『論語』為《い》政《せい》篇）。「君子は用途のきまった器物であってはならない」との意。ここに浮かぶのは広い視野をもつ悠揚迫らない君子像である。孔子自身は若いころ貧しく、諸事に通じた苦労人であり「吾《わ》れ少《わか》くして賤《いや》し。故《ゆえ》に鄙事《ひじ》に多能《たのう》なり。君子《くんし》は多《た》ならんや、多《た》ならざる也《なり》」（同、子《し》罕《かん》篇）とも述べている。みずからの経験を踏まえ、君子は器《うつわ》であってはならず、器用に些事をこなすのは感心しないという発言には、千鈞《きん》の重みがある。

倉庫係をつとめる孔子（『聖蹟之図』）

四月十八日

一事《いちじ》を経《へ》ざれば一智《いっち》に長《ちょう》ぜず

俗諺《ぞくげん》。「一つの事をやり遂げてはじめて一つの知恵が身につく」という意味。清《しん》代の長篇小説『紅楼夢《こうろうむ》』や『鏡花縁《きょうかえん》』にも見え、よく用いられる言葉である。昨日とりあげた「君子《くんし》は器《うつわ》ならず」のように、いっきょに総合的な知を身につけることは、ふつうの人間には難しい。試行錯誤を繰り返しながら、一つ一つ困難をクリアして経験を積み、視野を広めてゆくしかないと思われる。経験の重要性を説く大人の感覚にあふれた格言。

四月十九日

九《く》たび臂《ひじ》を折《お》りて医《い》と成《な》る

これも経験の重要性を説く言葉。戦国《せんごく》時代、楚《そ》の詩人屈原《くつげん》が著したとされる『楚辞《そじ》』九章《きゅうしょう》「惜誦《せきしょう》」に見える詩句である。「九度、人（患者）の臂《ひじ》を折ってはじめて名医になれる」という意味。いささかギヨッとする話だが、『春秋左伝《しゅんじゅうさでん》』定公《ていこう》十三年にも「三《み》たび肱《ひじ》を折《お》り知《い》りて良医《りょうい》と為《な》る」とあり、これを下敷きにした表現とおぼしい。失敗は成功の母、ひるまず挑戦しつづけることが大切だということ。

屈原

四月二十日

牡《ぼ》丹《たん》花《か》下《か》に死《し》す

北宋《ほくそう》の欧陽修《おうようしゅう》は「洛花《らくか》（洛陽《らくよう》の牡丹《ぼたん》）は穀雨《こくう》を以《もっ》て開《ひら》く候《とき》と為《な》す」（「洛陽牡丹記《らくようぼたんき》」）と述べている。「穀雨」については四月六日参照。牡丹は隋《ずい》代に注目をあび、唐《とう》代以降大いに流行して「牡丹花下《ぼたんかか》に死《し》し鬼《き》と做《な》るも也《ま》た風流《ふうりゅう》（牡丹の下で死んで幽霊となるのも風流だ）」という成句まで生む。西行《さいぎょう》法師の「願わくは花の下にて春死なんその如月《きさらぎ》の望月のころ」と共通する表現である。牡丹であれ桜であれ、妖艶な花の美には人をこの世ならぬ思いに誘うものがある。

元の銭選が描いた牡丹

四月二十一日

一人《いちにん》にして成《な》るに非《あら》ざる也《なり》

北宋《ほくそう》の蘇東坡《そとうば》「呉道子《ごどうし》の画《え》の後《あと》に書《しょ》す」の「知者《ちしゃ》は創《つく》り、能者《のうしゃ》は焉《これ》を述《の》ぶ。一人《いちにん》にして成《な》るに非《あら》ざる也《なり》」による。呉道子は唐の傑出した画家。「叡智《えいち》をもつ者が創造し、才能のある者が継承する。一人で完成したものではない」との意。呉道子の画は先人の叡智を継承して完成されたというのだ。孔子《こうし》の「述《の》べて作《つく》らず。信《しん》じて古《いにしえ》を好《この》む」(『論語』述而《じゅつじ》篇)を意識した表現だが、先達の事績を重視する中国的発想が如実であり興味深い。

呉道子の「送子天王図」(後世の模写)

四月二十二日

荷《か》花《か》は好《よ》しと雖《いえど》も　也《ま》た緑葉《りょくよう》の扶持《ふち》を要《よう》す

毛沢東（写真提供：共同通信社）

俗諺《ぞくげん》。「蓮《はす》（あるいは芙蓉《ふよう》）の花は美しいけれども緑葉の手助けが必要だ」との意。どんな有能な人物でも人の協力がないと何もできないことの比喩として用いられる。「牡丹《ぼたん》は好《よ》しと雖《いえど》も、還《ま》た緑葉《りょくよう》の扶持《ふち》を須《ま》つ」ともいう。『紅楼夢《こうろうむ》』など古典小説によく見える表現だが、毛沢東《もうたくとう》もこの言葉を引き、「単干《ダンガン》（個人プレー）は好くない。必ず人の助力が必要だ」と述べている。

四月二十三日

自《みずか》ら其《そ》の睫《まつげ》を見《み》る能《あた》わず

戦国《せんごく》末期の法家《ほうか》思想家韓非子《かんぴし》の「智《ち》の目《め》の如《ごと》きを憂《うれ》うる也《なり》。能《よ》く百《ひゃっ》歩《ぽ》の外《そと》を見《み》るも、自《みずか》ら其《そ》の睫《まつげ》を見《み》る能《あた》わず」による。「人の知恵が目のようであるのが心配だ。目は百歩も離れた遠い物は見られるが、自分のまつ毛は見られない」との意。後世、人の欠点はわかるが自分のことはわからないという意味で用いられる。実は韓非子自身、遊説《ゆうぜい》先の秦《しん》で獄死した。やはり「其の睫」が見えなかったのかも知れない。(『韓非子《かんぴし》』喩老《ゆろう》篇)

四月二十四日

我《わ》れは賈《こ》を待《ま》つ者也《ものなり》

「美玉がある場合、しまっておくべきか、買い手をみつけて売るべきか」との質問に対する孔子《こうし》の答え。「之《こ》れを沽《う》らん哉《かな》、之《こ》れを沽《う》らん哉《かな》。我《わ》れは賈《こ》を待《ま》つ者也《ものなり》(売るよ、売るよ。私は買い手を待っているのだ)」とつづく。「賈」はコと読むと商人・買い手、カと読むと価格。政治理念の実現をめざし諸国をめぐった孔子らしい積極的な発言である。その弾力性に富む強靭な精神力には今も人を突き動かすものがある。(『論語』子罕《しかん》篇)

四月二十五日

良禽《りょうきん》は木《き》を択《えら》ぶ

「よい鳥はとまる木を選ぶ」の意。孔子《こうし》の言葉「鳥《とり》は則《すなわ》ち木《き》を択《えら》ぶ」による。孔子は衛《えい》の重臣に戦いについて意見を求められると、失望して武器のことは知らないと答え、この言葉を残してさっさと立ち去った。これが後世、表記の言い方に転化し、「臣下はよき君主を選ぶ」の意で流布する。孔子は「我《わ》れは賈《こ》を待《ま》つ者也《ものなり》」(前日の項参照)と言ったが、彼が待っていたのは「良賈《りょうこ》(よい買い手)」だけだったのである。(『春秋左伝《しゅんじゅうさでん》』哀公《あいこう》十一年)

衛の霊公のもとを立ち去る孔子(『聖蹟之図』)

四月二十六日

罷《ひ》民《みん》は刑法《けいほう》を畏《おそ》れず

前漢《ぜんかん》の桓寛《かんかん》著『塩鉄論《えんてつろん》』に見える言葉。「罷《ひ》馬《ば》は鞭箠《べんすい》を畏《おそ》れず、罷《ひ》民《みん》は刑法《けいほう》を畏《おそ》れず」とつづく。「疲れた馬は鞭《むち》を恐れず、疲れた民衆は刑法を恐れない」という意味。人々の生活を安定させる国家政策を実施せず、むやみに刑法を強化しても効果は期待できないというのだ。正論である。『塩鉄論』は塩と鉄の専売など前漢の基本政策に関し、政府関係者と民間知識人が丁々発止《ちょうちょうはっし》とやりあった論争の記録。これはむろん後者の意見である。

四月二十七日

衣食足《いしょくた》りて栄辱《えいじょく》を知《し》る

春秋時代《しゅんじゅう》の斉《せい》の名臣管仲《かんちゅう》の言葉。「倉廩実《そうりんみ》ちて礼節《れいせつ》を知《し》り、衣食《いしょく》足《た》りて栄辱《えいじょく》を知《し》る」による。「倉廩《そうりん》」は穀物倉庫、「栄辱《えいじょく》」は名誉と屈辱。人は経済的に充足してこそ礼節や栄辱を知るようになる、との意。『管子《かんし》』牧民《ぼくみん》篇および『史記《しき》』管晏《かんあん》列伝に見える。日本ではふつう「衣食足りて礼節を知る」と表現される。偉大な現実主義者管仲は春秋きっての大政治家であり、約百年後に生まれた孔子《こうし》もしばしば話題にしている。

四月二十八日

天下《てんか》の憂《うれ》いに先《さき》だちて憂《うれ》い 天下《てんか》の楽《たの》しみに後《おく》れて楽《たの》しむ

范仲淹

北宋《ほくそう》の政治家・学者范仲淹《はんちゅうえん》の言葉。「岳陽楼記《がくようろうき》」に見える。「(仁人《じんじん》つまり君子は)天下の人々が憂えるのに先だって憂え、天下の人々が楽しんだあとから楽しむ」との意。范仲淹は洞庭湖《どうていこ》にのぞむ見晴らしのよい岳陽楼に登り、政治にたずさわる自分の志をきっぱり述べているのである。この真情あふれるまっとうさこそ、時代を超えた政治家の原点だといえよう。なお、日本の「後楽園《こうらくえん》」の名称はこの言葉にもとづく。

四月二十九日

千人《せんにん》の諾諾《だくだく》は一士《いっし》の諤諤《がくがく》に如《し》かず

「諾諾《だくだく》」はハイハイと服従するさま、「諤諤《がくがく》」は遠慮なく直言するさま。「千人がハイハイと服従しても、一人のりっぱな人物の直言にはおよばない」の意。戦国《せんごく》時代、行政責任者となり厳格な手法で秦《しん》の国を強化した商鞅《しょうおう》に向かって、ある隠者が言った言葉である（『史記』商君《しょうくん》列伝）。この警告を無視した商鞅はけっきょく車裂きの刑に処せられた。まさに「良薬《りょうやく》は口《くち》に苦《にが》し」である。

四月三十日

君子《くんし》は千万人《せんまんにん》の諛頌《ゆしょう》を恃《たの》まず 一二《いちに》の有識《ゆうしき》の窃笑《せっしょう》を畏《おそ》る

曾国藩

清《しん》末の曾国藩《そうこくはん》の言葉。「君子は千万人の媚びた賛辞をあてにせず、一人か二人の有識者（教養や見識のある人）の忍び笑いを恐れる」という意味。これはと思う人物にだけは軽蔑されたくないというのは、自分の言動を客観的に判断するための重要な基準である。二月十三日に紹介した「収穫《しゅうかく》を問《と》う莫《な》かれ」といい、曾国藩には目からウロコの名言が多い。（梁《りょう》啓超《けいちょう》編『曾文正公嘉言鈔《そうぶんせいこうかげんしょう》』）

五月

五月一日

君子《くんし》は和《わ》して同《どう》ぜず

孔子《こうし》の言葉。「君子《くんし》は和《わ》して同《どう》ぜず。小人《しょうじん》は同《どう》じて和《わ》せず」と対人関係の原則を述べる。「和《わ》」は主体性を保ちつつ協調すること。「同《どう》」はむやみに同調すること、付和雷同。「君子は人と協調するが付和雷同しない。小人はその逆だ」の意。『春秋左伝《しゅんじゅうさでん》』昭公《しょうこう》二十年に、「和」は水、火、調味料と魚や肉を調和させてスープを作るようなもの、「同」は水に水をたし楽器が同じ音ばかり出すようなものだという。（『論語』子路《しろ》篇）

孔子

五月二日

錐《きり》の嚢中《のうちゅう》に処《お》るが若《ごと》し

戦国四君《せんごくしくん》の一人、平原君《へいげんくん》が起用を求める食客の毛遂《もうすい》に述べた言葉。「夫《そ》れ賢士《けんし》の世《よ》に処《お》るや、譬《たと》えば錐《きり》の嚢中《のうちゅう》に処《お》るが若《ごと》く、其《そ》の末立《すえた》ちどころに見《あらわ》る」による。「賢明な者が世にあれば袋の中に錐があるように、先端がすぐ現れるものだ」が、きみは無能でだめだというわけだ。すると毛遂は袋の中に入れてくれれば先端どころか柄《え》まで突き出してみせると反論し、平原君が試しに起用すると異才を発揮したという。（『史記』平原君《へいげんくん》列伝）

五月三日

己達《おのれたっ》せんと欲《ほっ》して人《ひと》を達《たっ》す

孔子《こうし》の言葉「夫《そ》れ仁者《じんしゃ》は己《おのれた》立たんと欲《ほっ》して人《ひと》を立《た》て、己達《おのれたっ》せんと欲《ほっ》して人《ひと》を達《たっ》す」(『論語』雍也《ようや》篇)による。「仁者は、自分が何かを樹立しようとすれば、まず他者に樹立させ、自分が何かに到達しようとすれば、まず他者に到達させる」の意。社会的存在である人間は自己中心的であってはならず、他者への思いやりが必要だというのだ。これを逆の方向からいうと、「己《おのれ》の欲《ほっ》せざる所《ところ》を、人《ひと》に施《ほどこ》す勿《な》かれ」(同、顔淵《がんえん》篇など)となる。

五月四日

学《まな》びて然《しか》る後《のち》に足《た》らざるを知《し》る

「学《まな》びて然《しか》る後《のち》に足《た》らざるを知《し》り、教《おし》えて然《しか》る後《のち》に困《くる》しむを知《し》る」とつづく。五経《ごきょう》の一つ『礼記《らいき》』学記《がっき》篇に見える。「学ぶことによって自分に欠けているところがわかり、教えることによって自分の未熟なところがわかる」との意。学ぶことと教えることの原点ともいうべき相関関係をずばりと指摘した言葉である。この「知不足《ちふそく》(足らざるを知る)」という表現は広く流布し、清《しん》代に「知不足斎叢書《そうしょ》」という大部の叢書も刊行されている。

五月五日

吾《わ》が家《いえ》に嬌女《きょうじょ》有り

今日はこどもの日。これは西晋《せいしん》の左思《さし》が二人の愛娘を細密描写した「嬌女《きょうじょ》の詩」第一句。この長篇詩（全五十六句）は、

吾《わ》が家《いえ》に嬌女《きょうじょ》有り
皎皎《きょうきょう》として頗《すこぶ》る白皙《はくせき》なり

「家にかわいいヤンチャ娘がいてとても色白」と下の娘のあどけないようすから歌いはじめ、ついで、

軽妝《けいしょう》して楼辺《ろうへん》を喜《よろこ》び
鏡《かがみ》に臨《のぞ》んで紡績《ぼうせき》を忘《わす》る

「二階のすみで薄化粧するのが好きで、鏡の前に座りこむと糸繰り仕事もそっちのけ」と、上の娘のやや大人びたさまを歌う。これほど深い愛をこめて細やかに子供を描写した詩はめずらしい。

五月六日

文人相《ぶんじんあ》い軽《かろ》んず

魏《ぎ》の文《ぶん》帝曹丕《そうひ》の文学論「典論論文《てんろんろんぶん》」の冒頭「文人相《ぶんじんあ》い軽《かろ》んずるは、古《いにしえ》自《よ》りして然《しか》り」による。「文学者がたがいに軽蔑しあうのは昔からそうだ」の意。同業者の対抗意識と相互侮蔑を鋭くつく名言だ。曹丕は優秀な詩人かつ理論家であり、「典論論文」には文学の独立宣言ともいうべき「文章《ぶんしょう》は経国《けいこく》の大業《たいぎょう》にして不朽《ふきゅう》の盛事《せいじ》なり(文学は国を治める大きな事業であり、朽ち果てることのない偉大な仕事だ)」という名言もある。

曹丕

五月七日

文質彬彬《ぶんしつひんぴん》

孔子《こうし》の言葉「質《しつ》、文《ぶん》に勝《か》てば則《すなわ》ち野《や》。文《ぶん》、質《しつ》に勝《か》てば則《すなわ》ち史《し》。文質《ぶんしつ》彬彬《ひんぴん》として、然《しか》る後《のち》に君子《くんし》」による。「質《しつ》」は素朴さ。「文《ぶん》」は装飾や技巧など文化的要素。「彬彬《ひんぴん》」は均衡がとれているさま。「素朴さが文化的要素をしのぐと野蛮になり、文化的要素が素朴さをしのぐと自然さがなくなる。素朴さと文化的要素の均衡がとれてこそ君子だ」の意。文と質が入り乱れた現代社会に生きる者にも示唆的な発言である。(『論語』雍也《ようや》篇)

五月八日

首《くび》に明珠翡翠《めいしゅひすい》の飾《かざ》り無《な》し

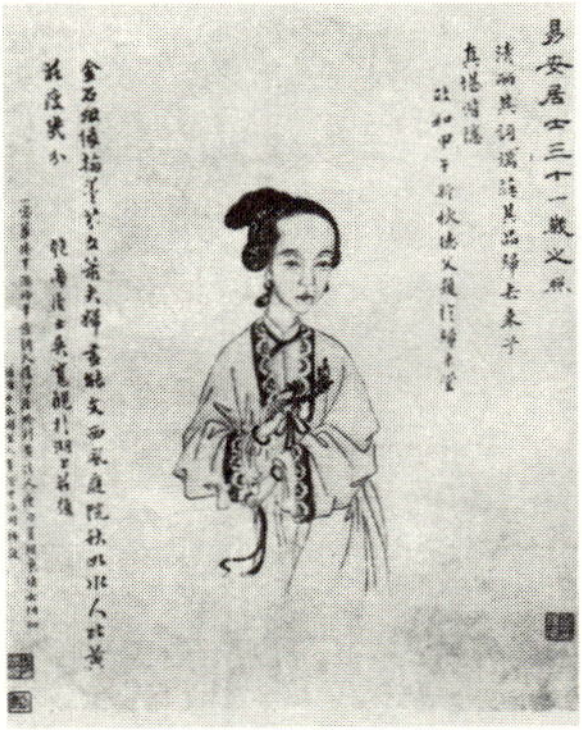

李清照

中国きっての女性詩人、北宋《ほくそう》の李清照《りせいしょう》の言葉。「室《しつ》に塗金刺繍《ときんししゅう》の具《ぐ》無《な》し」と対をなす。彼女は優秀な書籍コレクターの夫趙明誠《ちょうめいせい》を助け、蔵書の分類・整理に没頭した。「首に輝く玉《ぎょく》や翡翠の飾りもなく、部屋に塗金や刺繍の道具もない」は、お洒落や手仕事に関心なく、書籍整理に夢中だったわが身を回顧した表現。北宋末の混乱の渦中で夫と死別し辛酸をなめたが、この辛い経験は彼女の文学的世界をますます深化させた。(『金石録《きんせきろく》』後序《こうじょ》)

五月九日

巧《こう》婦《ふ》も無《む》米《べい》の炊《すい》を為《な》し難《がた》し

俗諺《ぞくげん》。「やりくり上手の奥さんも米がなければ飯《めし》は炊けない」の意。要は空手ではどうにもならないということだが、この諺には種々のヴァリエーションがあり、「巧新婦《こうしんぷ》も麵無《めんな》きの餺飥《はくたく》を做《つく》り得《え》ず」というのもある。こちらは「やりくり上手の新妻も小麦粉がなければスイトンは作れない」との意。このユーモラスな諺は広く流布し、正統的な詩文にもまま用いられている。日本の諺では「ない袖はふれぬ」が類似した意味をもつ。

五月十日

偕老同穴《かいろうどうけつ》

「生きてはともに老い、死しては一つ穴に葬られたい」と夫婦の願望を表現した成語。本来、『詩経《しきょう》』の「子《きみ》の手《て》を執《と》り、子《きみ》と偕《とも》に老《お》いん」(邶風《はいふう》「撃鼓《げきこ》」)と「穀《い》きては則《すなわ》ち室《しつ》を異《こと》にするも、死《し》しては則《すなわ》ち穴《あな》を同《おな》じくせん」(王風《おうふう》「大車《だいしゃ》」)という、二篇の詩に見える言葉を結びつけたものである。せめて死後だけは夫婦別々の墓に入りたいと望む向きも多くなった現代、古代の夫婦の素朴な愛情表現には郷愁を誘うものがある。

五月十一日

一日見《いちにちみ》ざれば　三月《みつき》の如《ごと》し

『詩経《しきょう》』王風《おうふう》に収められた「采葛《さいかつ》」の一句。第一節は、「一日見《いちにちみ》ざれば、三月《みつき》の如《ごと》し」、第二節は「……三秋《さんしゅう》の如《ごと》し」、第三節は「……三《さん》年《ねん》の如《ごと》し」と歌う。一日会わないだけでつのる恋しさが、三月から三年へとエスカレートしてゆく歌いぶりがいかにも民歌的だ。日本でもこれを踏まえて「一日会わねば千年の……」といった表現が数多く見られる。中国の詩に恋歌は少ないが、詩の元祖『詩経』は恋歌の宝庫と言っても過言ではない。

五月十二日

天網《てんもう》恢恢《かいかい》　疎《そ》にして失《うしな》わず

老子《ろうし》の言葉。「天の網は広大で、目はあらいが(悪人を)取り逃すことはない」の意。「失わず」を「漏《も》らさず」とする本もある。この言葉は広く流布し、魏晋《ぎしん》名士の逸話集『世説《せせつ》新語《しんご》』言語《げんご》篇に、魏の文人劉楨《りゅうてい》が不敬罪で逮捕され、文《ぶん》帝になぜこんな羽目になったかと聞かれると、皮肉をこめて「亦《ま》た陛下《へいか》の網目《もうもく》の疎《そ》ならざるに由《よ》る(陛下の網の目があらくなかったせいもあります)」と、言い返した話もある。(『老子』第七十三章)

老子に礼を問う孔子(『聖蹟之図』)

五月十三日

多《おお》く不《ふ》義《ぎ》を行《おこな》えば　必《かなら》ず自《みずか》ら斃《たお》る

「不義を重ねれば、必ず自滅する」の意。春秋《しゅんじゅう》時代、鄭《てい》の荘《そう》公の弟が勝手に領地をふやすなど専横を重ね、家臣が早急に滅ぼすべきだと進言したとき、荘公はこう述べて家臣をなだめた。やがて弟の横暴が極点に達したと見るや、荘公は一気に攻勢をかけ、弟を国外に追いはらった。悪いやつほどよく眠るともいうが、欲望の虜《とりこ》になり不義を重ねた者にツケがまわる例は古代から枚挙に暇《いとま》がないほどある。（『春秋左伝《しゅんじゅうさでん》』隠公《いんこう》元年）

五月十四日

道《みち》を得《う》る者《もの》は助《たす》け多《おお》し

孟子《もうし》の言葉。「道《みち》を失《うしな》う者《もの》は助《たす》け寡《すくな》し」とつづく。「仁義の道を体得した者は助けられる場合が多いが、失った者は助けられない場合が多い」の意。後者が親戚にさえ離反されるのに対し、前者は天下中から支持され戦わずして勝利し、やむなく戦った場合も必ず勝利すると、論旨が展開される。「天《てん》の時《とき》は地《ち》の利《り》に如《し》かず。地《ち》の利《り》は人《ひと》の和《わ》に如《し》かず」と説く孟子の理想主義的政治観を如実にあらわした発言である。（『孟子』公孫丑《こうそんちゅう》篇下）

五月十五日

富貴《ふうき》　我《わ》れに於《お》いて浮雲《ふうん》の如《ごと》し

杜甫

杜甫《とほ》の長歌「丹青引《たんせいいん》」第八句である。

　丹青《たんせい》　知《し》らず老《お》いの将《まさ》に至《いた》らんとするを
　富貴《ふうき》　我《わ》れに於《お》いて浮雲《ふうん》の如《ごと》し

と歌われる。これは画の妙手だった左武衛《さぶえい》将軍の曹覇《そうは》に贈った歌で、「丹青」は画。この両句は「(曹将軍は)画に打ちこんで老いが迫るのも忘れ、富貴は自分にとって流れ雲のようなものだと思っておられる」の意。『論語』述而《じゅつじ》篇の言葉(八月四日参照)を踏まえたこの二句は、年齢も欲望も眼中になく、夢中で画筆をふるう人物の飄々たる面影を浮き彫りにする。

五月十六日

銭財《せんざい》積《たくわ》えざれば則《すなわ》ち貪者《たんしゃ》憂《うれ》う

『荘子《そうし》』徐無鬼《じょむき》篇に見える言葉。「権勢《けんせい》尤《み》たざれば則《すなわ》ち夸者《こしゃ》は悲《かな》しむ」とつづく。「財産をためこまないと貪欲な者はくよくよし、権力欲がみたされないと威張った者はしょげかえる」と金銭欲や権力欲にふりまわされ、気の休まる間もない俗物の姿を、皮肉な筆致で描く。こうならないためには、無為自然《むいしぜん》の道を体得し、俗世を離れゆったりと生きるべきだというのだ。あくせく生きることの愚かしさをずばりと指摘した言葉。

五月十七日

積財千万《せきざいせんまん》　薄伎《はくぎ》の身《み》に在《あ》るに如《し》かず

顔真卿

『顔氏家訓《がんしかくん》』勉学篇《べんがく》に引く諺による。「千万の財産を積むより、ささいな技芸を体得したほうがまし」の意。著者の顔之推《がんしすい》は魏晋南北朝《ぎしんなんぼくちょう》末、南北合わせて四つの王朝に仕え流転を重ねたが、「薄伎《はくぎ》」のうち「習《なら》い易《やす》くして貴《とうと》ぶ可《べ》き者《もの》は読書《どくしょ》に過《す》ぐる無《な》き也《なり》」つまり読書（学問）の習得が簡単で重宝されるという醒めた認識をもち、したたかに生きぬいた。唐《とう》の大書家顔真卿《がんしんけい》は子孫にあたる。

五月十八日

腐《ふ》木《ぼく》は以《もっ》て柱《はしら》と為《な》す可《べ》からず

趙飛燕

「卑《ひ》人《じん》は以《もっ》て主《しゅ》と為《な》す可《べ》からず」とつづく。前漢《ぜんかん》第十二代の成帝《せい》がダンサー出身の美女趙飛燕《ちょうひえん》を皇后に立てようとしたとき、諫大夫《かんたいふ》（君主の過失を諫める官職）の劉輔《りゅうほ》は俗諺《ぞくげん》だとしてこの言葉を引きながら強く諌めた。「腐った木（趙飛燕）は柱（皇后）にすべきでない」の意。この俗諺は『論語』公冶長《こうやちょう》篇の「朽木《きゅうぼく》は雕《ほ》る可《べ》からざる也《なり》（朽ちた木に彫刻はできない）」を踏まえたものであろう。いずれも寸鉄人を刺す痛烈な罵倒の言葉である。（『漢書《かんじょ》』劉輔《りゅうほ》伝）

五月十九日

精衛《せいえい》　微木《びぼく》を銜《ふく》む

陶淵明《とうえんめい》の連作詩「山海経《せんがいきょう》を読《よ》む」其の十の第一句。

精衛《せいえい》　微木《びぼく》を銜《ふく》み
将《まさ》に以《もっ》て滄海《そうかい》を塡《うず》めんとす

とつづく。「精衛《せいえい》」は鳥の名。神話では東海《とうかい》で溺死した炎《えん》帝の娘女《じょ》娃《あ》の生まれ変わり。「精衛の鳥は木片をくわえては投げこみ、(自分を溺死させた)大海原を埋めようとする」という意味。報いられなくともけっして諦めず、力を尽くしつづける精衛(女娃)のイメージは人の胸をうつ。なお『山海経《せんがいきょう》』は古代中国の幻想的地理書。

陶淵明

五月二十日

甚《はなは》だしくは解《かい》するを求《もと》めず

陶淵明

陶淵明《とうえんめい》の自伝「五柳先生伝《ごりゅうせんせいでん》」に見える「書《しょ》を読《よ》むことを好《この》めども、甚《はなは》だしくは解《かい》するを求《もと》めず。意《い》に会《かい》する有《あ》る毎《ごと》に、便《すなわ》ち欣然《きんぜん》として食《しょく》を忘《わす》る」による。「読書は好きだが、徹底的にわかろうとはしない。ただ心にかなうところがあるたび、うれしくなり食事も忘れる」の意。重箱の隅をつつくような神経質な読み方はせず、わからない箇所があってもこだわらず、どんどん読み進めてゆく陶淵明の読書法は後世、文人の理想となる。

五月二十一日

臥《が》薪《しん》嘗《しょう》胆《たん》

春秋《しゅんじゅう》時代、呉《ご》王夫差《ふさ》に敗北した越《えつ》王句践《こうせん》はいつも「臥薪《がしん》(たきぎの上で寝ること)」「嘗胆《しょうたん》(苦いきもをなめること)」して屈辱を忘れず闘争心を燃やした。かくて名参謀范蠡《はんれい》とともに二十余年後、ついに呉王夫差を滅ぼし宿願を果たす。『呉越春秋《ごえつしゅんじゅう》』ではこうして臥薪も嘗胆も句践のこととするが、前者を夫差、後者を句践のこととする説もある。いずれにせよ、この言葉は後世、成功を期し艱難辛苦《かんなんしんく》に耐える喩えとなる。

范蠡

五月二十二日

怨毒《えんどく》の　人《ひと》に於《お》けるや甚《はなは》だし

伍子胥

『史記《しき》』伍子胥《ごししょ》列伝の末尾に付された司馬遷《しばせん》の評に見える。原文は「怨毒《えんどく》の　人《ひと》に於《お》けるや甚《はなは》だしき矣哉《かな》」。「人の心に食いこんだ怨恨はおそるべきものだ」の意。伍子胥は楚《そ》の平《へい》王に父と兄を殺され呉《ご》に亡命、呉《ご》王闔閭《こうりょ》ついで息子夫差《ふさ》の名参謀となるが、けっきょく夫差に煙たがられ自殺に追いこまれてしまう。伍子胥の死後まもなく越《えつ》王句践《こうせん》の呉攻撃が本格化する。この言葉は楚の平王への怨恨をバネに呉で大活躍した伍子胥への賛辞。

狡兎《こうと》死《し》して良狗《りょうく》烹《に》らる

「すばやい兎が死ぬと猟犬は煮て食べられる」の意。用ずみになった者はお払い箱になるということ。越《えつ》王句践《こうせん》が呉を滅ぼした後、名参謀范蠡《はんれい》は国外脱出した。これは同僚大夫種《たいふしょう》にあてた手紙の一節。さらに「句践は苦労を共にできるが、楽しみを共にはできない」と脱出を勧めたが、大夫種は聞き入れず殺されてしまう。その後、范蠡は大商人となり、呉の悲劇の名参謀伍子胥《ごししょ》と対照的に安楽な生涯を送った。(『史記』越王句践世家《えつおうこうせんせいか》)

范蠡

五月二十四日

我《わ》が心《こころ》は石《いし》に匪《あら》ず

『詩経《しきょう》』邶風《はいふう》「柏舟《はくしゅう》」の第三節。

我《わ》が心《こころ》は石《いし》に匪《あら》ねば
転《ころ》ばす可《べ》からざる也《なり》
我《わ》が心《こころ》は席《むしろ》に匪《あら》ねば
巻《ま》く可《べ》からざる也《なり》

「私の心は石でないから、転がして変えさせることはできない。私の心は席《むしろ》でないから、くるくるまるめこむことはできない」の意。石は本来、堅固さを連想させるが、この詩句は通念を逆手にとり「私の心は石でない」と、あえて否定形で不退転の意志を表明する。意表をつく秀逸な表現といえよう。

五斗米《ごとべい》の為《ため》に腰《こし》を折《お》る能《あた》わず

陶淵明《とうえんめい》が四十一歳で隠遁したときの言葉「我《わ》れ五斗米《ごとべい》の為《ため》に腰《こし》を折《お》り郷里《きょうり》の小人《しょうじん》に向《む》かう能《あた》わず」からとる。「たかが五斗の扶持米《ふちまい》のために田舎の小役人にへいこらできるもんか」の意。陶淵明の曽祖父陶侃《とうかん》は東晋《とうしん》初期の大立者で裕福だったが、子孫の代には没落し、陶淵明は生活のために地方役人となる。しかし、ついに適応できず「帰りなんいざ」と帰郷、貧しいながら自由な隠遁生活を送り、多くの詩文を著した。（『宋書《そうじょ》』陶潜伝《とうせん》）

陶淵明

五月二十六日

酔翁《すいおう》の意《い》は酒《さけ》に在《あ》らず

欧陽修

北宋《ほくそう》の欧陽修《おうようしゅう》の「酔翁亭記《すいおうていき》」の言葉「酔翁《すいおう》の意《い》は酒《さけ》に在《あ》らず。山水《さんすい》の間《かん》に在《あ》る也《なり》」による。「酔翁の心は酒にはなく、山水(自然)を楽しむことにある」の意。このとき欧陽修は対立党の差し金で左遷され滁州《じょ》(安徽省《あんき》)の長官だったが、山中の亭《あずまや》「酔翁亭」で酒宴を催し平然としたポーズを崩さなかった。自嘲的に酔翁(酔っぱらい老人)と称してはいるが、彼は当時まだ四十歳。簡潔な表現に複雑な思いを凝結させた名文である。

五月二十七日

曲径《きょくけい》　幽処《ゆうしょ》に通《つう》ず

盛唐《せいとう》の常建《じょうけん》の五言律詩「破山寺後《はざんじご》の禅院《ぜんいん》」第三句。

曲径《きょくけい》　幽処《ゆうしょ》に通《つう》ず
禅房《ぜんぼう》　花木深《かぼくふか》し

とつづく。「まがりくねった小道は奥深いあたりに通じ、奥の禅房には花の咲く木が茂っている」の意。破山寺は常熟《じょうじゅく》（江蘇《こうそ》省）の禅寺。「曲径《きょくけい》」は「竹径《ちくけい》」ともいう。この詩句は屈曲した小道をめぐらせ距離感を出す中国式庭園の構造を示す表現として知られ、『紅《こう》楼夢《ろうむ》』の大庭園「大観園《たいかんえん》」の幽玄な小道の命名にも用いられている（『紅楼夢』第十七回）。

五月二十八日

錦官城外《きんかんじょうがい》　柏森森《はくしんしん》たり

杜甫《とほ》の七言律詩「蜀相《しょくしょう》」第二句である。

丞相《じょうしょう》の祠堂《しどう》　何処《いずく》にか尋《たず》ねん
錦官城外《きんかんじょうがい》　柏森森《はくしんしん》たり

とつづく。「蜀《しょく》の丞相《じょうしょう》、諸葛亮《しょかつりょう》の霊廟《れいびょう》はどこに尋ねたらいいのか。それは錦官《きんかん》城外の柏樹《はくじゅ》が森々と立ち並んだ所」の意。「錦官城《きんかんじょう》」は成都《せいと》(四川《しせん》省)の西城。「柏《はく》」はヒノキなど常緑樹の総称。表題の詩句は意味とリズムがマッチした名句である。当時、杜甫は「安禄山《あんろくざん》の乱」を避け蜀の旧都、成都に住んでいた。なお、杜甫には諸葛亮を歌った詩が二十篇余りある。

人生《じんせい》　別離《べつり》足《おお》し

晩唐《ばんとう》の于《う》武陵《ぶりょう》の五言絶句「酒《さけ》を勧《すす》む」第四句。詩全体は、

君《きみ》に勧《すす》む　金屈巵《きんくつし》
満酌《まんしゃく》　辞《じ》するを須《もち》いず
花発《はなひら》けば風雨《ふうう》多《おお》く
人生《じんせい》　別離《べつり》足《おお》し

となる。友人との別離の詩だが、井伏鱒二の名訳「コノサカヅキヲ受ケテクレ、ドウゾナミナミツガシテオクレ、ハナニアラシノタトヘモアルゾ、「サヨナラ」ダケガ人生ダ」で知られる。于武陵は伝記不詳、作品も伝わらないが、『唐詩選《とうしせん》』に収められるこの詩一篇で永遠に記憶される詩人となる。

五月三十日

成《な》るも蕭何《しょうか》　敗《やぶ》るも蕭何《しょうか》

蕭何

前漢《ぜんかん》王朝創業の功臣で大軍事家の韓信《かんしん》は、高祖《こうそ》劉邦《りゅうほう》の重臣蕭何《しょうか》に「国士無双《こくしむそう》(国に二人といない逸材)」と推挙されて漢軍の大将となり、劉邦の天下統一に貢献した。前漢成立後、みずから要求して斉《せい》王となるが、やがて高祖に警戒され身の危険を感じて反乱を起こす直前、ほかならぬ蕭何の計により処刑された。この「成功したのも蕭何のおかげ、失敗したのも蕭何のせい」という言葉は南宋《なんそう》の洪邁《こうまい》著『容斎随筆《ようさいずいひつ》』続筆《ぞくひつ》巻八に見える。

五月三十一日

獣兎《じゅうと》を追殺《ついさつ》する者《もの》は狗也《いぬなり》

劉邦

「而《しか》るに発蹤《はっしょう》して獣処《じゅうしょ》を指示《しじ》する者《もの》は人也《ひとなり》」とつづく。「(狩猟のとき)獣や兎を追いかけて殺すのは猟犬だが、綱を放し獲物のありかを教えるのは人間だ」の意。項羽《こうう》を滅ぼし天下を統一した高祖劉邦《こうそりゅうほう》は、行政や経済の指揮をとり実戦に関与しなかった蕭何《しょうか》を最高功労者とした。これは実戦経験豊富な功臣たちが異を唱えたときの高祖の言葉。功臣連中を猟犬、蕭何を人間に喩えるとは辛辣というほかない。

(『史記』蕭相国世家《しょうしょうこくせいか》)

六月

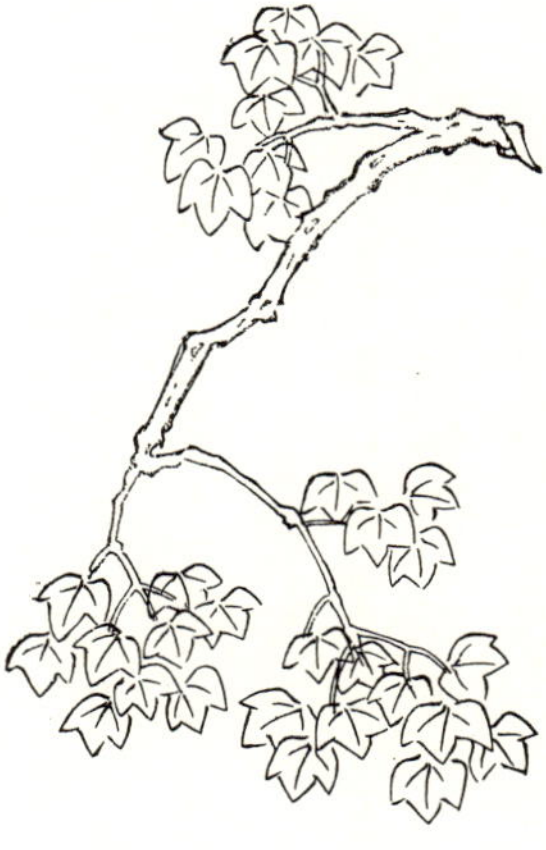

六月一日

兵《へい》は死地《しち》也《なり》

戦国七雄《せんごくしちゆう》の一国、趙《ちょう》の名将趙奢《ちょうしゃ》が自信家の息子趙括《ちょうかつ》を評した言葉「兵《へい》は死地《しち》也《なり》、而《しか》るに括《かつ》は易《たやす》く之《こ》れを言《い》う」による。「戦いは生死を賭けた危険なものだ。それを括《かつ》はこともなげに言っている」の意。さらに趙奢は趙括を大将にすれば趙軍は壊滅すると予言するが、彼の死後、趙王《ちょうおう》は対秦《しん》戦の大将に趙括を起用した。結果は大敗北、趙括は戦死し数十万の趙軍は全滅した。「子を見ること親に如《し》かず」である。（『史記』廉頗藺相如列伝《れんぱりんしょうじょれつでん》）

六月二日

佚《いつ》を以《もっ》て労《ろう》を待《ま》つ

『孫子《そんし》』軍争《ぐんそう》篇の言葉。いかに効率よく敵軍を撃破するか検討し、戦力については「近《ちか》きを以《もっ》て遠《とお》きを待《ま》ち、佚《いつ》を以《もっ》て労《ろう》を待《ま》ち、飽《ほう》を以《もっ》て飢《き》を待《ま》つ」とする。「佚《いつ》」は休養をとること。「自軍は戦場の近くにいて遠来の敵を待ち、休養して疲労した敵を待ち、満腹して飢えた敵を待つ」との意味。こうすれば「百戦《ひゃくせん》して殆《あや》うからず」(同、謀《ぼう》攻《こう》篇)となるわけだ。『三国志《さんごくし》演義《えんぎ》』でも合理的で着実な戦法を述べたものとして頻用《ひんよう》される。

暴虎《ぼうこ》馮河《ひょうが》

孔子《こうし》が子路《しろ》をたしなめた言葉。「暴虎《ぼうこ》馮河《ひょうが》、死《し》して悔《く》い無《な》き者《もの》は、吾《わ》れ与《とも》にせざる也《なり》」とつづく。「私は虎と素手《すで》で闘い、大河を徒歩《かち》わたりするような無謀な勇気をふるい、死んでもかまわないという者とはともに行動しない」の意。孔子は優等生の顔回《がんかい》を高く評価し、これが不満の子路は自分の勇敢さを誇示した。この発言もそんな雰囲気のなかでなされたもの。いきりたつ子路のしょげる姿が彷彿《ほうふつ》とする場面である。（『論語』述而篇《じゅつじ》）

隠者に道を尋ねる子路（『聖蹟之図』）

六月四日

君《きみ》の下駟《かし》を彼《かれ》の上駟《じょうし》に与《あた》えよ

孫臏

戦国《せんごく》時代の兵法家孫臏《そんぴん》が斉《せい》の将軍田忌《でんき》に授けた競馬必勝策。原文は「今《いま》君《きみ》の下駟《かし》を以《もっ》て彼《かれ》の上駟《じょうし》に与《あた》え、君《きみ》の上駟《じょうし》を取《と》りて彼《かれ》の中駟《ちゅうし》に与《あた》え、君《きみ》の中駟《ちゅうし》を取《と》りて彼《かれ》の下駟《かし》に与《あた》えよ」。「あなたの下《げ》の馬を相手の上《じょう》の馬に、上の馬を中《ちゅう》の馬に、中の馬を下の馬に当たらせなさい」との意味。これで田忌は確実に二勝一敗となる。この理にかなった必勝策で認められた孫臏は斉の軍師となり大いに腕をふるった。(『史記』孫子《そんし》呉起《ごき》列伝)

六月五日

運用《うんよう》の妙《みょう》は一心《いっしん》に存《そん》す

南宋《なんそう》の名将岳飛《がくひ》の言葉「陣《じん》して後《のち》に戦《たたか》うは兵法《へいほう》の常《つね》なり。運用《うんよう》の妙《みょう》は一心《いっしん》に存《そん》す」による。「陣をしいてから戦うのは兵法の常識だ。それをどう運用するかは心一つにある」の意。岳飛は一心に運用の妙を凝らした戦法を駆使し、北中国を制覇した女真《じょしん》族の金《きん》と戦いつづけたが、けっきょく和平派の宰相秦檜《しんかい》の陰謀で処刑されてしまう。後世、岳飛は漢民族の英雄として敬愛されるが、秦檜は極悪人として憎悪される。(『宋史《そうし》』岳飛《がくひ》伝)

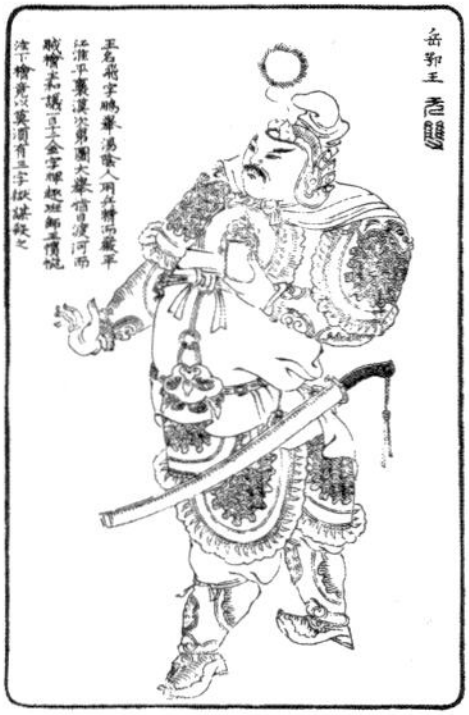

岳飛

六月六日

旧時《きゅうじ》　王謝《おうしゃ》　堂前《どうぜん》の燕《つばめ》

中唐《ちゅうとう》の劉禹錫《りゅううしゃく》の七言絶句「烏衣巷《ういこう》」の第三句。詩全体は、

　朱雀橋辺《しゅじゃくきょうへん》　野草《やそう》の花《はな》
　烏衣巷口《ういこうこう》　夕陽《せきよう》斜《なな》めなり
　旧時《きゅうじ》　王謝《おうしゃ》　堂前《どうぜん》の燕《つばめ》
　飛《と》んで尋常《じんじょう》百姓《ひゃくせい》の家《いえ》に入《い》る

となる。第三句と第四句は「昔、王謝《おうしゃ》の豪邸の正堂の下に巣を作った燕は、今や庶民の家の軒に飛び入る」の意。「王謝《おうしゃ》」は東晋《とうしん》の大貴族「琅邪《ろうや》の王氏」と「陽夏《ようか》の謝氏」を指す。「烏衣巷《ういこう》」は建康《けんこう》(南京)の地名。永遠回帰する自然と対照させつつ、人の世の無常、栄枯盛衰を歌う作品である。

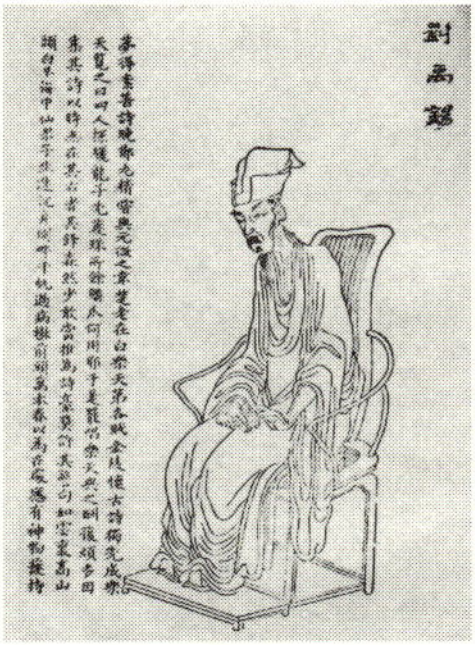

劉禹錫

六月七日

世《よ》に伯楽《はくらくあ》有り　然《しか》る後《のち》に千里《せんり》の馬《うまあ》有り

中唐《ちゅうとう》の韓愈《かんゆ》「雑説《ざっせつ》」に見える。「世《よ》に伯楽《はくらくあ》有り、然《しか》る後《のち》に千里《せんり》の馬《うまあ》有り。千里《せんり》の馬《うま》は常《つね》に有《あ》るも、而《しか》るに伯楽《はくらく》は常《つね》には有《あ》らず」とつづく。「伯楽《はくらく》」は馬を見分ける名人。「世に伯楽がいてこそ一日に千里を走る名馬がある。千里の名馬は常にいるが、伯楽は常にいるとは限らない」の意。これをもとに、人の才能を発見し育てる能力のある人物を伯楽と称する。人やモノの真価を識別しうる伯楽が求められるのは、昔も今も変わらない。

「騎士猟帰図」(宋代)

六月八日

切磋《せっさ》琢磨《たくま》

子貢

『詩経《しきょう》』衛風《えいふう》「淇奥《きいく》」第一節の、

有《げ》にも匪《あざや》けき君子《くんし》は
切《せっ》するが如《ごと》く磋《さ》するが如《ごと》く
琢《たく》するが如《ごと》く磨《ま》するが如《ごと》し

にもとづく。「教養高い君子は象牙や玉《ぎょく》などを加工し細工物を完成するように自分を磨きあげる」の意。孔子《こうし》の高弟子貢《しこう》が巧みにこの句を引用し、孔子から「賜《し》(子貢の本名)や始《はじ》めて与《とも》に詩《し》を言《い》う可《べ》きのみ」とほめられた話も有名だ(『論語』学而篇《がくじ》)。後世、この語はたがいに競い向上をめざす意味に転化する。

六月九日

何《なん》ぞ能《よ》く千里《せんり》に一曲《いっきょく》せざらんや

東晋《とうしん》王朝創業の功臣周顗《しゅうぎ》の言葉。原文は「吾《わ》れ万里《ばんり》の長江《ちょうこう》の若《ごと》し。何《なん》ぞ能《よ》く千里《せんり》に一曲《いっきょく》せざらんや」。周顗は豪放磊落《らいらく》だが大酒飲みでよく脱線した。ある者が「穢雑《わいざつ》にして検節《けんせつ》無《な》し(だらしなくふしだらだ)」と非難すると、周顗はこうして「私は万里の長江のようなものだ。千里にひと曲がりせんでおれようか」と逆ねじをくわせた。ユーモラスな誇張表現で嫌味な批判者を煙にまいた痛快な発言である。(『世説新語《せせつしんご》』任誕篇《にんたん》)

六月十日

毛《け》を吹《ふ》いて小疵《しょうし》を求《もと》む

『韓非子《かんぴし》』大体《だいたい》篇に見える言葉。「髪の毛を吹いて隠れた小さな傷をさがしだす」の意で、ことさらに他人の欠点や小さなミスをあばいて追及することをいう。「毛《け》を吹《ふ》いて疵《きず》を求《もと》む」「吹毛《すいもう》の求《きゅう》」ともいう。『韓非子』ではこれを「大体《だいたい》(政治の要《かなめ》)」を体得した古人がけっしてなさなかった事例としてあげる。他人のあらさがしをしてもろくなことはない。「木を見て森を見ず」、自分の視野の狭さを露呈するのがオチである。

六月十一日

物《もの》は類《るい》を以《もっ》て聚《あつ》まる

俗諺《ぞくげん》。「物《もの》は類《るい》を以《もっ》て聚《あつ》まり、人《ひと》は群《ぐん》を以《もっ》て分《わ》かる」とつづく。「事物は同じ種類のものが集まり、人はグループごとに分かれる」の意だが、要は人も物も同種のものが集まってグループを作り、異種グループと分離することをいう。俗諺とはいえ、『荀子《じゅんし》』勧学《かんがく》篇に「物《もの》は各《おの》おの其《そ》の類《るい》に従《したが》う也《なり》」とあるなど、古くからよく見られる表現である。日本でも「類は友を呼ぶ」という成句があるが、軽侮のニュアンスをこめて使われる場合が多い。

六月十二日

兼聴《けんちょう》すれば則《すなわ》ち明《あき》らかなり

魏徴

唐《とう》の太宗《たいそう》に対する重臣魏徴《ぎちょう》の発言。「偏信《へんしん》すれば則《すなわ》ち暗《くら》し」とつづく。「広く意見を聞けば物事の見分けがつき、偏《かたよ》って特定の者を信頼すると見分けがつかなくなる」の意。魏徴はさらに「兼聴《けんちょう》」の成功例として堯《ぎょう》、舜《しゅん》、「偏信《へんしん》」の失敗例として秦《しん》の二世《にせい》皇帝、隋《ずい》の煬帝《ようだい》らをあげる。『荀子《じゅんし》』君道篇《くんどう》の「兼聴斉《けんちょうせい》明《めい》なれば則《すなわ》ち天下《てんか》も之《こ》れに帰《き》す」によりつつ、皇帝の心得を説く言葉だが、普遍性をもつ鋭い指摘だ。(『資治通鑑《しじつがん》』巻百九十二)

六月十三日

名《な》を好《この》んで謗《そし》りを懼《おそ》る

北宋《ほくそう》の蘇洵《そじゅん》の言葉「今《いま》の患《うれ》うる所《ところ》は、大臣名《だいしんな》を好《この》んで謗《そし》りを懼《おそ》るることなり。名《な》を好《この》めば則《すなわ》ち多《おお》く私恩《しおん》を樹《た》て、謗《そし》りを懼《おそ》るれば則《すなわ》ち法《ほう》を執《と》ること堅《かた》からず」による。「今、心配なのは重臣が名声を好み、悪口を恐れることだ。名声を好むと私情による恩恵を施しがちになり、悪口を恐れると法律が厳守できない」の意。名声欲にとらわれ、人によく思われたいと八方美人になると、まったくろくなことはない。（「韓枢密《かんすうみつ》に上《たてまつ》る書《しょ》」）

蘇洵

六月十四日

是《ぜ》を是《ぜ》とし非《ひ》を非《ひ》とす

荀子《じゅんし》の言葉。いわゆる「是是非非《ぜぜひひ》」である。原文は「是《ぜ》を是《ぜ》とし非《ひ》を非《ひ》とす、之《こ》れを知《ち》と謂《い》う。是《ぜ》を非《ひ》とし非《ひ》を是《ぜ》とす、之《こ》れを愚《ぐ》と謂《い》う」。「よいことはよい、わるいことはわるいとするのが知だ。よいことをわるい、わるいことをよいとするのは愚だ」との意。まことに明快な発言である。人間関係のしがらみのなかで右顧左眄《うこさべん》せず、「是是非非」を貫くには覚悟がいる。この言葉を肝に銘じて気分爽快に生きたいものだ。（『荀子《じゅんし》』修身篇《しゅうしん》）

六月十五日

悪《あく》衣《い》悪《あく》食《しょく》を恥《は》ずる者《もの》は　未《いま》だ与《とも》に議《はか》るに足《た》らざる也《なり》

「子路　衛に死す」
(『唐土名勝図会』)

孔子《こうし》の言葉「士《し》　道《みち》に志《こころざ》して、而《しか》も悪《あく》衣《い》悪《あく》食《しょく》を恥《は》ずる者《もの》は、未《いま》だ与《とも》に議《はか》るに足《た》らざる也《なり》」(『論語』里仁《りじん》篇)による。「道理を求めつつ粗衣粗食を恥じる者と話はできない」の意。

孔子は、精神の高みを志向し衣食に恬淡《てんたん》とした者を評価し、「敝《やぶ》れたる温袍《おんぽう》を衣《き》、狐貉《こかく》を衣《き》る者《もの》と立《た》ちて、而《しか》も恥《は》じざる者《もの》は其《そ》れ由《ゆう》なるか」(同、子罕《しかん》篇)とも述べる。「温袍《おんぽう》」は綿《わた》入れの上衣《うわぎ》、「狐貉《こかく》」は上物の狐や貉《むじな》の毛皮コート、「由《ゆう》」は愛弟子子路《しろ》の本名。

六月十六日

一簞《いったん》の食《し》　一瓢《いっぴょう》の飲《いん》

最愛の弟子顔回《がんかい》の質素な暮らしに対する孔子《こうし》の絶賛「賢《けん》なる哉《かな》　回《かい》や、一簞《いったん》の食《し》、一瓢《いっぴょう》の飲《いん》、陋巷《ろうこう》に在《あ》り」(『論語』雍也《ようや》篇)による。「簞《たん》」は竹の弁当箱、「瓢《ひょう》」はひさごを半分に割った椀、「陋巷《ろうこう》」は狭い路地裏。孔子は見栄を張る華美な生き方を嫌ったが、「割《き》りめ正《ただ》しからざれば、食《く》らわず」(同、郷党《きょうとう》篇)という鋭敏な味覚や美意識の持ち主でもあった。質素であっても粗野ではない、すっきりした生活をよしとする美学があったのだ。

顔回

六月十七日

飽《あ》くを求《もと》めて而《しか》も営饌《えいせん》を懶《おこた》る

顔之推

南北朝《なんぼくちょう》末の顔之推《がんしすい》著『顔氏家訓《がんしかくん》』勉学《べんがく》篇の言葉。誰しも知識欲はあるのに読書(学問)に励む者は少ないとし、「猶《な》お飽《あ》くを求《もと》めて而《しか》も営饌《えいせん》を懶《おこた》り、暖《だん》を欲《ほっ》して而《しか》も衣《い》を裁《た》つを惰《おこた》るがごとし」と慨嘆したものである。「満腹したいと思って料理の準備を面倒がり、暖くしたいと思って裁縫を邪魔くさがるようなものだ」の意。乱世を生きた顔之推はこうして子孫のために家訓としてユニークな実践的学問論を書き残したのだった。

六月十八日

口恵《くちけい》にして実至《じついた》らざれば　怨災其《えんさいそ》の身《み》に及《およ》ぶ

「口恵《くちけい》にして実至《じついた》らざれば、怨災其《えんさいそ》の身《み》に及《およ》ぶ。是《こ》の故《ゆえ》に君子《くんし》は其《そ》の諾責有《だくせきあ》らんよりは、寧《むし》ろ已怨有《いえんあ》れ」とつづく。「口先で物を与えるといいながら実行しないと、怨みの禍《わざわい》が身にふりかかる。だから、君子は物を与えることを承諾して実行しないよりは、承諾せずに怨まれたほうがよい」の意。「多言《たげん》は敗多《はいおお》し」(『顔氏家訓《がんしかくん》』省事篇《せいじ》)ともいうように、口は禍のもと、安請け合いはケガのもと。以《もっ》て瞑《めい》すべし。(『礼記《らいき》』表記篇《ひょうき》)

冥冥《めいめい》と細雨《さいう》来《き》たる

梅雨の季節である。これは杜甫《とほ》の五言律詩「梅雨《ばいう》」第四句。

南京《なんけい》　犀浦《さいほ》の道《みち》
四月《しがつ》　黄梅熟《こうばいじゅく》す
湛湛《たんたん》と長江去《ちょうこうさ》り
冥冥《めいめい》と細雨来《さいうき》たる

とつづく。「南京犀浦(成都《せいと》の犀浦県)の道では四月に梅の実が熟す。満々と長江は流れ去り、暗く霧雨が降ってくる」の意。題名の「梅雨」は梅の実が熟するころの長雨を指す。「蜀犬《しょくけん》日《ひ》に吠《ほ》ゆ」(七月十二日参照)というように、ただでさえ陽光に恵まれない蜀《しょく》(四川《しせん》省)の格段に暗く湿った梅雨の情景が目に浮かぶようだ。

六月二十日

奇貨居《きかお》く可《べ》し

戦国《せんごく》時代末、大商人だった呂不韋《りょふい》の言葉。彼は人質として趙《ちょう》にいた秦《しん》の公子子楚《しそ》に目をつけ、「此《こ》の奇貨居《きかお》く可《べ》し（この値打ち物はおさえておかねばならない）」と言い、財政的援助をすると同時に、巧妙な政治工作を展開した。おかげで子楚は秦の荘襄《そうじょう》王となり、その死後、息子の政《せい》（のちの始《し》皇帝）が十三歳で秦王となる。キングメーカーの呂不韋は陰の実力者におさまり、わが世の春を謳歌したのだった。

（『史記』呂不韋列伝）

六月二十一日

一字千金《いちじせんきん》

昨日につづき呂不韋《りょふい》に関連した言葉。彼は秦王政《しんせいし》(始皇帝)の即位後も実権をにぎる一方、文化事業にも手をのばし、傘下の文人を動員して大百科全書『呂氏春秋《りょししゅんじゅう》』を完成し、一字でも増減できる者には千金を与えると宣言した。これがもとになり、すぐれた文章を「一字千金《いちじせんきん》」というようになる。得意の絶頂にあった呂不韋もけっきょく成長した秦王政によって自殺に追いこまれた。キングメーカーの悲惨な末路だった。(『史記』呂不韋列伝)

六月二十二日

金玉敗絮《きんぎょくはいじょ》

劉基

夏至のころである。今や蜜柑《みかん》は年中あるが、これは明《みん》王朝創業の功臣劉基《りゅうき》の「売柑者《ばいかんしゃ》の言《げん》」に見える、「其《そ》の外《そと》を金玉《きんぎょく》とし、其《そ》の内《うち》を敗絮《はいじょ》とす」からとったもの。「表面は黄金や珠玉だが、内側はボロ綿だ」の意である。以後、「見かけ倒し」の意味でよく用いられる成語となる。なお、この文章は、表面は色もツヤもよいのに、中身の腐った蜜柑を買わされた作者が文句を言うと、逆に蜜柑売りが高級官僚を批判しこの言葉を吐くという展開をとる。

六月二十三日

創業《そうぎょう》は易《やす》く守成《しゅせい》は難《かた》し

唐《とう》の第二代皇帝太宗《たいそう》が「創業《そうぎょう》と守成《しゅせい》と孰《いず》れか難《かた》き（創業と維持のどちらが難しいか）」と質問したとき、重臣魏徴《ぎちょう》は「守成《しゅせい》は難《かた》し」と答えた。これが後世、表記の言い方に定着し流布する。「事業を始めるのは簡単だが、維持してゆくのは難しい」の意。唐創業の時期は去り維持の段階に入ったと認識していた太宗も魏徴の意見に賛成し、気を引き締めて「貞観《じょうがん》の治《ち》」と呼ばれる善政をしき名君と称賛された。（『資治通鑑《しじつがん》』巻百九十五）

魏徴

六月二十四日

知《ち》心《しん》は一個《いっこ》すら也《ま》た求《もと》め難《がた》し

林黛玉

『紅楼夢《こうろうむ》』第五十七回に見える言葉。「万両《まんりょう》の黄金《おうごん》は容《まさ》に得易《えやす》かるべくも、知心《ちしん》は一個《いっこ》すら也《ま》た求《もと》め難《がた》し」とつづく。「黄金は一万両でも簡単に手に入るが、理解してくれる相手は一人たりともみつけにくい」の意。ヒロイン林黛玉《りんたいぎょく》に意中の相手(賈宝玉《かほうぎょく》)を失うべきでないとする侍女の忠告だが、唐《とう》の女性詩人魚玄《ぎょげん》機《き》が女道士《どうし》に贈った詩の一節「無価《むか》の宝《たから》を求《もと》むるは易《やす》く、有心《ゆうしん》の郎《ろう》を得《う》るは難《かた》し」を踏まえた表現だとおぼしい。

六月二十五日

権利《けんり》尽《つ》くれば交《まじ》わり疎《そ》なり

『史記《しき》』鄭世家《ていせいか》の末尾に付された司馬遷《しばせん》の評に見える表現。「権利《けんり》を以《もっ》て合《あ》う者《もの》は、権利《けんり》尽《つ》くれば交《まじ》わり疎《そ》なり」とつづく。「権力と利益で手を組む者は、権力と利益がなくなれば疎遠になる」の意。見てのとおり、この「権利《けんり》」はマイナスイメージの権力と利益を指し、『荀子《じゅんし》』などの用例も同様である。古代中国でマイナスの意味をもつ「権利」が、現代の日本や中国ではプラスの意味に逆転しており、まことに興味深い。

司馬遷

六月二十六日

乾坤一擲《けんこんいってき》

韓愈

項羽《こうう》と劉邦《りゅうほう》の戦いを主題とする、中唐《ちゅうとう》の韓愈《かんゆ》の七言絶句「鴻溝《こうこう》を過《す》ぐ」第四句にもとづく成語。詩全体は、

龍疲《りゅうつか》れ虎困《とらくる》しみて　川原《せんげん》を割《さ》き
億万《おくまん》の蒼生《そうせい》　性命存《せいめいそん》す
誰《だれ》か君王《くんおう》に勧《すす》めて馬首《ばしゅ》を回《かえ》し
真成一擲《しんせいいってき》　乾坤《けんこん》を賭《と》す

と歌う。第三、第四句は「誰が劉邦に戦場にもどり、真に乾坤一擲の大勝負をするよう勧めたのだろうか」の意。「乾坤一擲《けんこんいってき》」は、天と地をサイコロのひとふりに賭け、イチかバチかの大勝負をすること。以後、この言葉は伸《の》るか反《そ》るか、思い切って事をやる喩《たと》えとして広く用いられる。

六月二十七日

玩物喪志《がんぶつそうし》

『書経《しょきょう》』旅獒篇《りょごう》に見える言葉「人《ひと》を玩《もてあそ》べば徳《とく》を喪《うしな》い、物《もの》を玩《もてあそ》べば志《こころざし》を喪《うしな》う」による。「人をもてあそべば自分の徳を失い、無用の物をもてあそべば自分の志を失うことになる」の意。のちに絵画、骨董、動植物など趣味的な対象に熱中して、本心や本務を見失うことを指す成語となる。気の滅入ることも多い昨今、趣味への没頭で辛うじて心のバランスをとるケースも多い。今や「玩物喪志《がんぶつそうし》」も功罪あいなかばするというところか。

六月二十八日

玉石混淆《ぎょくせきこんこう》

葛洪

東晋《とうしん》の神仙《しんせん》思想家葛洪《かっこう》の言葉、「磋切《させつ》の至言《しげん》を以《もっ》て駃拙《かいせつ》と為《な》し、虚華《きょか》の小弁《しょうべん》を以《もっ》て妍巧《けんこう》と為《な》す。真偽《しんぎ》顚倒《てんとう》、玉石混淆《ぎょくせきこんこう》なり」による。

「精錬された至言を野暮だとし、空虚で華美なおしゃべりを粋だとする。本物と偽物を顚倒し、玉《ぎょく》(すぐれたもの)と石(つまらないもの)をごっちゃにしている」の意。この言葉は現在、優秀な人間とそうでない人間が混在するさまの形容として用いられる場合が多い。

(『抱朴子《ほうぼくし》』外篇・尚博篇《しょうはくへん》)

六月二十九日

吾《わ》が舌《した》を視《み》よ

戦国《せんごく》の遊説家《ゆうぜいか》張儀《ちょうぎ》の言葉。彼は秦《しん》の宰相となり、連衡策《れんこう》をもって六国《りっこく》に秦との同盟を迫るなど大活躍したが、当初は芽が出ず、遊説先で盗人扱いされ傷だらけになったこともある。このとき妻がなじると、「吾《わ》が舌《した》を視《み》よ、尚《な》お在《あ》りや不《いな》や(私の舌を見よ。まだあるか)」と聞き、妻が「舌在《したあ》り」と笑うと、「足《た》れり(十分だ)」と言ってのけた。いかにも舌先三寸で天下を動かす遊説家らしい不敵な言葉である。(『史記』張儀《ちょうぎ》列伝)

六月三十日

平生《へいぜい》　口《くち》の為《ため》に忙《ぼう》なり

北宋《ほくそう》の蘇東坡《そとうば》の七言律詩「初《はじ》めて黄州《こうしゅう》に到《いた》る」第一句による。

自《みずか》ら笑《わら》う　平生《へいぜい》　口《くち》の為《ため》に忙《ぼう》なるを
老来《ろうらい》　事業《じぎょう》　転《うた》た荒唐《こうとう》なり

と歌う。「これまで口がもとで数々のめんどうを起こしたのが自分でもおかしい。年をとり、やることがますますデタラメになってきた」の意。筆禍事件に巻きこまれ、四十五歳で黄《こう》州(湖北《こほく》省)に流されたときの詩だが、多作型詩人の蘇東坡は明朗率直、思ったことをそのまま口に出すタイプだったのである。

「東坡学士」(『古文正宗』)

七月

七月一日

是《ぜ》非《ひ》は只《た》だ多《おお》く口《くち》を開《ひら》く為《ため》なり

俗諺《ぞくげん》。「是非《ぜひ》」はいざこざ、もめごと。これにつづく「煩悩《ぼんのう》は皆《み》な強《し》いて頭《あたま》を出《い》だすに因《よ》る」と対をなす。「いざこざはひたすら口数が多いことから起こり、悩みはすべてむりに目立とうとすることから起こる」という意味である。ひらたく言えば、「口は禍《わざわい》のもと」「出る杭《くい》は打たれる」ということだ。「多多益《たたます》ます弁《べん》ず(多ければ多いほどよい)」ともいうが、対人関係については冷静な判断と一種の自己抑制が必要なことはいうまでもない。

七月二日

過《す》ぎたるは猶《な》お及《およ》ばざるがごとし

子夏

孔子《こうし》の言葉。子貢《しこう》が相弟子の師《し》(子張《しちょう》)と商《しょう》(子《し》夏《か》)の優劣をたずねると、孔子は「師《し》や過《す》ぎたり(やりすぎだ)、商《しょう》や及《およ》ばず(引っ込み思案だ)」と言い、子貢がさらに「然《しか》らば則《すなわ》ち師《し》愈《まさ》れるか(ならば師のほうがすぐれていますか)」と聞くと、表記のように「やりすぎと引っ込み思案は似たようなものだ」と答えた。何事につけ過剰も不足も好ましくないというわけだ。(『論語』先進篇《せんしんへん》)

万言万中《ばんげんばんちゅう》　一黙《いちもく》に如《し》かず

明《みん》の袁衷《えんちゅう》著『庭幃雑録《ていいざつろく》』下に見える言葉で、「一万言がすべて的中しても、しばしの沈黙には及ばない」の意。「沈黙は金、雄弁は銀」と同義であり、多弁を弄《ろう》するより沈黙のほうが説得力があるという考え方は、古くから洋の東西をとわず存在する。日本にもやや下世話ながら、「口をきかぬが最上の分別」という諺がある。内容は空疎でも立て板に水の雄弁がもてはやされる現状を思うと、まことに感慨深い言葉だといえよう。

七月四日

籌策《ちゅうさく》を帷帳《いちょう》の中《うち》に運《めぐ》らす

前漢《ぜんかん》の高祖劉邦《こうそりゅうほう》の「夫《そ》れ籌策《ちゅうさく》を帷帳《いちょう》の中《うち》に運《めぐ》らし、勝《か》ちを千里《せんり》の外《そと》に決《けっ》するは、吾《わ》れ子房《しぼう》に如《し》かず」による。子房は名軍師張良《ちょうりょう》のあざな。「陣幕の中で計略をめぐらし、はるか千里の外に勝利を決する点では、私は子房にかなわない」の意。理想の軍師像をあらわす名言として流布し、劉備《りゅうび》が関羽《かんう》と張飛《ちょうひ》に対し諸葛亮《しょかつりょう》がいかにすぐれた軍師か説明するさいにも、「籌《はかりごと》を帷幄《いあく》の中《うち》に運《めぐ》らし……」という形で引かれる。（『史記』高祖本紀《こうそほんぎ》）

七月五日

皇帝為《こうていた》るの貴《たっと》きを知《し》る也《なり》

前漢《ぜんかん》の高祖劉邦《こうそりゅうほう》の言葉「吾《わ》れ迺《すなわ》ち今日《こんにち》　皇帝為《こうていた》るの貴《たっと》きを知《し》る也《なり》」による。無頼漢あがりの高祖は堅苦しい儀礼を嫌った。このため、即位後も臣下は酒が入ると怒号するなど勝手放題だった。うんざりした高祖の意を受け、儒者《じゅしゃ》の叔孫通《しゅくそんとう》が臣下を訓練した結果、年頭の儀式は一糸の乱れもなく挙行され、高祖は「私は今日はじめて皇帝の貴さを知った」と感動したという。成り上がり皇帝らしい面白い発言。（『史記』叔孫通列伝）

七月六日

徳《とく》に在《あ》りて険《けん》に在《あ》らず

戦国《せんごく》時代の兵法家・軍事家呉起《ごき》（呉子《ごし》）の言葉。「（国の宝は）君主の徳にあり、険しい地勢にあるのではない」の意。魏《ぎ》の武侯《ぶこう》が「美《び》なる哉乎《かな》、山河《さんが》の固《かた》め、此《こ》れ魏国《ぎこく》の宝也《たからなり》」と自国の険しい地勢に感動したときの呉起の反論である。呉起はすこぶる有能な軍師だが人格にやや問題があり、魯《ろ》、魏、楚《そ》と諸国を渡り歩き、ついに非業の最期を遂げた。表記のまっとうな発言にはそぐわない流転の人生だった。

（『史記』孫子《そんし》呉起列伝）

七月七日

世《よ》を金馬門《きんばもん》に避《さ》く

今日は七夕。これは前漢《ぜんかん》の東方朔《とうほうさく》の言葉である。「金馬門《きんばもん》」は本来、宦官《かんがん》の詰め所。東方朔は能弁で武《ぶ》帝に愛されたが官職は低く、実際には宮廷道化だった。そんな生き方を批判する者に対し、彼は「私のような者こそ「俗世を朝廷に避ける」というものだ」と反論し、「俗《ぞく》に陸沈《しず》み、世《よ》を金馬門《きんばもん》に避《さ》く」と歌ってみせた。宮廷道化隠者として生涯を終えた東方朔こそ朝隠《ちょういん》(朝廷の隠者)のはしりだといえよう。(『史記』滑稽《こっけい》列伝)

東方朔

七月八日

馬氏《ばし》の五常《ごじょう》　白眉《はくび》最《もっと》も良《よ》し

劉備

劉備《りゅうび》は孫権《そんけん》と同盟し曹操《そうそう》の大軍を撃破した「赤《せき》壁《へき》の戦い」後、荆州《けい》(湖北省《こほく》)中枢部を奪取した。このとき旧知の伊籍《いせき》なる人物が荆州在住の人材を登用すべきだと助言し、馬《ば》氏の五兄弟(全員あざなに「常《じょう》」がつくため「五常《ごじょう》」と呼ばれる)を推薦して、眉に白毛がまざっているため「白《はく》眉《び》」と呼ばれる馬良《ばりょう》が最優秀だと述べた。これをもとに、同類のうち最も傑出した人や物を「白眉」というようになる。(『三国志』馬良伝)

七月九日

泣《な》いて馬《ば》謖《しょく》を斬《き》る

馬謖《ばしょく》は昨日とりあげた「馬《ば》氏の五常《ごじょう》」の末弟で諸葛亮《しょかつりょう》(あざな孔明)の愛弟子。諸葛亮は魏《ぎ》への挑戦を開始した第一次北伐で馬謖を前進基地街亭《がいてい》の守備隊長に任じたが、才子肌で実戦経験のない馬謖は致命的な作戦ミスを犯し、諸葛亮の率いる蜀軍は大敗北した。信賞必《しんしょうひつ》罰《ばつ》(功績があれば必ず賞を与え罪があれば必ず罰すること)をモットーとする諸葛亮は、馬謖の処刑を断行した後、彼のためにはげしく涙を流したのだった。(『三国志』馬謖伝)

「孔明　涙を揮って馬謖を斬る」
(『三国志演義』)

七月十日

破《は》竹《ちく》の勢《いきお》い

杜預

三国のうち蜀《しょく》が魏《ぎ》に、魏が司《し》馬《ば》氏の西晋《せいしん》に滅ぼされた後、二八〇年、呉《ご》を滅ぼし西晋が天下を統一した。これは西晋軍総司令官の杜預《どよ》(「どよ」と読むのが慣例)が呉への総攻撃を前にして述べた言葉、「今《いま》　兵威《へいい》已《すで》に振《ふ》るい、譬《たと》えば竹《たけ》を破《さ》くが如《ごと》し(今やわが軍の威力はふるい、破竹の勢いだ)」による。以後、勢いが強くとどめられないことを指す成語となる。

杜預は『春秋左伝《しゅんじゅうさでん》』に精通した大学者としても有名。(『晋書《しんじょ》』杜預伝)

七月十一日

騎《き》虎《こ》の勢《いきお》い

隋《ずい》の初代皇帝文《ぶん》帝（楊堅《ようけん》）の猛妻、独孤《どくこ》皇后の言葉による。楊堅は北朝北周《ほくしゅう》の宰相で、北周の宣《せん》帝の皇后は彼らの娘だった。宣帝の死後、独孤皇后は「騎獣《きじゅう》の勢《いきお》い、必《かなら》ず下《お》りるを得《え》ず（猛獣に乗っているのだから、途中で下りられません）」と楊堅に発破をかけ、奮起した楊堅は北周を滅ぼして即位、隋王朝を立てる。これから「騎虎の勢い」という成語が生まれ、乗りかかった船という意味で広く用いられる。（『隋書《ずいしょ》』独孤皇后伝）

隋文帝

七月十二日

蜀犬《しょくけん》 日《ひ》に吠《ほ》ゆ

柳宗元

蜀《しょく》（四川《しせん》省）は高山に囲まれて霧や雲が多く、めったに太陽が出ない。このため、蜀の犬は太陽を見ると怪しんで吠えるという。中唐《ちゅうとう》の柳宗元《りゅうそうげん》の「韋中立《いちゅうりつ》に答《こた》えて師道《しどう》を論《ろん》ずる書《しょ》」に由来する表現である。この言葉はその後、見識の低い者が卓越した人物の言動を見て違和感をおぼえ、やっきになって非難攻撃する喩えとして広く用いられる。類似した成句として「井《い》の中《なか》の蛙《かわず》、大海《たいかい》を知《し》らず」（『荘子《そうし》』秋《しゅう》水《すい》篇による）があげられる。

七月十三日

遼東《りょうとう》の豕《いのこ》

遼東《りょうとう》(遼寧省《りょうねい》)の家に白頭の豕《いのこ》(ブタ)が生まれた。珍品と思い献上しようと河東《かとう》(山西省《さんせい》)まで行くと、河東の豕はみな白頭だった。そこで恥ずかしくなり帰郷したという話がある。『後漢書《ごかんじょ》』朱浮《しゅふ》伝に見える故事だが、以後この言葉は世間知らず、一人よがりの意で広く用いられる。昨日の「蜀犬《しょくけん》 日《ひ》に吠《ほ》ゆ」と似た意味の表現である。狭い自分の世界に閉じこもっていると、蜀犬や遼東の豕になってしまう。ゆめゆめご用心。

七月十四日

強弩《きょうど》の末勢《まっせい》 魯縞《ろこう》を穿《うが》つ能《あた》わず

さまざまなヴァリエーションがあるが、この表現がもっとも流布する。「強弩《きょうど》」は強い弓、「魯縞《ろこう》」は魯国産の薄絹。「強い弓から発射した矢も、遠くまで至り力尽きたときは魯の薄絹を貫く力もない」の意。『史記《しき》』韓長孺《かんちょうじゅ》列伝、『漢書《かんじょ》』韓安国《かんあんこく》伝などに見えるが、表現に少しずつ異同がある。この言葉は後世、英雄も衰えては何もできないとの意味で用いられる場合が多い。残酷な現実をつく名言である。

七月十五日

物極《ものきわ》まれば則《すなわ》ち衰《おとろ》う

表記につづき「吾《わ》れ未《いま》だ駕《が》を稅《と》く所《ところ》を知《し》らざる也《なり》」とある。「駕《が》を稅《と》く」は車につけた馬を解き放つこと、転じて休息すること。秦《しん》の始《し》皇帝に重用され栄華を極めた丞相《じょうしょう》李斯《りし》の言葉。「物事は頂点に達すれば衰えるものだ。私の馬車はいったいどこで休息するのだろうか」との意。この予感どおり、李斯は始皇帝の死後、宦官《かんがん》の趙高《ちょうこう》と結託して二世《にせい》皇帝胡亥《こがい》を即位させたが、けっきょく趙高に排除され処刑された。（『史記』李斯列伝）

七月十六日

急来《きゅうらい》　仏《ほとけ》の脚《あし》を抱《いだ》く

俗諺《ぞくげん》。「閑時《かんじ》　焼香《しょうこう》もせず、急来《きゅうらい》　仏《ほとけ》の脚《あし》を抱《いだ》く」とつづく。「用がないと寺参りもせず、せっぱつまると仏の脚にしがみつく」の意。『水滸伝《すいこでん》』をはじめ白話小説(話し言葉で書かれた小説)によく出てくるユーモラスな表現である。「急来」を急時、臨時、「閑時」を平時、とするなどさまざまなヴァリエーションがある。日本の「苦しい時の神頼み」にあたる。藁《わら》にもすがりたい思いになると、急に信心深くなり神や仏の加護を願うのはいずこも同じである。

七月十七日

当局者《とうきょくしゃ》は迷《まよ》い　傍観者《ぼうかんしゃ》は審《つまび》らかなり

俗諺《ぞくげん》。「当事者は混乱し、傍《そば》で見ている者のほうがよくわかる」の意。「当局者は迷《めい》、傍観者は清《せい》」などヴァリエーションがあるが、もともと『旧唐書《くとうじょ》』元行沖《げんこうちゅう》伝に見える。囲碁は観戦者のほうがよく手が読めるとの意から転化した言葉で「傍目《おかめ》八目《はちもく》」にあたる。当事者になったとき目前の事に没頭すると大局が読めなくなる。頭を冷やして客観的にとらえる余裕をもちたいものだ。

七月十八日

神《こころ》を以《もっ》て遇《あつか》い　目《め》を以《もっ》て視《み》ず

表記につづき「官知《かんち》止《とど》まりて、神欲《しんよく》行《おこな》わる」とある。『荘子《そうし》』養生《ようせい》主《しゅ》篇に見える古代の名料理人庖丁《ほうてい》の言葉とされる。ある君主が一頭の牛を鮮やかにさばく庖丁の技《わざ》に感心したとき、彼は「私は牛を精神で扱い、目で見ていません。五官の働きはとまり、霊妙な精気が自然に働くのです」と述べた。究極の神業である。今も料理に使う刃物を庖丁《ほうちょう》と称するのは、この庖丁《ほうてい》の名に由来する。まさに不滅の料理の達人というべきであろう。

七月十九日

老馬《ろうば》の智《ち》　用《もち》う可《べ》し

『韓非子《かんぴし》』説林《ぜいりん》篇上の言葉。斉《せい》の桓《かん》公が遠征の帰途、道に迷うと、重臣管仲《かんちゅう》は「老馬の知恵を用いるべきだ」と言い、老馬の後について行くと道がわかった。また飲料水が切れると、やはり重臣の隰朋《しっぽう》が蟻塚の下に水があるはずだと言い、さがして掘ってみると水が出た。韓非子は彼らのような賢者でも「其《そ》の知《し》らざる所《ところ》に至《いた》っては、老馬《ろうば》と蟻《あり》とを師《し》とするを難《はば》からず」と述べ、まして聖人の知恵を学ばないのは愚の骨頂だと論を進める。

七月二十日

禍福《かふく》　門無《もんな》し 唯《た》だ人《ひと》の召《まね》く所《ところ》なり

「禍《わざわい》や福が至るのに一定の門（入り口）はなく、ただ人が招き寄せるものだ」の意で、『春秋左伝《しゅんじゅうさでん》』襄公《じょうこう》二十三年に見える。「禍福《かふく》は門《もん》を同《おな》じくす」（『淮南子《えなんじ》』人間訓《じんかんくん》）「禍福《かふく》は己《おのれ》自《よ》り之《こ》れを求《もと》めざる者《もの》無《な》し」（『孟子《もうし》』公孫丑《こうそんちゅう》篇上）など似た表現は多い。禍福は天から降りかかるものではなく、自己責任、自業自得《じごうじとく》だと、安直な運命論を跳ね飛ばすこれらの成語には人を粛然《しゅくぜん》とさせる厳しさがある。

七月二十一日

丘《きゅう》の禱《いの》るや久《ひさ》し

孔子《こうし》が重病にかかったとき、高弟の子路《しろ》は心配のあまり神々に治癒を祈りたいと考え、許可を求めた。すると孔子は「私(丘《きゅう》は孔子の本名)はずっと前から祈っているよ」と答え、ことごとしく祈る必要はないと拒絶した。リアリストの孔子は神秘的な祈禱《きとう》の類《たぐい》は忌避したが、仁《じん》(思いやり)を核とした節度ある社会の到来を祈願し苦闘しつづけた。その意味ではまさに「丘《きゅう》の禱《いの》るや久《ひさ》し」の生涯だった。

(『論語』述而篇《じゅつじ》)

七月二十二日

兄《けい》為《た》り難《がた》く　弟《てい》為《た》り難《がた》し

魏晋《ぎしん》の名士の逸話集『世説新語《せせつしんご》』徳行《とくこう》篇に収められた話による。後《ご》漢《かん》末の良識派知識人グループ「清流派《せいりゅうは》」の大立者陳寔《ちんしょく》に二人の優秀な息子があった。陳紀《ちんき》あざな元方《げんぽう》と陳諶《ちんしん》あざな季方《きほう》である。のちに陳紀の息子と陳諶の息子がそれぞれ自分の父の優劣を争ったさい、祖父の陳寔は「元方《げんぽう》は兄為《けいた》り難《がた》く、季方《きほう》は弟為《ていた》り難《がた》し」と述べ孫たちをなだめた。これをもとに、二者の実力が伯仲して甲乙つけがたいことを指す成語となる。

七月二十三日

耳《みみ》に満《み》つ潺湲《せんかん》 面《めん》に満《み》つ涼《りょう》

白楽天

これは中唐《ちゅうとう》の白楽天《はくらくてん》の七言絶句「香山寺《こうざんじ》に暑《しょ》を避《さ》く」第四句。香山寺は洛陽《らくよう》の寺。詩全体は、

　六月《ろくがつ》　灘声《たんせい》　猛雨《もうう》の如《ごと》し
　香山《こうざん》の楼北《ろうほく》　暢師《ちょうし》の房《ぼう》
　夜深《よるふ》け　起《た》ちて闌干《らんかん》に凭《よ》りて立《た》てば
　耳《みみ》に満《み》つ潺湲《せんかん》　面《めん》に満《み》つ涼《りょう》

となる。夏の夜、香山寺の僧房にいた作者が立ち上がり手すりにもたれると、せせらぎの音が耳いっぱいに響き、涼気が顔一面に漂ってくる。情景を想像するだけで涼味満点、大暑《たいしょ》のころの酷暑を忘れさせてくれる詩である。

七月二十四日

黄河《こうが》　海《うみ》に入《い》りて流《なが》る

盛唐《せいとう》の王之渙《おうしかん》の五言絶句「鸛鵲楼《かんじゃくろう》に登《のぼ》る」第二句。「鸛鵲楼」は山《さん》西省《せいしょう》にあった三層の楼閣。鸛鵲《こうのとり》がいたという。詩全体は、

白日《はくじつ》　山《やま》に依《よ》って尽《つ》き
黄河《こうが》　海《うみ》に入《い》りて流《なが》る
千里《せんり》の目《め》を窮《きわ》めんと欲《ほっ》し
更《さら》に上《のぼ》る一層《いっそう》の楼《ろう》

「夕陽が山に沿って落ち、黄河は東の海に入るまで流れつづける。千里のかなたまで眺望を極めようと、もう一階上の楼へ上る」の意。雄大な風景を巨視的に歌うこの詩には、長い歴史と広大な空間が凝縮されている。

七月二十五日

上邪《じょうや》

「上邪《じょうや》」は漢代の民歌。この空前絶後の強烈な恋歌は「上邪(天よ)」と天に呼びかけ、

上邪《じょうや》
我《わ》れ君《きみ》と相《あ》い知《し》り
長《とこし》えに絶《た》え衰《おとろ》うること無《な》からしめんと欲《ほっ》す

と、君(恋人)への愛の不滅を誓う。ついで、

山《やま》に陵《おか》無《な》く
江水《こうすい》竭《つ》くるを為《な》し
冬《ふゆ》に雷《かみなり》震震《しんしん》と
夏《なつ》に雪《ゆき》雨《ふ》り
天地《てんち》合《がっ》すれば
乃《すなわ》ち敢《あ》えて君《きみ》と絶《た》たん

と、山が平らになり川の水が枯れるなど、天変地異が起こらないかぎり、恋人とは別れないと高らかに歌いあげる。まさに絶唱である。

七月二十六日

情人《じょうじん》の眼裏《がんり》　西施《せいし》を出《い》だす

西施

俗諺《ぞくげん》。「西施《せいし》有《あ》り」ともいう。西施は春秋《しゅんじゅう》時代の越《えつ》の美女で、中国の美女の代名詞。彼女は呉越《ごえつ》の戦いのさなか、呉に送りこまれて呉王夫差《ふさ》を骨抜きにし、越に勝利をもたらしたとされる。この言葉は「恋人の眼中に西施が姿をあらわす」の意で、「惚れて見た目にアバタもエクボ」にあたる。いずれも恋愛対象の女性を美化する男性心理を表現した成句だが、「アバタ」を持ちだすより「西施」のほうがはるかに含蓄深くエレガントだ。

七月二十七日

胡《こ》蝶《ちょう》の夢《ゆめ》

「荘生　蝶に化す」(『程氏墨苑』)

『荘子《そうし》』斉物論《せいぶつろん》篇の文章、「昔者《むかし》　荘周《そうしゅう》　夢《ゆめ》に胡《こ》蝶《ちょう》と為《な》る……周《しゅう》の夢《ゆめ》に胡蝶《こちょう》と為《な》れるか、胡蝶《こちょう》の夢《ゆめ》に周《しゅう》と為《な》れるかを知《し》らず」による成語。「周」は荘子の本名。「昔、私は夢で胡蝶になった……私が胡蝶になった夢を見ていたのか、胡蝶の夢のなかで私という人間になっていたのか、わからない」の意。荘子はこうして夢と現実、自と他、生と死など、ありとあらゆる区別を無化して変幻自在、俗世のしがらみを脱し軽やかに生きようとする。

七月二十八日

邯鄲《かんたん》の夢《ゆめ》

盧生(『唐土名勝図会』)

唐《とう》代伝奇《でんき》小説「枕中記《ちんちゅうき》」(沈既済《しんきせい》著)に由来する成語。貧乏書生の盧生《ろせい》は邯鄲《かんたん》(河北《かほく》省)の茶店で仙人の呂翁《りょおう》から青磁《せいじ》の枕を借りて眠るや、枕の中の世界に吸いこまれて五十年余りを過ごし、栄枯盛衰を味わい尽くした。しかし、めざめてみると、なんと眠りこむ前に邯鄲の茶店の主人が炊きはじめた黍飯《きびめし》もまだ炊き上がっていなかった。この話から「邯鄲の夢」は、人の一生は一場の夢にすぎないとの意味で用いられるようになる。

七月二十九日

韋編三絶《いへんさんぜつ》

「韋《い》編《へん》」は竹簡《ちくかん》(紙以前、字を記した竹のふだ)を韋《い》(なめしがわ)で綴じた書籍。孔子《こうし》は晩年『易経《えききょう》』を好み繰り返し読んだために、「韋《い》編《へん》三絶《さんぜつ》」すなわち綴じた韋が三回も切れたとされる(『史記』孔子《こうし》世家《せいか》)。その後、この言葉は何度も熟読することの喩えとなる。ちなみに、速読を指し「一目十行《いちもくじゅうぎょう》(一目で十行読む)」ともいう。「一目十行」の多読と「韋編三絶」の精読の組み合わせこそ理想的な読書スタイルといえよう。

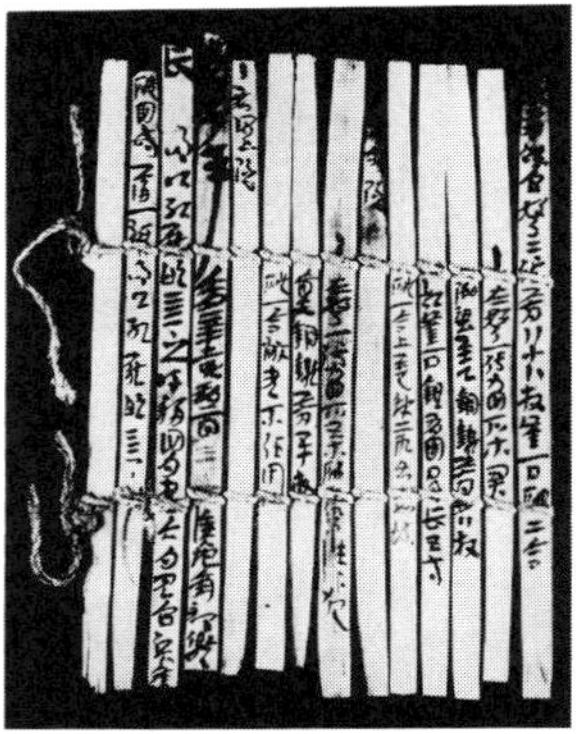

編綴された竹簡(後漢)

七月三十日

曲学阿世《きょくがくあせい》

前漢《ぜんかん》の武《ぶ》帝の時代、轅固生《えんこせい》が公孫弘《こうそんこう》に告げた言葉。原文は「公孫子《こうそんし》よ、務《つと》めて正学《せいがく》を以《もっ》て言《い》い、曲学《きょくがく》を以《もっ》て世《よ》に阿《おもね》る無《な》かれ」。「公孫子よ、つとめて正道の学問によって発言し、邪道の学問によって世間に媚びてはいけない」の意である。その後、硬骨漢の轅固生は辞任に追いこまれたが、公孫弘は巧みに身を処し宰相にまでなった。いつの世も権力に媚び世間受けを狙う「曲学阿世《きょくがくあせい》」学者の種は尽きない。(『史記』儒林《じゅりん》列伝)

七月三十一日

一将《いっしょう》　功成《こうな》りて　万骨枯《ばんこつか》る

唐《とう》末の曹松《そうしょう》の七言絶句「己亥歳詩《きがいさいし》」第四句。詩全体は、

沢国《たくこく》　江山《こうざん》　戦図《せんと》に入《い》り
生民何《せいみんなん》の計《けい》もて　樵蘇《しょうそ》を楽《たの》しまん
君に憑《もと》む　話《はな》す莫《な》かれ　封侯《ほうこう》の事《こと》
一将《いっしょう》　功成《こうな》りて　万骨枯《ばんこつか》る

である。第三、第四句は「どうか諸侯に封ぜられることなど言わないでほしい。一人の将軍が手柄を立てるかげで、無数の兵士が屍をさらしているのだから」の意。唐王朝に決定的ダメージを与えた「黄巣《こうそう》の乱」の渦中で作られた詩である。後世、この言葉は功績が上位の者に帰せられ、下で働いた者の努力が無視されることを嘆く成語となって流布する。

八月

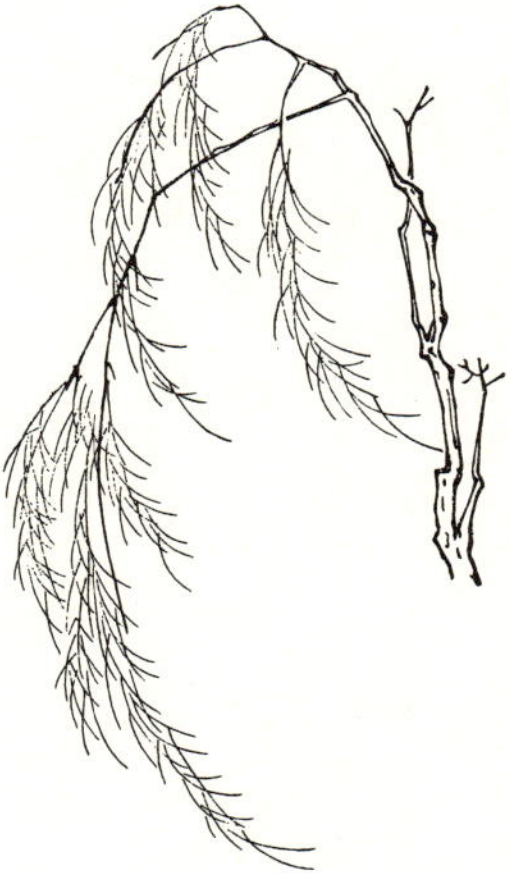

八月一日

山雨《さんう》来《き》たらんと欲《ほっ》して　風《かぜ》　楼《ろう》に満《み》つ

許渾

晩唐《ばんとう》の許渾《きょこん》の七言律詩「咸陽城《かんようじょう》の東楼《とうろう》」第四句による。第三、第四句は、

　渓雲《けいうん》初《はじ》めて起《お》こって　日《ひ》　閣《かく》に沈《しず》み
　山雨《さんう》来《き》たらんと欲《ほっ》して　風《かぜ》　楼《ろう》に満《み》つ

「谷間に雲がわくや、夕日は楼閣のかなたに沈み、山雨のやって来る前兆として、風が楼閣に満ちあふれる」の意。この第四句は激動の到来を予告するただならぬ気配を描く名句である。後世、動乱や戦争などが勃発する寸前の緊迫した雰囲気をあらわす喩えとしてよく用いられる。

八月二日

寧《むし》ろ鶏口《けいこう》と為《な》るも牛後《ぎゅうご》と為《な》る無《な》かれ

戦国《せんごく》の遊説家《ゆうぜいか》蘇《そ》秦《しん》の言葉。「鶏口《けいこう》」は鶏の口、転じて弱小集団のリーダー、「牛後《ぎゅうご》」は牛の尻、転じて大集団の末端につくことを指す。蘇秦は六国《りっこく》の君主を説得し強国秦《しん》に対抗する合従《がっしょう》同盟を結ばせた。この「鶏口となるほうが牛後となるよりましだ」は韓《かん》の宣恵《せんけい》王を説得したさいの表現だが、はるかな時を超え今なお自立を決断する者のスローガンとして生きつづける。(『史記』蘇秦列伝)

八月三日

王侯将相《おうこうしょうしょう》　寧《いず》くんぞ種《しゅ》有《あ》らんや

秦《しん》末、辺境守備のために徴発された囚人・貧民部隊のリーダー陳勝《ちんしょう》(あざな渉《しょう》)の言葉。「王侯将相《おうこうしょうしょう》」は王侯、将軍、大臣。貧しい出身で反逆心に富む陳勝は、「王侯将相も生まれついての区別なぞあるものか」と、盟友呉広《ごこう》とともに隊員を煽動し、秦王朝に反旗をひるがえした。陳勝はまたたくまに勢力を強め王と自称したが、わずか半年で敗死した。しかし、陳勝の乱を機に項羽《こうう》・劉邦《りゅうほう》ら群雄が蜂起し秦を滅亡させるにいたる。(『史記』陳渉世家《ちんしょうせいか》)

八月四日

憤《いきどお》りを発《はっ》して食《しょく》を忘《わす》る

孔子《こうし》の高弟子路《しろ》はある人に先生の人柄を聞かれ返答に窮した。これを知った孔子は「女《なんじ》奚《なん》ぞ曰《い》わざる、其《そ》の人《ひと》と為《な》りや、憤《いきどお》りを発《はっ》して食《しょく》を忘《わす》れ、楽《たの》しんで以《もっ》て憂《うれ》いを忘《わす》れ、老《お》いの将《まさ》に至《いた》らんとするを知《し》らざるのみと」と言った。「おまえ、なぜ言わなかったか。興奮すると食事も忘れるが、楽しむときは憂いを忘れ、老いが迫るのにも気づかない人だと」の意。孔子の躍動的な心のリズムが伝わってくる発言である。(『論語』述而《じゅつじ》篇)

孔子と晏子(『聖蹟之図』)

八月五日

桓魋《かんたい》　其《そ》れ予《わ》れを如何《いかん》せん

「天《てん》　徳《とく》を予《わ》れに生《な》せり。桓魋《かんたい》　其《そ》れ予《わ》れを如何《いかん》せん」とつづく。孔子《こうし》は諸国行脚の途中、宋《そう》の重臣桓魋《かんたい》に殺されかけた。これは、早く逃げるよう勧める弟子たちに言った言葉であり、「私は天から徳を授かっている。桓魋ごときは私をどうすることもできない」の意。浮き足だつ弟子を落ち着かせるための発言だが、危機をものともせず敵を圧倒する、孔子の確信に満ちた度胸のよさを強く印象づける表現である。（『論語』述而《じゅつじ》篇）

孔子と桓魋(『聖蹟之図』)

八月六日

皆《み》な楽《たの》しむ可《べ》き有《あ》り

北宋《ほくそう》の蘇《そ》東坡《とうば》「超然台《ちょうぜんだい》の記《き》」にある言葉。「凡《およ》そ物《もの》は皆《み》な観《み》る可《べ》き有《あ》り。苟《いやし》くも観る可き有れば、皆な楽《たの》しむ可き有り」とつづく。「物にはすべて見る価値がある。見る価値さえあれば、すべて楽しめるところがある」の意。いかなるときも楽しむ材料をみつけ、「安《いず》くんぞ往《ゆ》くとして楽しまざる(どこへ行っても楽しくないことはない)」(同)と豪語する、人生の達人蘇東坡らしい発言である。「超然台」は密《みっ》州(山東省《さんとう》)にあった展望台。

八月七日

悪《あく》小《しょう》なるを以《もっ》て之《こ》れを為《な》す勿《な》かれ

「白帝城にて先主　孤を託す」（『三国志演義』）

「善《ぜん》小《しょう》なるを以《もっ》て為《な》さざる勿《な》かれ」とつづく。三国志《さんごくし》世界の英雄劉備《りゅうび》は蜀《しょく》王朝を立てた二年後、名軍師諸葛亮《しょかつりょう》に後事を託して死去した。これは後継者劉禅《りゅうぜん》にあてた遺言状の一部で、「悪事は小さくともけっしてするな。善事は小さくともせずにおいてはならぬ」の意。出来のよくない劉禅を案じる親心が切々とにじむ表現である。劉禅は諸葛亮の輔佐を得て後継の座につくが、最終的に魏《ぎ》に降伏し蜀は滅亡した。（『三国志』先主《せんしゅ》伝・裴《はい》注『諸葛亮集』）

八月八日

一《いち》葉《よう》落《お》ちて天下《てんか》の秋《あき》を知《し》る

北宋《ほくそう》の詩話《しわ》『文録《ぶんろく》』に引用されている唐詩の一句であり、「梧桐《あおぎり》の葉が一枚落ちるのを見て、秋の来たことを知る」という意味。立秋にぴったりの詩句である。ちなみに、この句は『淮南子《えなんじ》』説山訓《せつざんくん》の「一葉落《いちようお》つるを見《み》て、歳《とし》の将《まさ》に暮《く》れんとするを知《し》る」のヴァリエーションだが、微細な現象に衰亡の兆しを見て取る比喩として、その後広く流布する。日本では同じ意味をあらわす「桐一葉《きりひとは》」という表現もよく用いられ、坪内逍遥《つぼうちしょうよう》の戯曲のタイトルにもなっている。

八月九日

虎穴《こけつ》に入《い》らずんば虎子《こし》を得《え》ず

班超

後漢《ごかん》の班超《はんちょう》の言葉。「虎の棲《す》む穴に入らなければ虎の子は得られない」の意。後漢の使者として西域《せいいき》に赴いた班超はこう言って部下三十六人を激励し突撃をかけて、匈奴《きょうど》側の使者一行数百人を全滅させ、勇名をとどろかせた。以後、班超は後漢と匈奴の間で揺れる五十以上の西域諸国を後漢に帰属させ西域都護《とご》として統轄した。この言葉は後世、危険をおかさないと利益は得られないことの喩えとして流布する。(『後漢書《ごかんじょ》』班超伝)

八月十日

槊《ほこ》を横《よこ》たえて詩《し》を賦《ふ》す

「曹孟徳　槊を横たえて詩を賦す」(『三国志演義』)

北宋《ほくそう》の蘇東坡《そとうば》「赤壁《せきへき》の賦《ふ》」の一節。「酒《さけ》を釃《そそ》いで江《こう》に臨《のぞ》み、槊《ほこ》を横《よこ》たえて詩《し》を賦《ふ》す。固《まこと》に一世《いっせい》の雄也《ゆうなり》」とつづく。曹操《そうそう》(あざな孟徳)が周瑜《しゅうゆ》の率いる呉《ご》軍との「赤壁の戦い」の前夜、長江《ちょうこう》に船を浮かべて宴を催し即興詩「短歌《たんか》行《こう》」を作った故事をとりあげ、その英雄性を絶賛したもの。「曹操は酒を酌んで長江に臨み、手にした槊《ほこ》をおいて詩を作った。まことに一時代きっての英雄であった」の意。曹操といえば必ず引き合いに出される有名な言葉である。

八月十一日

燕雀《えんじゃく》安《いず》くんぞ鴻鵠《こうこく》の志《こころざし》を知らんや

八月三日に紹介した陳勝《ちんしょう》の言葉。「燕や雀のような小鳥にどうして鴻鵠《おおとり》の志がわかろうか」の意。秦《しん》末、大反乱を起こした陳勝は若いころ貧しく他人の田畑を耕していた。そんな彼がふと雇い主に「富貴の身になってもたがいに忘れないようにしましょう」と言ったため、雇い主は失笑した。この言葉はそのとき陳勝がため息をつきながら述べたもの。若き陳勝がいかに野望に満ちた自信家だったかを示す話である。(『史記』陳渉世家)

八月十二日

殷鑑遠《いんかんとお》からず

『詩経《しきょう》』大雅《たいが》「蕩《とう》」の末尾二句に、

殷鑑遠《いんかんとお》からず
夏后《かこう》の世《よ》に在《あ》り

とある。「殷《いん》王朝が鑑《かがみ》とすべき先例は近い時代の夏《か》王朝にある」の意。前王朝の夏が暴君桀《けつ》によって滅亡したことを戒めとすべきだという、この警告にもかかわらず、殷もまた暴君紂《ちゅう》によって滅亡した。古代王朝の興亡の軌跡を凝縮したこの言葉は後世、「失敗の先例は遠くに求めなくともすぐ目前にある」という意味で流布する。

八月十三日

吾《わ》れ復《ま》た夢《ゆめ》に周公《しゅうこう》を見《み》ず

周公旦

孔子《こうし》の言葉「甚《はなは》だしいかな、吾《わ》が衰《おとろ》えたるや。久《ひさ》しいかな、吾《わ》れ復《ま》た夢《ゆめ》に周公《しゅうこう》を見《み》ず」による。「私もめっきり年をとった。周公の夢を見なくなってからずいぶんになる」の意。周《しゅう》公旦《こうたん》は周王朝第二代の成《せい》王を輔佐して政治・文化の制度を創設した。孔子はこの周公旦を理想的制度の創設者として夢に見るほど崇拝しつづけた。表記の老いの概嘆にも周公旦への深い思いがこめられており、いかにも美しい表現だ。(『論語』述而《じゅつじ》篇)

八月十四日

魚《うお》を得《え》て荃《せん》を忘《わす》る

「荃《せん》」は魚をとる竹籠。「魚をとると荃を忘れる」の意。以下「兎《うさぎ》を得《え》て蹄《てい》(兎をとるワナ)を忘《わす》る」、さらに「意《い》を得《え》て言《げん》を忘《わす》る」とつづく。『荘子《そうし》』外物篇《がいぶつ》に見える表現である。荃や蹄を引き合いに出しつつ、言葉は意味を理解する手段であり、「意味がわかれば言葉を忘れる」のが望ましいとの結論に達する。現在では、表記の言葉は目的を達した後、役にたった功労者を忘れてしまうというマイナスの意味で用いられることが多い。

八月十五日

人《ひと》は以《もっ》て恥《は》ずること無《な》かる可《べ》からず

孟子《もうし》の言葉「人《ひと》は以《もっ》て恥《は》ずること無《な》かる可《べ》からず。恥《は》ずること無《な》きを之《こ》れ恥《は》ずれば、恥《は》ずること無《な》からん」による。「人は恥の思いをもつべきだ。恥の思いがないことを恥じれば、恥じることはなくなるだろう」の意。自己反省することなく自己過信することこそ、実はもっとも恥ずかしいことだというのだ。孟子は「恥《はじ》の人《ひと》に於《お》けるや大《おお》し」とも述べており、恥の感覚、恥の思考を人格形成の要《かなめ》の一つとみなしている。(『孟子』尽心《じんしん》篇上)

八月十六日

知《し》らざるを知《し》らずと為《な》す

孔子《こうし》が子路《しろ》に語った言葉「由《ゆう》、女《なんじ》に之《こ》れを知《し》ることを誨《おし》えんか。之《こ》れを知《し》るを知《し》ると為《な》し、知《し》らざるを知《し》らずと為《な》す。是《こ》れ知《し》る也《なり》」による。「由（子路の本名）よ、おまえに知るとはどういうことか教えようか。わかったことをわかったとし、わからないことをわからないとする。これが知ることだ」の意。理解しえたことと理解していないことを区別するのはすべての出発点だ。知ったかぶりほど見苦しいものはない。（『論語』為政《いせい》篇）

琴を習う孔子（『聖蹟之図』）

八月十七日

苛《か》政《せい》は虎《とら》よりも猛《たけ》し

「苛《か》酷《こく》な政治は虎の害よりもはなはだしい」の意。『礼記《らいき》』檀弓《だんぐう》下篇の説話に見える。孔子《こうし》は泰山《たいざん》のそばを通ったとき、墓前で慟哭《どうこく》する女性を見た。聞けば彼女の舅《しゅうと》も夫も息子も虎に襲われて死んだ由。なぜそんな危ない土地を離れないのかと聞くと、「苛《か》政《せい》無《な》ければなり(苛酷な政治がないからです)」と答える。これはそのとき孔子が弟子に述べた言葉。重税、労働奉仕の強要など悪政がいかに人々を圧迫するかを端的に示す言葉だ。

八月十八日

征徭《せいよう》を避《さ》くるに計無《けいな》かるべし

唐《とう》末の杜荀鶴《とじゅんかく》の七言律詩「山中《さんちゅう》の寡婦《かふ》」の結句による。「征徭《せいよう》」は租税と力役《りきえき》(労働奉仕)。夫の戦死後も山中に住む貧しい寡婦の独白形式をとるこの詩は、

任《たと》い是《こ》れ深山《しんざん》　更《さら》に深《ふか》き処《ところ》なるも
也《ま》た応《まさ》に征徭《せいよう》を避《さ》くるに計無《けいな》かるべし

と結ばれる。「たとえこの山よりもっと深い山奥でも、税金と力役を逃れるすべはないだろう」の意。唐末の乱世に生きた寡婦の「苛《か》政《せい》は虎《とら》よりも猛《たけ》し」(前日の項参照)の嘆きを鮮烈にあらわす言葉である。

八月十九日

家貧《いえまず》しければ則《すなわ》ち良妻《りょうさい》を思《おも》う

戦国七雄《せんごくしちゆう》の一国、魏《ぎ》の文《ぶん》侯の言葉。「国乱《くにみだ》るれば則《すなわ》ち良相《りょうしょう》を思《おも》う」とつづく。「貧しい者は良い妻を得たいと思い、混乱した国は良い宰相を得たいと思うものだ」の意。人材招集に熱心な文侯のもとには文武の有能な人材が集まった。これは宰相を選ぶにあたり、文侯がブレーンに相談したとき、引用した古い諺。「家」と「国」、「良妻」と「良相」が対をなしているところに表現としてのおもしろさがある。（『史記』魏世家《ぎせいか》）

八月二十日

抑《そ》そも吾《わ》が妻《つま》の助也《じょなり》

北宋《ほくそう》の欧陽修《おうようしゅう》が、友人で著名な詩人の梅堯臣《ばいぎょうしん》の亡妻謝《しゃ》氏のために書いた「南陽県君謝氏墓誌銘《なんようけんくんしゃしぼしめい》」に見える言葉。梅堯臣自身の述懐として引かれ、「吾《わ》れをして富貴《ふうき》貧賤《ひんせん》を以《もっ》て其《そ》の心《こころ》を累《わずらわ》さざらしむるは、抑《そ》そも吾《わ》が妻《つま》の助也《じょなり》」とつづく。「私が財力や地位に心を悩まさずにすんだのは、思うにわが妻のおかげだ」との意。ちなみに梅堯臣は夫婦の愛情表現に禁欲的な中国古典詩の伝統にとらわれず、夭折《ようせつ》した愛妻を悼《いた》む「悼亡詩《とうぼうし》」を数多く著している。

欧陽修

八月二十一日

如《かく》も美《うつく》しく且《か》つ賢《けん》なるは無《な》し

梅堯臣

北宋《ほくそう》の梅堯臣《ばいぎょうしん》が愛妻謝氏《しゃ》(享年三十七)を哀悼して作った「悼亡《とうぼう》三首」其の三の第四句。

人間《じんかん》の婦《つま》を見尽《みつ》くしたれど
如《かく》も美《うつく》しく且《か》つ賢《けん》なるは無《な》し

とつづく。「世間の奥さんを見尽くしたが、彼女ほど美しく聡明な者はいない」の意。亡妻とはいえ、伝統中国の士大夫《したいふ》が配偶者をこれほど絶賛した例はまれだ。もっとも梅堯臣はこんなに哀惜しながら、愛妻の死後二年で再婚した。当時の習いとはいえ、やはりどうも釈然としない。

八月二十二日

帰《かえ》って細君《さいくん》に遺《おく》る

前漢《ぜんかん》の武《ぶ》帝に愛された宮廷道化、東方朔《とうほうさく》の言葉。武帝が側近の者に肉を下賜《かし》したさい、東方朔は詔《みことのり》を待たず切り取って持ち帰った。武帝が責めると、東方朔は平然と「帰《かえ》って細君《さいくん》に遺《おく》る。何《なん》ぞ仁《じん》ならんや（持ち帰って細君に贈るとは、何と心やさしいことでしょう）」と答えて矛先《ほこさき》をかわし、武帝も笑って許したという。「細君《さいくん》」は東方朔の妻の名前だとされるが、これがもとになって妻を細君と称するようになる。（『漢書《かんじょ》』東方朔《とうほうさく》伝）

東方朔

八月二十三日

花《はな》は幾遍《いくたび》　人《ひと》に逢《あ》わん

中唐《ちゅうとう》の盧綸《ろりん》の五言律詩「興善寺《こうぜんじ》の後池《こうち》に題《だい》す」の第四句。興善寺は長安《ちょうあん》の南にあった寺。

月《つき》は何年《なんねん》　樹《き》を照《て》らし
花《はな》は幾遍《いくたび》　人《ひと》に逢《あ》わん

とつづく。「月はどれほどの歳月　樹木を照らし、花は何度　人と出会ったことだろう」の意。「幾遍《いくたび》」を幾世、幾番、幾度とするテキストもある。悠久の自然と変転つねない人間存在を対比した表現である。作者は「僧中《そうちゅう》に此《こ》の身《み》を老《お》いしめん」と現実からの遁走、隠遁の夢を述べて、この詩を結ぶ。

八月二十四日

人《ひと》に千日《せんにち》の好《よし》み無《な》し

俗諺《ぞくげん》。「花《はな》に百日《ひゃくにち》の紅《くれない》無《な》し」とつづく。「人に千日もつづく友情はなく、花に百日も色あせないものはない」の意。人の心の変わりやすさの比喩としてしばしば用いられ、『水滸伝《すいこでん》』など白話小説にもよく出てくる。他者を全面的に信じると、裏切られたときに回復不能の打撃をうけることになる。諸行無常だと達観せよという、世間の荒波にもまれた苦労人のニヒルな警告である。やはり俗諺の「人《にん》情《じょう》薄きこと紙の如《ごと》し」も似た意味。

八月二十五日

白眼《はくがん》を以《もっ》て之《こ》れに対《たい》す

阮籍

魏《ぎ》末の「竹林《ちくりん》の七賢《しちけん》」の一人、阮籍《げんせき》の故事による。『晋書《しんじょ》』阮籍伝に「籍《せき》は又《ま》た能《よ》く青白《せいはく》眼《がん》を為《な》し、礼俗《れいぞく》の士《し》を見《み》れば、白眼《はくがん》を以《もっ》て之《こ》れに対《たい》す」とある。「青眼《せいがん》」はふつうの目つき、「白眼《はくがん》」は白目をむくこと。「阮籍はまた青眼と白眼を使い分けることができ、俗物に会うと白目をむいて対応した」の意。無為自《むいし》然《ぜん》を標榜する道家《どうか》思想の実践家らしい、羨むべき率直さである。他人を冷たい目で見る「白眼視《はくがんし》」という表現はこれに由来する。

八月二十六日

口《くち》に蜜《みつ》有《あ》り　腹《はら》に剣《けん》有《あ》り

唐《とう》の玄宗《げんそう》のもとで長らく宰相《さいしょう》をつとめた李《り》林甫《りんぽ》に対する評語。「口では甘い蜜のような調子のいいことを言うが、腹の中に鋭い剣がある」の意である。彼はこの評語どおり、陰険なやり口で政敵を打倒し権力をにぎりつづけたが、晩年、玄宗最愛の楊貴妃《ようきひ》の一族楊国《ようこく》忠《ちゅう》とはげしい主導権争いを演じ、その渦中で病死した。この評語はその後、狡猾な権力志向型の人物を形容する絶妙の表現として流布する。（『資治通鑑《しじつがん》』巻二百十五）

八月二十七日

直木《ちょくぼく》は先《ま》ず伐《か》らる

『荘子《そうし》』山木篇《さんぼくへん》の言葉。「甘井《かんせい》は先《ま》ず竭《つ》く」とつづく。「まっすぐな木はすぐ伐採され、うまい井戸はすぐ汲《く》み尽《つ》くされる」の意。人も有用性があれば使い捨てにされるだけ。「迹《あと》を削《けず》り勢《いきお》いを捐《す》てて、功名《こうみょう》を為《な》さず（自分の足跡を消し権勢を捨てて、功名から身を遠ざける）」（同篇）というふうに、自己顕示欲を捨て無用者として生きることこそ、禍《わざわい》から遠ざかる道だというのだ。日本の俗諺《ぞくげん》「出る杭《くい》は打たれる」が似た意味をもつ。

八月二十八日

虞《はか》らざるの誉《ほま》れ有《あ》り

『孟子《もうし》』離婁《りろう》篇上の言葉。「全《まった》きを求《もと》むるの毀《そし》り有《あ》り」とつづく。「予期せぬ賛辞を得ることもあれば、完璧を期して非難されることもある」の意。自己評価と他者評価は食い違う場合が多い。だから他人の毀誉褒貶《きよほうへん》に一喜一憂せず、堂々とわが道を行くべきだというのである。孟子は「人《ひと》の其《そ》の言《げん》を易《たやす》くするは責め無きのみ（人の口まかせの発言はただ無責任のなせるわざだ）」（同篇）とも述べている。いずれも傾聴に値する至言だ。

八月二十九日

両《ふた》つながら成《な》る能《あた》わず

韓非子《かんぴし》の言葉。「右手《みぎて》に円《えん》を画《えが》き、左手《ひだりて》に方《ほう》を画《えが》かば、両《ふた》つながら成《な》る能《あた》わず」とつづく。「右手で円を描き、左手で四角を描こうとすれば、両方ともうまくできない」という意味。同時に二つのことをやろうと欲張ると、両方とも中途半端になってしまう。一つに的をしぼり集中することが肝要だというのである。中国の俗諺《ぞくげん》を日本風にアレンジした「二兎《にと》を追う者は一兎《いっと》をも得ず」という表現が同じ意味をもつ。(『韓非子』功名篇《こうみょう》)

八月三十日

天《てん》に不《ふ》測《そく》の風雲有《ふううんあ》り

俗諺《ぞくげん》。「人《ひと》に旦夕《たんせき》の禍福有《かふくあ》り」とつづく。「天候には予測しがたい変化があり、人の運命もまたたくまに禍《わざわい》がおこったり福がおとずれたりする」の意。自然と人事を対応させつつ、突発事件にそなえる心の準備が必要だというのである。「一寸先は闇」「好事《こうじ》魔《ま》多し(よいことには邪魔が入りやすい)」など、類似した俗諺は枚挙に暇《いとま》がない。この言葉には危機感を強調する動的なイメージがあり、訴えかける力が格段に強い。

八月三十一日

蟷螂《とうろう》 蟬《せみ》を捕《と》らう

劉向

全文は「蟷螂《とうろう》 蟬《せみ》を捕《と》らえ、黄雀《こうじゃく》 後《うし》ろに在《あ》り」。「蟷螂《とうろう》」はカマキリ、「黄雀《こうじゃく》」は雀の一種。「蟷螂は蟬を捕まえようとし、背後の黄雀に狙われていることに気づかない」の意。目先の利益に気をとられ、後の禍《わざわい》を顧みないという意味でよく用いられる。俗諺《ぞくげん》だが、前《ぜん》漢《かん》の劉向《りゅうきょう》著『説苑《ぜいえん》』正諫《せいかん》篇の話にもとづく。この話では、蟷螂を狙う黄雀も弓を持つ人間に狙われていることに気づかないとされる。恐るべき禍の連鎖である。

九月

九月一日

孤《こ》豚《とん》為《た》らんと欲《ほっ》す

『史《し》記《き》』荘《そう》子《し》列伝による。楚《そ》の威《い》王が荘子を宰相に迎えようとしたとき、荘子は美食を与えられ肥《ふと》らされた犠《いけにえ》の牛を引き合いに出し、「是《こ》の時《とき》に当《あ》たり、孤《こ》豚《とん》為《た》らんと欲《ほっ》すと雖《いえど》も、豈《あ》に得《う》可《べ》けんや(この牛が廟《みたまや》に引き入れられる段になってから、一匹の子豚になりたいと思っても不可能だ)」と拒絶した。何者にも縛られず自由に生きることを願った荘子らしい発言である。この話は『荘《そう》子《し》』秋《しゅう》水《すい》篇と列《れつ》御《ぎょ》寇《こう》篇の逸話を再構成したもの。

九月二日

顧《かえり》みて他《た》を言《い》う

あるとき、孟子《もうし》は斉《せい》の宣《せん》王に理詰めの論法で「四境《しきょう》の内《うち》治《おさ》まらざれば、則《すなわ》ち之《こ》れを如何《いかん》せん（国内がよく治まらないとき、王はどうされるか）」と迫った。返答に窮した宣王は「左右《さゆう》を顧《かえり》みて他《た》を言《い》う」、すなわち「左右の者をふりかえって別のことを話しだした」とされる。表記の言葉はこの話によったもの。これは後世、返答に窮したり答えたくない場合、話をそらし別の話題をもちだすことを指す成句となる。（『孟子』梁恵王《りょうけいおう》篇下）

九月三日

五十歩百歩《ごじっぽひゃっぽ》

『孟子《もうし》』梁恵王《りょうけいおう》篇上の言葉。孟子は慈悲深さを誇る梁《りょう》の恵《けい》王から、無慈悲な王に苦しむ隣国の住民が移住して来ないのはなぜかと聞かれた。孟子は戦場から逃げる兵士を例にとって、「或《ある》ものは百歩《ひゃっぽ》にて後《のち》に止《とど》まり、或《ある》ものは五十歩《ごじっぽ》にして後《のち》に止《とど》まる。五十歩《ごじっぽ》を以《もっ》て百《ひゃっ》歩《ぽ》を笑《わら》わば如何《いかん》」と反問する。小手先の慈悲では隣国の君主と「五十歩百歩」、大して違わないというのだ。以後、これは大差がないことを示す常套句となる。

九月四日

先《ま》ず隗従《かいよ》り始《はじ》めよ

戦国《せんごく》時代、燕《えん》の昭《しょう》王が有能な人材の招聘を望むと、郭隗《かくかい》という者が「王必《おうかなら》ず士《し》を致《いた》さんと欲《ほっ》さば、先《ま》ず隗従《かいよ》り始《はじ》めよ」と助言した。「りっぱな人材を招聘したいとお考えなら、まず隗《わたくし》から始めなさい」の意。そこで昭王が郭隗を厚遇すると、彼に勝る人材が続々と集まった。後世、この言葉は「大きなことをするには手近なことから始めよ」から「言いだした者から始めよ」へと意味が変化し広く用いられる。(『史記』燕召公世家《えんしょうこうせいか》)

九月五日

千丈《せんじょう》の堤《つつみ》も螻蟻《ろうぎ》の穴《あな》以《よ》り潰《つい》ゆ

「百尺《ひやくしやく》の室《しつ》も突隙《とつげき》の熛《ひょう》以《よ》り焚《や》かる」とつづく。

「長さ千丈の堤も螻《おけら》や蟻《あり》の穴から決壊し、百尺四方の大邸宅も煙突の火の粉から焼ける」の意。いわゆる「蟻の穴から堤も崩れる」である。小さなミスを見逃したために、取り返しのつかない事態になることの比喩として流布する。安易に例外を認めたりルーズな対応をしたりしていると、いつしか綻《ほころ》びが広がりとんでもないことになる。とくと味わうべき至言だ。(『韓非子《かんぴし》』喩老《ゆろう》篇)

九月六日

星星《せいせい》の火《ひ》　以《もっ》て原《はら》を燎《や》く可《べ》し

四字成句にした「星火燎原《せいかりょうげん》」もよく用いられる。「小さな火も広野を焼き尽くすことができる」の意で、新しく出現した小さな力がみるみる大勢力に成長する喩え。『書経《しょきょう》』盤庚《ばんこう》篇の「火《ひ》の原《はら》を燎《や》くが若《ごと》し」にもとづく表現であり、古くから成語として流布するが、毛《もう》沢東《たくとう》が一九三〇年に著した文章の題名に用いたことから脚光を浴びる。小さな火種もいつかは大きくなる。希望を失わず戦いつづけよと、人を鼓舞する名言である。

九月七日

東海《とうかい》を蹈《ふ》んで死《し》す有《あ》る耳《のみ》

戦国《せんごく》時代の斉《せい》の処士魯仲連《ろちゅうれん》の言葉。趙《ちょう》が秦《しん》の大軍に圧迫されたとき、魏《ぎ》王は趙に使者を送り、秦王に帝号を贈るよう提案した。たまたま趙にいた魯仲連は使者と会見し、秦王が皇帝になり天下を混乱させるなら「連《れん》は東海《とうかい》を蹈《ふ》んで死《し》す有《あ》る耳《のみ》(私は東海に身を投げて死ぬだけだ)」と強《こわ》談判した。この結果、交渉は成功し、やがて秦軍も撤退した。以後、この言葉は世事を憤慨して死ぬことを示す成語となる。

(『史記』魯仲連《ろちゅうれん》列伝)

九月八日

慎《つつし》んで好《よ》きことを為《な》す勿《な》かれ

『世《せ》説《せつしんご》新語』賢媛《けんえん》篇の言葉。三国呉《ご》の趙母《ちょうぼ》が結婚する娘に与えた忠告。「くれぐれもよいことをするな」の意である。娘が「よいことをしないなら、悪いことをしてもよいのですか」と聞くと、趙母は「好《よ》きことすら尚《な》お為《な》す可《べ》からず、其《そ》れ況《いわ》んや悪《あ》しきことをや（よいことさえしてはいけないのだから、まして悪いことなんて）」と答える。要は目だつことはするなというわけだ。道家《どうか》思想による発言だが、深い人生知を感じさせる。

九月九日

無《む》辺《へん》の落《らく》木《ぼく》　蕭《しょう》蕭《しょう》と下《くだ》る

陰暦九月九日は重陽《ちょうよう》。この日、中国では小高い岡に登り(登高《とうこう》)、菊酒を飲む風習があった。これは杜《と》甫《ほ》の七言律詩「登高《とうこう》」第三句。

　無《む》辺《へん》の落《らく》木《ぼく》　蕭《しょう》蕭《しょう》と下《くだ》る
　不《ふ》尽《じん》の長《ちょう》江《こう》　滾《こん》滾《こん》と来《き》たる

と対をなす。「無数の落葉がさらさらと舞い落ち、尽きることのない長江がごうごうと流れてくる」の意。つづく第五、第六句は、

　万《ばん》里《り》　悲《ひ》秋《しゅう》　常《つね》に客《かく》と作《な》り
　百《ひゃく》年《ねん》　多《た》病《へい》　独《ひと》り台《だい》に登《のぼ》る

と歌う。とぎすまされた感覚でみごとな詩的小宇宙を作りだした絶唱である。

杜甫

九月十日

一人《いちにん》朝《ちょう》に在《あ》らば　百人《ひゃくにん》帯《おび》を緩《ゆる》うす

隋《ずい》の侯白《こうはく》の笑話集『啓顔録《けいがんろく》』(後代の話も混入)に見える諺。唐《とう》の路励《ろれい》行《こう》が大理丞《だいりじょう》(司法長官)になると、親類縁者が駆けつけこの諺を引いて祝った。「帯《おび》を緩《ゆる》うす」は帯をゆるめくつろぐこと。「一人が官位につ いて朝廷にいれば、百人が安心だ」の意。昔の中国では出世した者に親類縁者がこぞって寄生した。路励行は「ついでに幞頭《ぼくとう》(帽子)もぬげばよい」といなし、一同爆笑したというのがこの話のオチ。出世するのも楽ではない。

九月十一日

商女《しょうじょ》は知《し》らず　亡国《ぼうこく》の恨《うら》み

晩唐《ばんとう》の杜牧《とぼく》の「秦淮《しんわい》に泊《はく》す」第三句。詩全体は、

煙《けむり》は寒水《かんすい》を籠《こ》め月《つき》は沙《すな》を籠《こ》む
夜《よる》　秦淮《しんわい》に泊《はく》して酒家《しゅか》に近《ちか》し
商女《しょうじょ》は知《し》らず　亡国《ぼうこく》の恨《うら》み
江《こう》を隔《へだ》てて猶《な》お唱《うた》う後庭花《こうていか》

「秦淮《しんわい》」は南朝の首都建康《けんこう》(南京)の運河。両岸に遊郭がある。「煙《けむり》」はモヤ。「商女」は妓女。「後庭花」は「玉樹《ぎょくじゅ》後庭花」。南朝最後の王朝陳《ちん》の楽曲。第三、第四句は「妓女は亡国の恨みを知らず、今もなお後庭花を歌う声が対岸から響く」との意。哀切を極める表現である。

九月十二日

猴子《こうし》　大王《だいおう》と称《しょう》す

俗諺《ぞくげん》。「山上《さんじょう》に老虎《ろうこ》無《な》し、猴子《こうし》　大王《だいおう》と称《しょう》す」とつづく。「老虎」はトラ。「老」は虎や鼠など動物につける接頭語で意味はない。「猴子」はサル。転じて召使いの意味もある。「山上にトラがいないと、サルが大王と称する」の意。「老虎」を「好漢《こうかん》(りっぱな男)」に置き換えるなど、さまざまなヴァリエーションがある。いずれにせよ小者が自己陶酔して威張りちらすさまを辛辣に諷刺する言葉である。日本の「お山の大将」にあたる。

九月十三日

不倶戴天《ふぐたいてん》

『礼記《らいき》』曲礼上篇《きょくらい》の「父《ちち》の讐《あだ》は与《とも》に共《とも》に天《てん》を戴《いただ》かず」にもとづく。「父の仇《かたき》とはともに天を戴かない(必ず見つけて報復する)」の意。後世、父のみならず許しがたい相手を表記のように形容する。原文は「兄弟《けいてい》の讐《あだ》は兵《へい》に反《かえ》らず。交遊《こうゆう》の讐《あだ》は国《くに》を同《おな》じくせず(兄弟の仇には常に武器を準備して出会えば報復し、友人の仇とは同じ国に住まない)」とつづく。本来は父・兄弟・友人と関係の深さに応じ報復の程度にも差があったのだ。

九月十四日

司馬昭《しばしょう》の心《こころ》は路《みち》ゆく人《ひと》も知《し》る所也《ところなり》

三国《さんごく》時代の魏《ぎ》末、司馬懿《しばい》が権力闘争に勝利し実権を握る。その後、長男司馬師《しばし》をへて二男司馬昭《しばしょう》の代になるや、このように「司馬昭が魏を簒奪《さんだつ》しようとしていることを知らない者はない」という事態になる。実際に魏を滅ぼして西晋《せいしん》を立てたのは司馬昭の長男司馬炎《しばえん》だが、以後、これは「腹黒い本心は天下周知」という意味の成語となる。（『三国志』高貴郷公髦紀《こうききょうこうぼうき》・裴《はい》注『漢晋春秋《かんしんしゅんじゅう》』）

九月十五日

同日《どうじつ》に語《かた》る可《べ》からず

「とても同列に論じることはできない」すなわち「質を異《こと》にし比べものにならない」の意で、今もよく使われる成語である。前漢《ぜんかん》末、虚言を弄《ろう》して哀《あい》帝の寵臣《ちょうしん》となった息夫躬《そくふきゅう》がライバル公孫禄《こうそんろく》を蹴落とすために、「臣《しん》は禄《ろく》とは議《ぎ》を異《こと》にし、未《いま》だ同日《どうじつ》に語《かた》る可《べ》からず」と述べた言葉による。これに先だち、前漢の賈誼《かぎ》の「過秦論《かしんろん》」に「同《どう》年《ねん》にして語《かた》る可《べ》からず」という表現が見え、表記と同じ意味で使われている。(『漢書《かんじょ》』息夫躬《そくふきゅう》伝)

九月十六日

悲《かな》しい哉《かな》　秋《あき》の気《き》為《た》るや

『楚辞《そじ》』の「九弁《きゅうべん》」冒頭の句。

　悲《かな》しい哉《かな》　秋《あき》の気《き》為《た》るや
　蕭瑟《しょうしつ》として草木揺落《そうもくようらく》して変衰《へんすい》す

とつづく。「なんと悲痛なものだろうか、秋の風情は。寒々と草木は落ち衰えてゆく」の意。悲愁にみちた秋の雰囲気を鮮やかに描出した有名な句であり、秋といえば必ず想起される。

　揺落《ようらく》は秋《あき》の気《き》為《た》り
　凄涼《せいりょう》として怨情多《えんじょうおお》し　（庾信《ゆしん》「擬詠懐《ぎえいかい》」）

など踏襲した表現も多い。「九弁」の作者宋玉《そうぎょく》は戦国《せんごく》時代楚《そ》の詩人であり、『楚辞』の主要な作者屈原《くつげん》の弟子とされる。

九月十七日

父《ふ》母《ぼ》の年《とし》は知《し》らざる可《べ》からず

孔子《こうし》の言葉。原文は「父《ふ》母《ぼ》の年《とし》は知《し》らざる可《べ》からざる也《なり》。一《ひと》つには則《すなわ》ち以《もっ》て喜《よろこ》び、一《ひと》つには則《すなわ》ち以《もっ》て懼《おそ》る」である。「父母の年は知っておかねばならない。一つにはその長命を喜び、一つには高齢で不測の事態がおこるのを恐れるのである」の意。高齢化社会の現代、深刻な問題も多々おこっているけれども、この言葉は今なお父母の老いと向き合う者にとって、忘れてはならない原点である。敬老の日にふさわしい言葉。（『論語』里仁《りじん》篇）

雅楽に聴き入る孔子(『聖蹟之図』)

九月十八日

人生七十《じんせいしちじゅう》　古来稀《こらいまれ》なり

杜甫《とほ》の七言律詩「曲江二首《きょくこう》」其の二の第四句。

酒債《しゅさい》　尋常《じんじょう》　行《ゆ》く処《ところ》に有《あ》り
人生七十《じんせいしちじゅう》　古来稀《こらいまれ》なり

と対をなす。「飲み代《しろ》の借金は普通のことで行く先々にあってもよいが、昔から七十まで生きた人はまれだ」の意。謹厳な杜甫も李白《りはく》に劣らぬ酒豪であり、衣服を質に入れ毎日飲み歩いたと、この詩の冒頭二句で述べている。表記は古い諺にもとづく表現のようだが、この詩によって知られるようになる。七十を古稀《こき》と称するのもこの詩句による。

九月十九日

人《ひと》の将《まさ》に死《し》なんとするや　其《そ》の言《げん》や善《よ》し

曾子

死期の迫った曾子《そうし》(孔子《こうし》の高弟)が見舞いにきた魯《ろ》の高官に述べた言葉。「鳥《とり》の将《まさ》に死《し》なんとするや、其《そ》の鳴《な》くこと哀《かな》し。人《ひと》の将《まさ》に死《し》なんとするや、其《そ》の言《げん》や善《よ》し」とつづく。「絶命直前の鳥の鳴き声は哀切であり、絶命直前の人間の発言は誠実だ」の意。古い諺のようだが、たいへん美しい表現である。これを前置きとして、曾子は高官に「君子《くんし》の道《みち》に貴《たっと》ぶ所《ところ》の者《もの》は三《さん》」と、為政者の心得を諄々《じゅんじゅん》と説いて聞かせる。(『論語』泰伯《たいはく》篇)

九月二十日

死《し》せる諸葛《しょかつ》　生《い》ける仲達《ちゅうたつ》を走《はし》らす

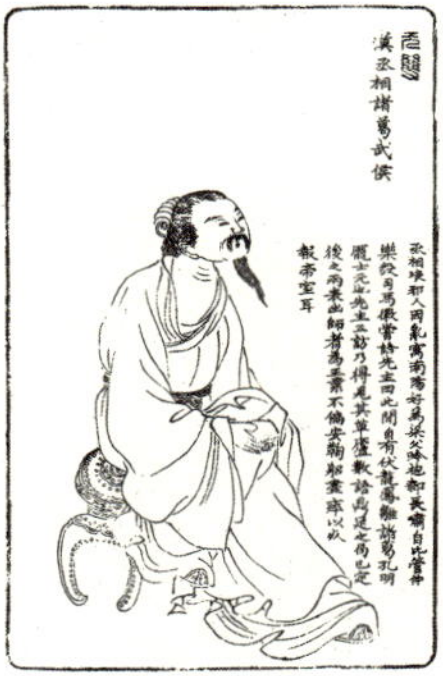

諸葛亮

諸葛亮《しょかつりょう》は五丈原《ごじょうげん》で魏《ぎ》の司馬懿《しばい》あざな仲達《ちゅうたつ》と対陣中、死去した。これは、諸葛亮の遺命をうけた蜀《しょく》軍がその死を秘して撤退すると、司馬懿は諸葛亮が生きていると思い追撃せず撤退したとの故事にもとづく成語である。「死んだ諸葛亮が生きている司馬懿を追いはらった」の意で、諸葛亮が最後まで司馬懿の一枚上手だったことを称えたもの。（『三国志』諸葛亮《しょかつりょう》伝・裴《はい》注『漢晋《かんしん》春秋《しゅんじゅう》』）

九月二十一日

知《ち》者《しゃ》は楽《たの》しみ　仁《じん》者《しゃ》は寿《いのちなが》し

孔子《こうし》の言葉「知《ち》者《しゃ》は水《みず》を楽《たの》しみ、仁《じん》者《しゃ》は山《やま》を楽《たの》しむ。知《ち》者《しゃ》は動《うご》き、仁《じん》者《しゃ》は静《しず》かなり。知《ち》者《しゃ》は楽《たの》しみ、仁《じん》者《しゃ》は寿《いのちなが》し」による。知者（知的な人）と仁者（仁徳を体得した人）を対比した発言だが、両者の優劣を論じるのではなく、その志向や行動形態の差異を提示する。能動的な知者が精神の快楽を存分に味わうのに対し、静観的な仁者は快楽をややセーブし生命力を保つという、この結びの言葉は深い含蓄に富む。（『論語』雍也《ようや》篇）

九月二十二日

青《あお》は藍《あい》より出《い》でて藍《あい》より青《あお》し

『荀子《じゅんし》』勧学《かんがく》篇の言葉による。「青色は藍草《あいぐさ》から作られるが、もとの藍より青い」の意。弟子が先生にまさる喩えとして用いられる。「出藍《しゅつらん》の誉《ほま》れ」ともいう。『荀子』には種々の本があり、「青《あお》は之《こ》れを藍《あい》より取《と》れども藍《あい》より青《あお》し」とする本もある。表記の「出」を「取」に置き換えたものだが、「出藍」は「出」の字を使った本から作られた成語。一月八日に紹介した孔子の「後生《こうせい》 畏《おそ》る可《べ》し」とともに、次世代を勇気づける表現である。

九月二十三日

秋風《しゅうふう》　禾黍《かしょ》を動《うご》かす

耿湋《こうい》の五言絶句「秋日《しゅうじつ》」第四句。詩全体は、

返照《へんしょう》　閭巷《りょこう》に入《い》り
憂《うれ》い来《き》たるも誰《だれ》と共《とも》にか語《かた》らん
古道《こどう》　人《ひと》の行《ゆ》く無《な》く
秋風《しゅうふう》　禾黍《かしょ》を動《うご》かす

となる。「夕日が村里を照らし、憂いが襲ってきても語りあう者もない。古い道は行く人もなく、秋風がイネやキビを吹き動かすだけ」の意。村里に逼塞《ひっそく》する作者の寂寞たる思いが秋風にたゆたう巧みな小詩である。耿湋は中唐《ちゅうとう》の詩人グループ「大暦十才子《たいれきじっさいし》」の一人。

九月二十四日

亢龍《こうりゅう》　悔《く》い有《あ》り

『易経《えききょう》』乾《けん》「上九《じょうきゅう》」に見える言葉。「亢龍《こうりゅう》」は天高くのぼりつめた龍。「天高くのぼりつめた龍はあとで悔いが生じる」の意。亢龍は進むことしか知らず退くことができないため、後悔する羽目になるというのである。これは富貴をきわめた人物が自戒しないと、あとで失敗することを暗示している。『易経』はもともと占いの書物だが、後世、深遠な哲理を含む儒教の聖典とされ、五経《ごきょう》の一つとなる。他の四経は詩《し》、書《しょ》、礼《れい》、春秋《しゅんじゅう》。

九月二十五日

之《こ》れを毫釐《ごうり》に失《しっ》すれば　差《たが》うに千里《せんり》を以《もっ》てす

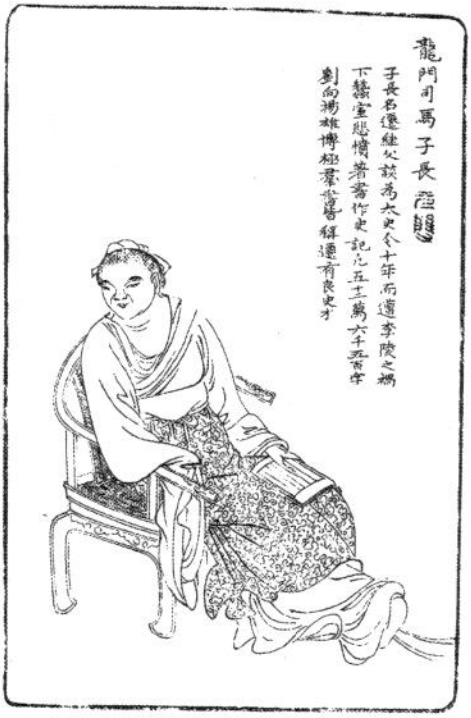

司馬遷

司馬遷《しばせん》の『史記《しき》』太史公自序《たいしこうじじょ》に『易経《えききょう》』の言葉として引用される（今本にはない）。「毫釐《ごうり》」はほんの少し、ごくわずか。「最初はごくわずかの間違いでも、終わりには取り返しのつかない間違いとなる」の意。今月五日の「千《せん》丈《じょう》の堤《つつみ》も螻蟻《ろうぎ》の穴以《あなよ》り潰《つい》ゆ」と共通性がある。なお『漢書《かんじょ》』司馬遷伝は「差《たが》うに毫釐《ごうり》を以《もっ》てすれば、謬《あやま》るに千里《せんり》を以《もっ》てす」と言い換えているが、意味は同じである。

九月二十八日

行《ゆ》くに径《こみち》に由《よ》らず

澹台滅明

高弟の子游《しゆう》が地方長官になったとき、孔子《こうし》は「女《なんじ》は人《ひと》を得《え》たりや（よい部下をみつけたか）」とたずねた。子游は「澹台滅明《たんだいめつめい》なる者有《ものあ》り。行《ゆ》くに径《こみち》に由《よ》らず、未《いま》だ嘗《かつ》て公事《こうじ》に非《あら》ざれば、偃《えん》の室《しつ》に至《いた》らざる也《なり》」と答えた。「偃《えん》」は子游の本名。「澹台滅明という者がいます。近道を行かず、公用以外に私の家に来たことがありません」の意。以後、この言葉は近道や抜け道を行かず、正々堂々と本道を行く喩えとして流布する。（『論語』雍也《ようや》篇）

九月二十九日

李下《りか》に冠《かんむり》を正《ただ》さず

古楽府《こがふ》（漢《かん》代の歌謡）「君子行《くんしこう》」第四句。冒頭四句に、

君子《くんし》は未然《みぜん》に防《ふせ》ぎ
嫌疑《けんぎ》の間《かん》に処《お》らず
瓜田《かでん》に履《くつ》を納《い》れず
李下《りか》に冠《かんむり》を正《ただ》さず

とある。「君子は事前に予防し、疑われやすい場所に身を置かない。瓜畑では履《くつ》に手をふれず、李《すもも》の下では冠を直さない」の意。瓜畑でしゃがむと瓜をとるように見え、李の木の下で手をあげると李をとるように見えるというのだ。過剰防衛の感もあるが、示唆に富む警句として今もよく使われる。

九月三十日

一飯《いっぱん》に三《み》たび哺《ほ》を吐《は》く

周公旦

周《しゅう》王朝の基盤を固め、儒家・儒教の理想的政治家とされる周公旦《しゅうこうたん》の言葉。「我《わ》れは一沐《いちもく》に三《み》たび髪《かみ》を捉《と》り、一飯《いっぱん》に三《み》たび哺《ほ》を吐《は》き、起《た》ちて以《もっ》て士《し》を待《ま》つ」とつづく。「私は一回髪を洗う間に三度も濡れた髪を握り、一回食事する間に三度も口中の食物を吐きだし、立ってりっぱな人物と応対する」の意。人材獲得を最優先した「周公吐哺《とほ》」の故事として人口に膾炙《かいしゃ》し、曹操《そうそう》も「短歌行《たんかこう》」で表記の言葉を引いている。（『史記』魯周公世家《ろしゅうこうせいか》）

十月

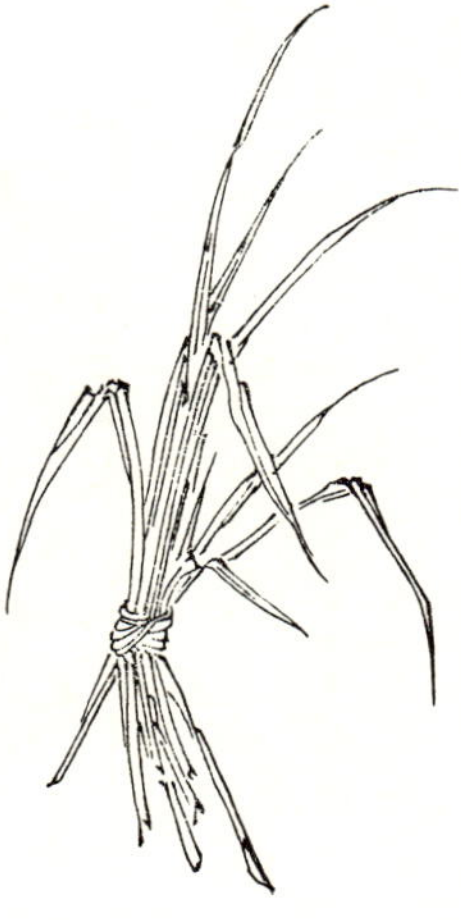

十月一日

羽《う》翼《よく》已《すで》に成《な》れり

前漢《ぜんかん》の高祖《こうそ》は晩年、呂后《りょこう》の産んだ太子《たいし》を廃し、戚《せき》夫人の産んだ如意《じょい》を太子に立てようとした。呂后は重臣張良《ちょうりょう》に相談し、高祖の崇拝する四人の老隠者四皓《しこう》を太子の輔佐とした。この結果、高祖は戚夫人に「羽《う》翼《よく》已《すで》に成《な》れり、動《うご》かし難《がた》し（輔佐の陣容がすでに整い、どうにもならない）」と言い、太子交替を断念した。「羽翼」は輔佐、助けの意。高祖の没後、この太子が恵《けい》帝となり、呂后が猛威をふるうにいたる。（『史記』留侯世家《りゅうこうせいか》）

四皓

十月二日

三年蜚《さんねんと》ばず鳴《な》かず

春秋《しゅんじゅう》時代、楚《そ》の荘《そう》王は即位してから三年の間、政務を顧みず享楽の日々を送った。臣下が「鳥《とり》の阜《おか》に在《あ》る有《あ》り、三年蜚《さんねんと》ばず鳴《な》かず、是《こ》れ何《なん》の鳥《とり》なるや(岡に鳥がいますが、三年飛ばず鳴かずです。これは何の鳥でしょうか)」と婉曲にたしなめると、荘王は「三年蜚《さんねんと》ばず、蜚《と》べば将《まさ》に天《てん》を沖《つ》かんとす。三年鳴《さんねんな》かず、鳴《な》けば将《まさ》に人《ひと》を驚《おどろ》かさんとす」と答えた。以後、なりをひそめているさまを「鳴かず飛ばず」というようになる。(『史記』楚世家《そせいか》)

十月三日

箭《や》は弦上《げんじょう》に在《あ》れば　発《はっ》せざるを得《え》ず

後漢《ごかん》末の陳琳《ちんりん》の言葉。「矢は弦の上にあり、放たざるをえない」という意味である。袁紹《えんしょう》の配下だった陳琳は「袁紹《えんしょう》の為《ため》に豫州《よしゅう》を檄《げき》す」を著し曹操《そうそう》を痛罵《つうば》した。袁紹一族を滅ぼした曹操が陳琳を捕らえ詰問すると、彼はこう答え、なりゆきだとつっぱねた。曹操はその度胸を買って受け入れ、陳琳は一転して曹操傘下の有能な文章技術者となる。筆一本で乱世を生きた辣腕《らつわん》文人である。(『三国志《さんごくし》演義《えんぎ》』第三十二回)

十月四日

鶏群《けいぐん》の一鶴《いっかく》

嵆康

魏《ぎ》末の「竹林《ちくりん》の七賢《しちけん》」の一人、嵆康《けいこう》の息子嵆紹《けいしょう》を評した言葉「卓卓《たくたく》として野鶴《やかく》の鶏群《けいぐん》に在《あ》るが如《ごと》し」による。「高くすぐれ、野生の鶴が鶏の群れのなかにいるようだ」と、嵆紹の一頭地を抜く端麗な風貌を絶賛したもの。この話には、やはり七賢の王戎《おうじゅう》が嵆紹賛美者に対し「君《きみ》は未《いま》だ其《そ》の父《ちち》を見《み》ざる耳《のみ》(君は彼の父を見たことがないだけだ)」と言い、親父の嵆康のほうがもっとカッコよかったと暗示する、面白いオチがついている。(『世《せ》説《せつ》新《しん》語《ご》』容止《ようし》篇)

人《ひと》を射《い》ば先《ま》ず馬《うま》を射《い》よ

杜甫《とほ》「前出塞《ぜんしゅつさい》」其の六の第三句。冒頭四句は、

弓《ゆみ》を挽《ひ》かば当《まさ》に強《つよ》きを挽《ひ》くべし
箭《や》を用《もち》いば当《まさ》に長《なが》きを用《もち》うべし
人《ひと》を射《い》ば先《ま》ず馬《うま》を射《い》よ
敵《てき》を擒《とりこ》にせば先《ま》ず王《おう》を擒《とりこ》にせよ

と歌う。第三、第四句は「人を射ようとするなら先ず馬を射るがよい。敵を捕らえようとするなら先ずその王を捕らえよ」の意。効率よく事を進めるには、まずポイントをつかむべきだというのだ。俗諺《ぞくげん》「将《しょう》を射《い》んと欲《ほっ》すれば先《ま》ず馬《うま》を射《い》よ」はこれにもとづく。

魏晋時代の騎射図（1972 年，甘粛省で出土）

十月六日

殃《わざわい》　池《ち》魚《ぎょ》に及《およ》ぶ

「災難が池の魚にまで及ぶ」の意。とばっちりを受け、思わぬ災難にあうことをいう。俗諺《ぞくげん》だが、『呂氏春秋《りょししゅんじゅう》』必己《ひっき》篇の故事による。宝玉を池に捨てたと言う者があり、池の水を抜いたが出てこず、魚が全滅したというものである。後世この話が変化し、「城門《じょうもん》失火《しっか》、殃《わざわい》 池《ち》魚《ぎょ》に及《およ》ぶ」という俗諺が生まれる。城門が燃え池の水を汲んで鎮火したため、魚が死んだというのである。日本の成句では「側杖《そばづえ》を食う」が共通した意味をもつ。

十月七日

上梁《じょうりょう》正《ただ》しからざれば下梁《かりょう》歪《ゆが》む

俗諺《ぞくげん》。「上の梁《はり》がまっすぐでないと下の梁が歪む」の意で、上に立つ指導者がよくないと、それにつれて下の者が堕落することの喩え。原文は「上梁不正下梁歪」で、「不正」と「歪」が遊戯的に使われている。やはり俗諺の「上《かみ》　正《ただ》しからざれば、下《しも》　参差《しんし》たり」は同様の意味をストレートに述べる。「参差《しんし》」はバラバラに入りまじるさま。「上に立つものがわるいと、下の者もてんでんバラバラ、支離滅裂になる」の意。悪《あ》しきリーダーをいただき、国や組織が壊滅した例は古今東西、まったく枚挙に暇《いとま》がない。

十月八日

請《こ》う君《きみ》　甕《かめ》に入《い》れ

唐《とう》の来俊臣《らいしゅんしん》は周興《しゅうこう》の疑獄を調べるに先立ち、さあらぬていで食事をともにし、頑強な罪人を自白させる方法をたずねた。周興は大きな甕《かめ》を炭火であぶり、罪人を中に入れればよいと答えた。そこで来俊臣が大きな甕を火であぶり、「請《こ》う君《きみ》　甕《かめ》に入《い》れ（甕の中へ入りなさい）」と迫ると、ふるえあがった周興はたちまち罪を認めたという。この言葉はその後、自業自得の意味で流布し、『紅楼夢《こうろうむ》』などにも見える。（『朝野僉載《ちょうやせんさい》』補輯《ほしゅう》）

十月九日

牀前《しょうぜん》　月光《げっこう》を看《み》る

李《り》白《はく》の有名な「静《せい》夜《や》思《し》」第一句。詩全体は、

牀前《しょうぜん》　月光《げっこう》を看《み》る
疑《うたご》うらくは是《こ》れ　地上《ちじょう》の霜《しも》かと
頭《こうべ》を挙《あ》げて山月《さんげつ》を望《のぞ》み
頭《こうべ》を低《た》れて故郷《こきょう》を思《おも》う

第一、第二句の「寝台の前にさしこんでくる月光を、ふと地上におりた霜かと思った」という作為を弄さない表現は、天衣無縫の李白ならではのものである。李白は「月の詩人」であり、現存する約一千首の詩のうち三百首ほどが月をモチーフとしている。

李白

十月十日

十年一《じゅうねんひと》たび覚《さ》む　揚州《ようしゅう》の夢《ゆめ》

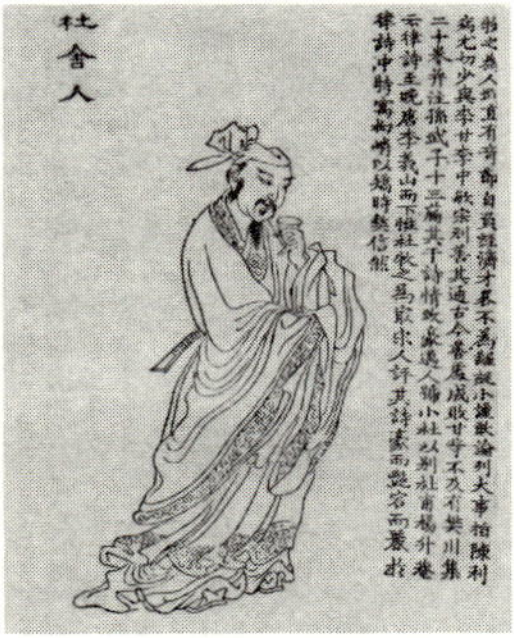

杜牧

晩唐《ばんとう》の杜牧《とぼく》の七言絶句「遣懐《けんかい》」第三句。詩全体は、

江湖《こうこ》に落魄《らくはく》して酒《さけ》を載《の》せて行《ゆ》く
楚腰繊細《そようせんさい》　掌中《しょうちゅう》に軽《かろ》し
十年一《じゅうねんひと》たび覚《さ》む　揚州《ようしゅう》の夢《ゆめ》
贏《か》ち得《え》たり　青楼薄倖《せいろうはっこう》の名《な》

杜牧は若いころ揚州(江蘇省)に赴任し花柳の巷《ちまた》に入り浸った。第三、第四句はこの経験を苦く回顧し、「ひとたび揚州十年の夢がさめれば、妓楼に浮気者の名が残っただけ」と歌う。なお表記の詩句は、杜牧と妓女の恋を描く元曲《げんきょく》(元《げん》代の戯曲)の題名「揚州夢《ようしゅうむ》」にもなっている。

十月十一日

長鋏《ちょうきょう》よ帰来《かえ》らんか

戦国四君《せんごくしくん》のひとり孟嘗君《もうしょうくん》の食客馮驩《ふうかん》は当初、伝舎《でんしゃ》(三等宿舎)住まいだったが、待遇改善を求め「長鋏《ちょうきょう》よ帰来《かえ》らんか、食《しょく》に魚《うおな》無し(わが剣よ、国へ帰ろうか。ここは食事に魚もない)」と歌った。孟嘗君が幸舎《こうしゃ》(二等宿舎)に移すと、また「長鋏《ちょうきょう》よ帰来《かえ》らんか、出《い》づるに輿《こしな》無し(外出に車もない)」と歌うので、代舎《だいしゃ》(一等宿舎)に移した。その後、馮驩は孟嘗君が苦境に陥ったとき尽力し、恩義に報いたのだった。

(『史記』孟嘗君《もうしょうくん》列伝)

十月十二日

命《めい》を戸《こ》に受《う》くるか

孟嘗君《もうしょうくん》(本名は田文《でんぶん》)の言葉「人《ひと》の生《せい》は命《めい》を天《てん》に受《う》くるか、将《は》た命《めい》を戸《こ》に受《う》くるか」による。父田嬰《でんえい》(斉《せい》の宰相)は、五月生まれの子は身長が門戸の高さになると両親を殺すとの俗信により、五月五日生まれの孟嘗君を殺せと命じたが、側室の母はひそかに養い育てた。成長後、父と会った孟嘗君は「人は運命を天から授かるのか、門戸から授かるのか」と反論して聡明さを認められ、やがて田嬰の後継者となる。(『史記』孟嘗君《もうしょうくん》列伝)

十月十三日

白髪三千丈《はくはつさんぜんじょう》

李白《りはく》「秋浦《しゅうほ》の歌《うた》」其の十五の第一句。詩全体は、

白髪三千丈《はくはつさんぜんじょう》
愁《うれ》いに縁《よ》りて箇《かく》の似《ごと》く長《なが》し
知《し》らず　明鏡《めいきょう》の裏《うち》
何《いず》れの処《ところ》より秋霜《しゅうそう》を得《え》たる

「白髪の長さが三千丈、愁いのせいでこんなに長くなった。鏡のなかにどこから秋の霜がおりたのやら」という意味。唐《とう》代の一丈は三メートル余りだから、三千丈はなんと九千メートル以上になる。李白はこの極端な誇張表現によって、あっけらかんと悲哀を断ち切ろうとするのである。

十月十四日

廬山《ろざん》の真面目《しんめんぼく》

「廬山松煙」(『程氏墨苑』)

蘇東坡《そとうば》の七言絶句「西林《せいりん》の壁《かべ》に題《だい》す」第三句。「西林《せいりん》」は廬山《ろざん》の麓《ふもと》の寺院。前半は、

　横《よこ》に看《み》れば嶺《れい》を成《な》し　側《そく》には峰《ほう》を成《な》す
　遠近高低《えんきんこうてい》　一《いつ》も同《おな》じきは無《な》し

と視点を変えつつ廬山の山並みを描き、後半は、

　廬山《ろざん》の真面目《しんめんぼく》を識《し》らざるは
　只《た》だ身《み》の此《こ》の山中《さんちゅう》に在《あ》るに縁《よ》る

「廬山の真の姿を知らなかったのは、私が山中にいたからだ」と歌う。何事も距離をおいて客観的に見ないと、その真面目《しんめんぼく》は把握できないと暗示する意味深い表現である。

十月十五日

校書《こうしょ》は塵《ちり》を掃《はら》うが如《ごと》し

沈括

北宋《ほくそう》の蔵書家宋綬《そうじゅ》の言葉。「一面掃《いちめんはら》えば一面生《いちめんしょう》ず。故《ゆえ》に一書有《いっしょあ》る毎《ごと》に三四校《さんしこう》するも、猶《な》お脱謬有《だつびゅうあ》り」とつづく。「校書《こうしょ》」は異本と照合し異同や正誤を調べること。「校書は塵を掃うのと同じで、こちらを掃えばあちらに(問題点が)生じる。だから一書ごとに三、四回校訂するが、まだ遺漏や誤りがある」の意。校書のきりのなさを巧みに表現した成句だが、現代の出版物の校正作業もまったく同様である。(沈括《しんかつ》『夢渓筆談《むけいひつだん》』巻二十六)

十月十六日

流水腐《りゅうすいくさ》らず

「流水《りゅうすい》の腐《くさ》らず、戸枢《こすう》の螻《ろう》せざるは、動《うご》けば也《なり》」による。「螻《ろう》」は「蠹《と》」に同じ。虫に食われ腐蝕すること。「流れる水が腐敗せず、門戸の軸が腐蝕しないのは、動いているからである」の意。この論は、人間も同様であり、新陳代謝が不活発になると病気になるという具合に展開される。「転がる石に苔《こけ》はつかない」ともいうように、常にみずからを活性化し、心身ともに柔軟な躍動性を失わずにいたいものだ。（『呂氏春秋《りょししゅんじゅう》』尽数篇《じんすう》）

十月十七日

断金《だんきん》の交《まじ》わり

『易経《えききょう》』繋辞《けいじ》上「二《に》人《にん》心《こころ》を同《おな》じうすれば、其《そ》の利《と》きこと金《きん》を断《た》つ(二人の者が心を一つに合わせたならば、鋭利さは金をも断ち切る)」に由来する。固い信頼に結ばれた友人関係の比喩。二月十日に紹介した「管鮑《かんぽう》の交《まじ》わり」や戦国《せんごく》時代趙《ちょう》の廉頗《れんぱ》と藺相如《りんしょうじょ》の「刎頸《ふんけい》の交《まじ》わり(たがいのために首をはねられても悔いない関係)」も同じ意味。こうした友人関係が稀有《けう》のものだからこそ、これらの成句は憧憬《しょうけい》をこめて用いられるのであろう。

十月十八日

一葉《いちよう》 目《め》を蔽《おお》えば泰山《たいざん》を見《み》ず

「両豆《りょうとう》 耳《みみ》を塞《ふさ》げば雷霆《らいてい》を聞《き》かず」とつづく。「一枚の葉が目をおおうと泰山も見えず、二つの豆が耳をふさぐと雷鳴も聞こえない」の意。作者不詳(戦国《せんごく》時代楚《そ》の隠者の作だともいう)の『鶡冠子《かつかんし》』天則《てんそく》篇に見える言葉だが、「一葉」を「両葉《りょうよう》」とする本もある。後世、目前の些細な事にこだわり大局を見失う比喩として流布する。日本の諺では「木を見て森を見ず」が似た意味をもつ。どちらも瑣末《さまつ》主義に警鐘を鳴らす名句である。

十月十九日

物《もの》は平《たい》らかならざれば則《すなわ》ち鳴《な》る

韓愈

中唐《ちゅうとう》の韓愈《かんゆ》「孟東野《もうとうや》を送《おく》る序《じょ》」による。原文は「大凡《おおよ》そ物《もの》は其《そ》の平《たい》らかなるを得《え》ざれば則《すなわ》ち鳴る」で、「物が平衡を得られないと音が生ずるものだ」の意。草木や水が風の作用で音を出すように、人間も「已《や》むを得《え》ざる者《もの》有《あ》って后《のち》に言《い》う」すなわち必要に迫られて表現するものだと、論旨が展開される。不幸や不運などマイナス性の刺激こそ、人を揺り動かし傑作を生むとの意を含む表記の言葉は、文学の起源を指摘した名言として流布する。

十月二十日

是《こ》れをしも忍《しの》ぶ可《べ》くんば孰《いず》れをか忍《しの》ぶ可《べ》からざらん

孔子《こうし》の言葉。「これががまんできるなら、がまんできないことなどない」との意。おりしも下剋上《げこくじょう》の時代、魯《ろ》でも重臣季《き》孫《そん》氏がぬけぬけと自邸の庭で天子専用の八佾《はちいつ》の舞を実施した。この僭上《せんじょう》沙汰に対して、節度と秩序を最重視する孔子は激怒したのである。相手が誰であれ、これだけは許せないと憤激するのは、むしろ能力の一種だといえよう。（『論語』八佾篇《はちいつ》）

十月二十一日

大《だい》を以《もっ》て小《しょう》に事《つか》うる者《もの》は天《てん》を楽《たの》しむ者也《ものなり》

孟子《もうし》の言葉「大《だい》を以《もっ》て小《しょう》に事《つか》うる者《もの》は天《てん》を楽《たの》しむ者也《ものなり》。小《しょう》を以《もっ》て大《だい》に事《つか》うる者《もの》は天《てん》を畏《おそ》るる者也《ものなり》」による。「大国が小国につかえるのは、余裕しゃくしゃく天の道を楽しむものだ。小国が大国につかえるのは、びくびくと天の威厳を恐れるものだ」の意。国家にかぎらず、人間関係においても恐れおののき、縮こまって生きるのは精神衛生にわるい。嫌な相手には開き直り「天を楽しむ」流儀で悠然と対処したいものだ。（『孟子』梁恵王《りょうけいおう》篇下）

十月二十二日

大雅《たいが》　久《ひさ》しく作《おこ》らず

李《り》白《はく》の古詩《こし》「古風《こふう》」其の一の第一句。

大雅《たいが》　久《ひさ》しく作《おこ》らず
吾《わ》れ衰《おとろ》えなば竟《つい》に誰《だれ》か陳《の》べん

とつづく。「古風」はいにしえぶり。「大雅」は『詩経《しきょう》』の詩体の一つで、周《しゅう》王朝の祖先を祭る長歌。ここでは大らかで正しい詩風を指す。冒頭二句は「大雅は長らく廃れてしまった。私が老衰してしまったら誰がそれを復活できようか」の意。李白らしい自信にあふれた言葉である。後世、表記の句は衰退した現状を嘆く常套表現となる。

十月二十三日

中心《ちゅうしん》　違《な》むこと有《あ》り

『詩経《しきょう》』邶風《はいふう》「谷風《こくふう》」の句。谷風は春風。

道《みち》を行《ゆ》くこと遅遅《ちち》たるは
中心《ちゅうしん》　違《な》むこと有《あ》ればなり

とつづく。「のろのろ道を行くのは、胸中がすっきりしないからです」の意。離縁された妻が薄情な夫を恨む歌だが、貧乏な時はさんざん働かせたくせに、

既《すで》に生《ふ》え既《すで》に育《くら》しよくなれば
予《わ》れを毒《どく》に比《ひ》す

「豊かになると私を毒虫扱いする」と、強烈な抗議が織りこまれている。『詩経』の歌は恨みや憎悪の表現もストレートそのものだ。

十月二十四日

霜《しも》を履《ふ》んで堅氷至《けんぴょういた》る

十月下旬には早くも「霜降《そうこう》」。これは『易経《えききょう》』坤《こん》の言葉。「象《しょう》（説明）」に「霜《しも》を履《ふ》むは陰始《いんはじ》めて凝《こ》る也《なり》。其《そ》の道《みち》を馴致《じゅんち》して堅氷《けんぴょう》に至《いた》る也《なり》」とある。「霜は陰気が始めて凝固したものだが、しだいに陰気が盛んになり水が凍って氷になる」の意。悪の動きも最初は微細でも、放置しておけば大悪になることを暗示する。表向きはもっぱら自然現象について述べながら、その実、比喩的に人事と対応させたきわめて中国的な表現である。

阡陌交通《せんぱくこうつう》し　鶏犬相《けいけんあ》い聞《き》こゆ

「淵明賞菊」（『古文正宗』）

陶淵明《とうえんめい》の「桃花《とうか》源記《げんのき》」に見える洞窟の奥に広がる桃源郷の情景。阡《せん》は南北の道、陌《はく》は東西の道で、「道は東西南北に行きかい、鶏や犬の声が聞こえる」の意。「鶏犬相《けいけんあ》い聞《き》こゆ」は『老子《ろうし》』第八十章に見える「小国寡民《しょうこくかみん》（人口の少ない小国）」の理想郷の形容を踏まえている。陶淵明の描く外部世界から遮断された小さな共同体の桃源郷では、慌しい変化や進歩と関わりなく、人はゆったりと穏やかに生きつづける。まさに見果てぬ夢である。

十月二十六日

我《わ》れをして心《こころ》依《い》然《ぜん》たらしむ

白楽天

白楽天《はくらくてん》の五言古詩「陶公《とうこう》の旧宅《きゅうたく》を訪《おとな》う」末句。柴桑《さいそう》（江西《こうせい》省）の陶淵明《とうえんめい》の住居跡を訪れた時の作品。末尾四句は、

子孫《しそん》の聞《き》こゆる無《な》しと雖《いえど》も
族氏《ぞくし》猶《な》お未《いま》だ遷《うつ》らず
陶《とう》を姓《せい》とする人《ひと》に逢《あ》う毎《ごと》に
我《わ》れをして心依然《こころいぜん》たらしむ

と歌う。「子孫に名士はいないが、一族はまだここに住み、陶姓の人に会うたび懐かしくなる」の意。「陶潜《とうせん》の体《たい》に効《なら》う詩」を著すなど、はるかな時を超えた陶淵明崇拝者、白楽天の深い思い入れが伝わってくる表現である。

十月二十七日

孤《こ》舟《しゅう》　一《いっ》に繋《つな》ぐ　故《こ》園《えん》の心《こころ》

杜《と》甫《ほ》の七言律詩「秋興《しゅうきょう》八首」其の一の第六句。

叢菊《そうきく》　両《ふた》び開《ひら》く　他日《たじつ》の涙《なみだ》
孤舟《こしゅう》　一《いっ》に繋《つな》ぐ　故園《こえん》の心《こころ》

とつづく。「他日《たじつ》」は過ぎ去った日を指す。「(蜀《しょく》を離れてから)群がり咲く菊を二度見たが、この間に過ぎた日々を満たすのは涙ばかり。一艘の小舟に身を託し、ひたすら望郷の思いを繋ぐのみ」との意味。この二句には安定した日々を送った蜀をやむなく離れ、江南各地を転々とした杜甫晩年の悲愁が鋭く刻みこまれている。

十月二十八日

未《いま》だ嘗《かつ》て人物《じんぶつ》を臧否《ぞうひ》せず

阮籍

魏《ぎ》末、実権を掌握した司馬昭《しばしょう》の阮籍《げんせき》評。阮籍は「竹林《ちくりん》の七賢《しちけん》」の一人。原文は「阮嗣宗《げんしそう》は至慎《ししん》なり。之《こ》れと言《い》う毎《ごと》に言《げん》は皆《み》な玄遠《げんえん》にして、未《いま》だ嘗《かつ》て人物《じんぶつ》を臧否《ぞうひ》せず」。「臧否《ぞうひ》」は善《よ》し悪《あ》しを言うこと。「阮籍はきわめて慎重だ。彼と話をするたび発言はすべて深遠な哲理ばかりで、人の善し悪しを批評したことがない」の意。阮籍は自由な生き方を標榜しつつ慎重に現実との軋轢《あつれき》を避け、危険な時代を乗り切ったのである。（『世《せ》説新語《せつしんご》』徳行《とくこう》篇）

十月二十九日

荊《けい》を負《お》いて罪《つみ》を請《こ》う

廉頗(『唐土名勝図会』)

戦国《せんごく》時代趙《ちょう》の将軍廉頗《れんぱ》は弁舌に長《た》けた藺相如《りんしょうじょ》の下位になると立腹し報復をはかった。しかし藺相如は、強大な秦《しん》が趙を攻撃しないのは我ら二人がいるからだと相手にならなかった。これを知った廉頗は「肉袒負荊《にくたんふけい》」つまり肌脱ぎになり荊《いばら》の鞭を負って藺相如に処罰を請い、彼らは「刎頸《ふんけい》の交《まじ》わり(たがいのために首をはねられても悔いない関係)」を結ぶにいたる。後世、この言葉は深い謝罪の比喩として流布する。(『史記』廉頗藺相如《れんぱりんしょうじょ》列伝)

十月三十日

山中《さんちゅう》の賊《ぞく》を破《やぶ》るは易《やす》く 心中《しんちゅう》の賊《ぞく》を破《やぶ》るは難《かた》し

王陽明

明《みん》の王陽明《おうようめい》の言葉。王陽明は「知行合一《ちこうごういつ》（認識と実践の統合）」を基本理念とする陽明学《ようめいがく》の創始者だが、軍事的才能も傑出し実戦経験を積んで、最後は陸軍大臣にまでなった。表記は「山中に出没する悪しき敵を撃破するのは簡単だが、わが心中の悪念を打破するのは難しい」という意味。文武両道、剛毅な王陽明ならではの発言である。

（「楊仕徳《ようしとく》・薛尚謙《せつしょうけん》に与《あた》うる書《しょ》」）

十月三十一日

鼎《かなえ》の軽重《けいちょう》を問《と》う

今月二日に紹介した「三年蜚《さんねんと》ばず鳴《な》かず」の楚《そ》の荘《そう》王はやがて実力を発揮し、東周《とうしゅう》の首都洛邑《らくゆう》まで攻め寄せた。このとき荘王が東周の使者を脅《おど》し、天子の象徴たる九つの鼎《かなえ》の大小軽重を聞くと、使者は「周《しゅう》の徳衰《とくおとろ》えたりと雖《いえど》も、天命未《てんめいいま》だ改《あらた》まらず。鼎《かなえ》の軽重《けいちょう》、未《いま》だ問《と》う可《べ》からざる也《なり》」とつっぱねた。表記はこの故事から生まれた成語だが、高位の人物の実力を疑い、追い落とそうとする場合によく用いられる。(『史記』楚世家《そせいか》)

十一月

十二月一日

十室《じっしつ》の邑《ゆう》にも必《かなら》ず忠信《ちゅうしん》有《あ》り

孔子《こうし》の言葉。原文は「十室《じっしつ》の邑《ゆう》にも必《かなら》ず忠信《ちゅうしん》丘《きゅう》の如《ごと》き者有《ものあ》らん。丘《きゅう》の学《がく》を好《この》むに如《し》かざる也《なり》」。「十室《じっしつ》の邑《ゆう》」は戸数十軒の小さな村。「丘《きゅう》」は孔子の本名。「小さな村にもきっと私のように忠実で誠実な人間はいるだろう。しかし、私ほど学問を好む人間はいない」の意。人間は誠実なだけでは十分ではない。知的研《けん》鑽《さん》を積み視野を広めることが肝要だというのである。学術重視の儒家思想の原点ともいうべき発言。（『論語』公冶長《こうやちょう》篇）

魯を去る孔子（『聖蹟之図』）

十一月二日

精金《せいきん》たる所以《ゆえん》は足色《そくしょく》に在《あ》り

王陽明

明《みん》の王陽明《おうようめい》の言葉。「精金《せいきん》たる所以《ゆえん》は足色《そくしょく》に在《あ》りて分両《ぶんりょう》に在《あ》らず」とつづく。「純金である理由は完全な色合いにあり、目方にあるのではない」の意。一両（明では約三十七グラム）の純金も一万鎰《いつ》（一鎰は二十両。二十四両とも）の純金も色合いは同じだから、「人《ひと》は皆《み》な以《もっ》て堯舜《ぎょうしゅん》為《た》る可《べ》し（人は誰でも堯舜のような聖人になれる）」と論旨が展開される。凡人もみずから純化すれば聖人になれるという大胆な発言である。（『伝習録《でんしゅうろく》』上）

洛陽《らくよう》　之《こ》れが為《ため》に紙《かみ》貴《たか》し

西晋《せいしん》の文人左思《さし》の故事。左思が十年がかりで魏《ぎ》・蜀《しょく》・呉《ご》の三国の特徴を描き分けた苦心作「三都《さんと》の賦《ふ》」を完成すると、大評判になり、金持ちや身分の高い者が争って筆写したため、「西晋の首都洛陽《らくよう》ではこのために紙の値段があがった」というのである。当時、筆写材料としての紙はまだまだ貴重品であった。この故事がもとになり、今なおベストセラーについて「洛陽の紙価《しか》を高める」という表現がなされている。（『晋書《しんじょ》』左思《さし》伝）

十一月四日

新《あら》たに沐《もく》する者《もの》は必《かなら》ず冠《かんむり》を弾《はじ》く

屈原

戦国《せんごく》時代楚《そ》の屈原《くつげん》の言葉。「新《あら》たに浴《よく》する者《もの》は必《かなら》ず衣《ころも》を振《ふ》るう」とつづく。「洗髪したての者は必ず冠を弾いて塵《ちり》を払い、入浴したての者は必ず衣を振るって埃《ほこり》を落とす」の意。潔癖で非妥協的な屈原が官位を剝奪され江南に流されたとき、一人の漁夫が世俗の流れに従うよう忠告した。屈原はこう答え、断じて汚濁を受けつけない意志を表明した。その後、この言葉は世俗の汚れを拒否する比喩として流布する。(『史記』屈原《くつげん》列伝)

十一月五日

人《ひと》は故《ふる》きに若《し》くは莫《な》し

春秋《しゅんじゅう》時代斉《せい》の名宰相晏嬰《あんえい》の言葉（『晏子春《あんししゅん》秋《じゅう》』内篇雑上）。「衣《ころも》は新《あら》たなるに若《し》くは莫《な》し」をうけ、「衣服は新品がよく、人は旧来の臣下がよい」の意。後世「人は古馴染《ふるなじ》みのほうがよい」の意で流布する。孔子は晏嬰を高く評価し「晏平仲《あんぺいちゅう》は善《よ》く人《ひと》と交《まじ》わる。久《ひさ》しくして人之《ひとこ》れを敬《けい》す（晏嬰は人とよく交際し、交際が長くなると、人は彼を敬愛した）」（『論語』公冶長《こうやちょう》篇）と称えた。なお、孔子の言葉は本により異同がある。

斉の景公にまみえる晏子（漢の画像石）

十一月六日

歓楽《かんらく》極《きわ》まって哀情《あいじょう》多《おお》し

漢武帝

前漢《ぜんかん》の武《ぶ》帝「秋風《しゅうふう》の辞《じ》」の一句。この歌は、

　歓楽《かんらく》極《きわ》まって哀情《あいじょう》多《おお》し
　少壮《しょうそう》幾時《いくとき》ぞ　老《お》いを奈何《いかん》せん

と結ばれる。「歓楽が極に達すると哀感がわきおこる。盛りの時はまたたくまに過ぎ、老いを避ける術《すべ》もない」の意。盛りの時が過ぎてゆく不安と怯《おび》えを巧みに表現した名句である。武帝の少壮時代、前漢は最盛期を迎えるが、晩年、武帝が衰えるとともに下り坂となる。まさに「おもしろうてやがて哀しき祭りかな」を地《じ》で行く展開だった。

十二月七日

人《ひと》を疑《うたが》わば用《もち》うる莫《な》かれ

俗諺《ぞくげん》。「人《ひと》を用《もち》うれば疑《うたが》う莫《な》かれ」とつづく。「人を疑うのなら使うな。使う以上は疑うな」の意。まことに常識的な世間知を説く言葉だが、中国語の特性を生かした表現がおもしろい。原文は「疑人莫用、用人莫疑」というふうに、「疑」と「用」を入れ替えるだけで成り立つ、機知的な圧縮表現なのである。この俗諺には「莫」を「不」とするなど、さまざまなヴァリエーションがあり、『児女英雄《じじょえいゆう》伝《でん》』など白話小説でもよく用いられる。

十一月八日

応接《おうせつ》に暇《いとま》あらず

東晋《とうしん》の王羲之《おうぎし》の息子王献之《おうけんし》の言葉「山陰道上従《さんいんどうじょうよ》り行《ゆ》けば、山川自《さんせんおの》ずから相《あ》い映発《えいはつ》し、人《ひと》をして応接《おうせつ》に暇《いとま》あらざらしむ」による。「山陰《さんいん》道《どう》(浙江省《せっこうしょう》紹興《しょうこう》市付近の道)を歩くと、山と川が引き立てあい、一つ一つ鑑賞する暇がないほどだ」の意。後世この名言が転化し「用務に忙殺され考える暇もない」との意味で用いられる。王献之は奇人だが書の名手でもあり、父とともに「二王」と称される。(『世説新《せせつしん》語《ご》』言語《げんご》篇)

十一月九日

雍歯《ようし》　尚《な》お侯《こう》と為《な》る

張良

前漢《ぜんかん》の高祖劉邦《こうそりゅうほう》は天下統一後、二十人余りの功臣を侯《こう》に封じ、手を焼いた配下を処刑した。まだ恩賞にあずからない部将の間に、殺されるのではないかと動揺が広がったとき、高祖は張良《ちょうりょう》の策を用い、もっとも嫌悪しつつも功績があるため、処分保留中の部将雍歯《ようし》を侯に封じた。この結果、部将たちは「雍歯さえ侯になるなら、我らは大丈夫だ(我《わ》が属《ともがら》患《うれ》い無《な》し)」と喜びあった。さすが名軍師張良、いかにも読みが深い。(『史記』留侯世家《りゅうこうせいか》)

十一月十日

一《いち》を聞《き》いて以《もっ》て十《じゅう》を知《し》る

孔子《こうし》が高弟の子貢《しこう》に「女《なんじ》と回《かい》と孰《いず》れか愈《まさ》れる」と聞くと、子貢は顔《がん》回《かい》が断然すぐれていると言い、「回《かい》や一《いち》を聞《き》いて以《もっ》て十《じゅう》を知《し》る。賜《し》や一《いち》を聞《き》いて以《もっ》て二《に》を知《し》るのみ（顔回は一を聞くと十を悟るのに、私は二を悟るだけです）」と述べた。喜んだ孔子は「如《し》かざる也《なり》。吾《わ》れと女《なんじ》と如《し》かざる也《なり》（そうだ。私もおまえも及ばない）」と言ってのけた。手放しの顔回賛美である。後世、表記の言葉は聡明な人物の比喩として流布する。（『論語』公冶長《こうやちょう》篇）

十一月十一日

霜葉《そうよう》は二《に》月《がつ》の花《はな》よりも紅《くれない》なり

晩唐《ばんとう》の杜牧《とぼく》の七言絶句「山行《さんこう》」末句。詩全体は、

遠《とお》く寒山《かんざん》に上《のぼ》れば石径斜《せっけいなな》めなり
白雲生《はくうんしょう》ずる処《ところ》　人家《じんか》有《あ》り
車《くるま》を停《と》めて坐《そぞ》ろに愛《あい》す楓林《ふうりん》の晩《くれ》
霜葉《そうよう》は二《に》月《がつ》の花《はな》よりも紅《くれない》なり

前半二句は冬の山に上って目にした遠景を歌い、後半二句は視点を近景に移し「車をとめ何とはなしに紅葉した林の夕暮れを愛《め》でていると、霜を経た紅葉は仲春《ちゅうしゅん》二月の花よりも紅《あか》い」と歌う。この末句は極め付きの名句で、現代作家茅《ぼう》盾《じゅん》の小説の題名ともなる。

「山行」(『六言唐詩画譜』)

十一月十二日

遠水《えんすい》は近火《きんか》を救《すく》わず

「遠くの水では近くの火は消せない」の意。春秋《しゅんじゅう》時代、隣国の斉《せい》を恐れる魯《ろ》の穆《ぼく》公は息子たちを遠方の強国晋《しん》と荆《けい》に仕えさせた。これに対し重臣の一人が「火《ひ》を失《しっ》して水《みず》を海水《かいすい》より取《と》れば、海水《かいすい》は多《おお》しと雖《いえど》も火《ひ》は滅《めっ》せず。遠水《えんすい》は近火《きんか》を救《すく》わず」と諫《いさ》めた。斉が急に攻めてきたとき、遠国の晋と荆では頼みにならないというわけだ。後世、この言葉は広く「遠いものは緊急の役に立たない」との意で用いられる。(『韓非子《かんぴし》』説林《ぜいりん》篇上)

十一月十三日

一犬《いっけん》 形《かたち》に吠《ほ》え　百犬《ひゃっけん》　声《こえ》に吠《ほ》ゆ

後漢《ごかん》の王符《おうふ》著『潜夫論《せんぷろん》』賢難《けんなん》篇に見える古い諺。「一匹の犬が何かの形を見て吠えると、その声につられて多くの犬がいっせいに吠えだす」の意。「一人《いちにん》 虚《きょ》を伝《つた》うれば、万人《ばんじん》 実《じつ》を伝《つた》う」はこれをもとにした俗諺《ぞくげん》で、「一人がデマを飛ばすと、大勢の者がこれを真実だとして伝える」の意である。現代の社会的パニックも同じ経路で起こることが多い。群集心理に陥らず情報の選別をすることが大切なのは、二千年前の後漢も今も変わらない。

十一月十四日

郷異《きょうこと》なれば用変《ようへん》ず

戦国《せんごく》時代趙《ちょう》の武霊《ぶれい》王の言葉。武霊王は「胡服騎射《こふくきしゃ》」つまり北方異民族の機能的な服装や騎馬戦の方法を取り入れ、軍事力を強化したことで知られる。王は胡服着用に先立ち、重臣の反対を抑えるために議論を重ねた。これは異議を唱える叔父を説得したときの言葉で、「事異《ことこと》なれば礼易《れいかわ》る」とつづく。「土地が異なると用途が変わり、事柄が異なると礼が変わる」の意。日本の諺「所《ところ》変われば品《しな》変わる」にあたる。(『史記』趙世家《ちょうせいか》)

十二月十五日

足《あし》を削《けず》って履《くつ》に適《てき》す

『淮《え》南《なん》子《じ》』説《ぜい》林《りん》訓《くん》に見える言葉。原文は「夫《そ》れ養《やしな》う所以《ゆえん》にして養《やしな》う所《ところ》を害《がい》するは、譬《たと》えば猶《な》お足《あし》を削《けず》って履《くつ》に適《てき》し、頭《あたま》を殺《そ》いで冠《かん》に便《べん》ずるがごとし」である。やや難解な文章だが、住民を養う手段である領土を守ろうとして、当の住民を戦争に駆りたて被害を与えるのは、「足を削って履《くつ》に合わせ、頭をそいで冠にあわせるようなものだ」の意。この比喩は後世、本末転倒もはなはだしい場合を形容する成語として流布する。

十一月十六日

木《き》に縁《よ》りて魚《うお》を求《もと》む

軍事力による天下支配を望む斉《せい》の宣《せん》王に対し、孟子《もうし》が述べた言葉「猶《な》お木《き》に縁《よ》りて魚《うお》を求《もと》むがごとし」による。「木に登って魚をとらえようとするのと同じだ」の意。孟子はこの巧みな比喩によって宣王の注意を引きつけつつ、軍事力ではなく仁愛にもとづく王道政治を実施すべきだと、とうとうと自説を展開してゆく。後世、この言葉は目的と方法がくいちがい、事が達成できないことの喩えとして流布する。(『孟子』梁恵王《りょうけいおう》篇上)

十二月十七日

虎《とら》を画《えが》いて狗《いぬ》に類《るい》す

馬援

後漢《ごかん》の馬援《ばえん》の言葉「所謂《いわゆ》る虎《とら》を画《えが》いて成《な》らずして反《かえ》って狗《いぬ》に類《るい》する者也《ものなり》」による成語。「虎を描いて完成せず、逆に犬に似てしまうということだ」の意。馬援は、兄の二人の息子が当時の豪侠杜季良《ときりょう》の真似をするのを心配して「季良《きりょう》に効《なら》いて得《え》ざれば、陥《あやま》って天下《てんか》の軽薄子《けいはくし》と為《な》る」と言い、ついで先の比喩を用いて諭《さと》した。後世、素質のない者が豪傑の真似をして軽薄になってしまう喩えとして広く用いられる。(『後漢書《ごかんじょ》』馬援伝)

十一月十八日

薪《たきぎ》を抱《いだ》きて火《ひ》を救《すく》う

『戦国策《せんごくさく》』魏策《ぎさく》にある言葉。戦国時代末、秦《しん》に大敗した魏《ぎ》の安釐《あんき》王が土地を割譲しようとすると、重臣孫臣《そんしん》は「地《ち》を以《もっ》て秦《しん》に事《つか》うるは、譬《たと》えば猶《な》お薪《たきぎ》を抱《いだ》きて火《ひ》を救《すく》うがごとき也《なり》。薪尽《たきぎつ》きずんば則《すなわ》ち火《ひ》止《や》まじ(土地を差し出して秦に仕えるのは、薪を抱えて火事を消すようなもので、薪が燃え尽きなければ火は消えません)」と反対した。後世、害を除こうとして逆に大きくしてしまう喩えとして流布する。「火に油を注《そそ》ぐ」と似た表現。

十一月十九日

将《しょう》　軍《ぐん》に在《あ》れば君命《くんめい》も受《う》けざる所有《ところあ》り

春秋《しゅんじゅう》時代の兵法家孫武《そんぶ》の言葉。「大将たる者は軍中にあるときは、君主の命令でも承知しない場合がある」との意味。後世、常套表現となり『三国志演義《さんごくしえんぎ》』などでもよく用いられる。「将《しょう》　外《そと》に在《あ》れば……」ともいう。時代を問わず、また大将に限らず、現場責任者は上部の指示によらず臨機応変に対処しなければならないことがある。現代にも通じる応用範囲の広い表現である。（『史記』孫子呉起《そんしごき》列伝）

十一月二十日

既《すで》に隴《ろう》を得《え》て復《ま》た蜀《しょく》を望《のぞ》む

「光武中興　漢業を恢《とりかえ》す」
(『東漢演義』)

後《ご》漢《かん》初代の光武《こうぶ》帝の言葉。「人《ひと》は足《た》るを知《し》らざることに苦《くる》しむ。既《すで》に隴《ろう》を得《え》て復《ま》た蜀《しょく》を望《のぞ》む」とつづく、「人の欲望には限りがない。隴を得てまた蜀をほしがるとは」の意。光武帝には二人の対立者があった。隴《ろう》西《せい》(甘粛《かんしゅく》省)の隗囂《かいごう》と蜀《しょく》(四川《しせん》省)の公孫述《こうそんじゅつ》である。隴西を支配下に入れた光武帝はこう言いつつ、やがて蜀も獲得した。「欲張ってもう一つ望みをもつ」の意で用いられる「望蜀《ぼうしょく》」はこれに由来し、曹操《そうそう》もややずらした意味で使っている。(『後漢書《ごかんじょ》』岑彭《しんほう》伝)

十二月二十一日

覆水《ふくすい》　盆《ぼん》に返《かえ》らず

太公望

周《しゅう》の文王《ぶん》の名臣太公望呂尚《たいこうぼうりょしょう》の故事による。文王と出会う前、呂尚は非常に貧乏であり、妻の馬氏《ば》はがまんできずに離婚したが、呂尚が出世すると復縁を求めてきた。このとき呂尚は盆に水を入れ地面にぶちまけると、「ぶちまけられた水はもう盆にはもどせない（いったん離別した夫婦も復縁できない）」と言って聞かせた。南宋《なんそう》の『野客叢書《やかくそうしょ》』に記載されるこの話では「覆水収《ふくすいおさ》め難《がた》し」となっているが、その後、表記の形で流布する。

十一月二十二日

間《かん》 髪《はつ》を容《い》れず

前漢《ぜんかん》の文人枚乗《ばいじょう》の「書《しょ》を上《たてまつ》りて呉王《ごおう》を諌《いさ》む」(『文選《もんぜん》』第三十九巻)に見える。「(深淵に落ちたら出るのは難しい。出られるかどうかは)髪の毛一本を入れる隙もないほど切迫した瞬時の判断によります」の意。呉《ご》王濞《び》が謀反(呉楚《ごそ》七国《しちこく》の乱)をはかったとき、彼に仕えていた枚乗は上書してこう諌めたが、王は聞き入れず敗死する羽目になる。後世、事が切迫し猶予する暇がないことを指す成語として流布する。「間《かん》一髪《いっぱつ》」ともいう。

十二月二十三日

思《おも》い邪無《よこしまな》し

孔子《こうし》の言葉「詩三百《しさんびゃく》、一言以《いちごんもっ》て之《こ》れを蔽《おお》えば、曰《いわ》く、思《おも》い邪無《よこしまな》し」による。「詩経《しきょう》三百篇の詩の特徴を一言で言い尽くすとすれば、邪念がなく純粋だということだ」の意。「思《おも》い邪《よこしま》無《な》し」は『詩経』魯頌《ろしょう》「駉《けい》」の一句であり、『詩経』は孔子の率いる原始儒家集団のテキストであった。この歯切れのよい発言は、孔子がいかに事のポイントを把握することに長《た》けていたかを如実に示している。（『論語』為《い》政《せい》篇）

詩書を修める孔子（『聖蹟之図』）

十一月二十四日

百聞《ひゃくぶん》は一見《いっけん》に如《し》かず

前漢《ぜんかん》時代、匈奴《きょうど》や羌《きょう》など異民族との戦いに長年従事したベテラン将軍趙充国《ちょうじゅうこく》の言葉。「兵《へい》は隃《はる》かに度《はか》り難《がた》し」とつづく。「百度聞くより一度見たほうが確かだ。戦いははるか遠方にいては推測できない」の意。第九代宣《せん》帝のとき羌族が反乱をおこすと、七十をこえた趙充国は宣帝にこう述べてみずから出陣、長期駐留して羌族を慰撫しついに反乱を収めた。この老将軍の現場主義には今も傾聴に値いするものがある。(『漢書《かんじょ》』趙充国伝)

十二月二十五日

空山《くうざん》　人《ひと》を見《み》ず

王維

王維《おうい》の五言絶句「鹿柴《ろくさい》」第一句。詩全体は、

空山《くうざん》　人《ひと》を見《み》ず
但《た》だ人語《じんご》の響《ひび》くを聞《き》く
返景《へんけい》　深林《しんりん》に入《い》り
復《ま》た青苔《せいたい》の上《うえ》を照《て》らす

と歌う。「人影のない静かな山中、聞こえるのは話し声のこだまだけ。夕日の光が深い林にさしこみ、青い苔の上を照らす」の意。夕暮れ時、こだまする話し声によって山中の静けさはいっそう深まる。この名詩の作者王維は李白《りはく》・杜甫《とほ》と並ぶ盛唐《せいとう》の大詩人であり、自然描写にすぐれる。画の名手でもある。

十一月二十六日

誰《たれ》か河《かわ》を広《ひろ》しと謂《い》うや

『詩経《しきょう》』衛風《えいふう》「河広《かこう》」第一句。

誰《たれ》か河《かわ》を広《ひろ》しと謂《い》うや
一葦《いちい》もて之《こ》れを杭《わた》らん

とつづく。「誰が黄河を広いという。一本の葦《あし》を浮かべたら渡れる」の意。春秋時代《しゅんじゅう》衛《えい》の公女が黄河を南に渡り宋《そう》の桓《かん》公と結婚したが、離縁になり衛に帰った。その後、置いてきた息子が即位した(宋の襄《じょう》公)と知って会いたさがつのり、こう歌ったとされる。これが伝統的解釈だが、この歌には黄河の対岸に住む恋人に対する女性の激しい恋慕を歌う民歌としての普遍性もある。

十二月二十七日

二十《はたち》にして　心《こころ》已《すで》に朽《く》ちたり

中唐《ちゅうとう》の李賀《りが》の五言古詩「陳商《ちんしょう》に贈る」第二句。

長安《ちょうあん》に男児《だんじ》有《あ》り
二十《はたち》にして　心《こころ》已《すで》に朽《く》ちたり

とつづく。「長安に男が一人おりまして、二十《はたち》で心はもはや朽ちはてています」の意。李賀は二十歳のとき科挙にのぞもうとして、彼の才能を妬む者たちに邪魔され受験できなかった。この句はその苦い経験を歌ったもの。李賀は不遇のなかで詩作に情熱を注ぎつつ、二十七年の短い生涯を終えた。その詩的世界は鬼気迫る神秘性に彩られ「鬼才《きさい》」と称される。

十一月二十八日

天道《てんどう》　是《ぜ》か非《ひ》か

伯夷

『史記《しき》』伯夷《はくい》列伝にある司馬遷《しばせん》の言葉。「天の道理は正しいものなのか、まちがっているものなのか」の意。伯夷《はくい》・叔斉《しゅくせい》兄弟は周《しゅう》の武《ぶ》王が軍事力を以て前王朝殷《いん》を滅ぼしたことに反発し、周王朝成立後も「周《しゅう》の粟《ぞく》を食《は》まず」と首陽山《しゅようざん》に隠遁し、蕨《わらび》をとって飢えをしのいだが、ついに餓死した。彼らの潔癖な生き方を高く評価する司馬遷は、これほど高徳の人を救いえない天に対し、「是《ぜ》か非《ひ》か」と強い調子で疑問を投げかけているのである。

十一月二十九日

窮鳥《きゅうちょう》　懐《ふところ》に入《い》る

後《ご》漢《かん》末の清流派《せいりゅうは》名士邴原《へいげん》の故事による。邴原が遼東《りょうとう》（遼寧省《りょうねい》）にいたころ、遼東太守《たいしゅ》に命をねらわれた同郷の劉政《りゅうせい》が身を寄せてきた。劉政が「窮鳥（追いつめられた鳥）が懐に入ったのだ」と言うと、邴原は「安《いず》くんぞ斯《こ》の懐《ふところ》の入《い》る可《べ》きを知《し》らんや（なぜこの懐に入れるとわかったのか）」と言いつつ、禁令を破り劉政をかくまった。以後、表記は困窮した者に情けをかけることを指す成語となる。（『三国志』邴《へい》原《げん》伝・裴《はい》注『魏《ぎ》氏春秋《ししゅんじゅう》』）

十一月三十日

我《わ》れは驕《ほこりたか》き楊《よう》を失《うしな》う

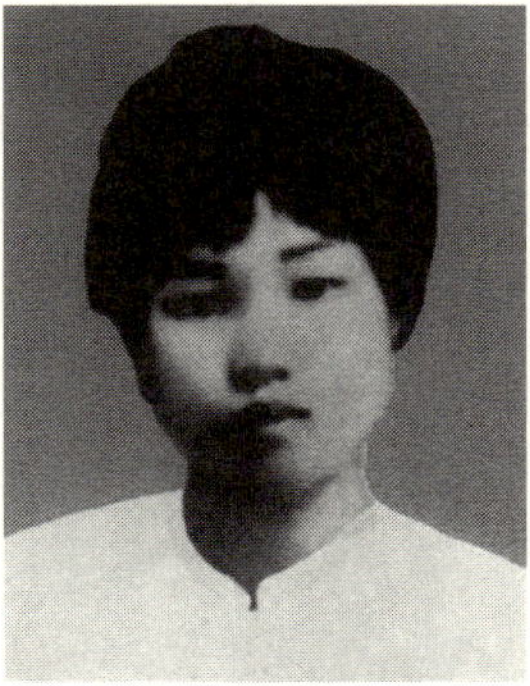

楊開慧

毛沢東《もうたくとう》の詞《ツー》「蝶恋花《ちょうれんか》・李淑一《りしゅくいつ》に答《こた》う」第一句「我《わ》れは驕《ほこりたか》き楊《よう》を失《うしな》い　君《きみ》は柳《りゅう》を失《うしな》う」による。この作は李淑一が夫をしのぶ詞を毛沢東に寄せたのに対するお返しである。「楊《よう》」は毛沢東の最初の妻楊開慧《ようかいけい》。一九三〇年、国民党に殺害された。「柳《りゅう》」は李淑一の夫柳直荀《りゅうちょくじゅん》。共産党の内部抗争で殺された。「私は誇り高い楊を失い君は柳を失った」の意。聡明な楊開慧が生きていれば毛沢東の生涯もずいぶん違ったものになっていただろう。

十二月

十二月一日

東風《とうふう》　西風《せいふう》を圧倒《あっとう》す

蘇州の刺繡画に描かれた毛沢東

毛沢東《もうたくとう》が一九五七年にモスクワで行った演説の言葉で、文革中のスローガンともなった。「東風《とうふう》」は社会主義、「西風《せいふう》」は資本主義を意味する。この言葉は、『紅楼夢《こうろうむ》』第八十二回に見えるヒロイン林黛玉《りんたいぎょく》の発言「（およそ家庭の事は）東風が西風を圧するのでなければ、西風が東風を圧するものです（「両雄並び立たず」の意）」に由来する。『紅楼夢』を好んだ毛沢東が意識的に転用したものだが、時は流れ「古語」ともいうべき表現になった。

十二月二日

国家《こっか》の不幸《ふこう》は詩家《しか》の幸《さいわ》い

清《しん》の歴史家趙翼《ちょうよく》の七言律詩「元遺山集《げんいざんしゅう》に題《だい》す」第七句。「遺山《いざん》」は金《きん》の詩人元好問《げんこうもん》の号。

国家《こっか》の不幸《ふこう》は詩家《しか》の幸《さいわ》い
賦《ふ》して滄桑《そうそう》に到《いた》れば　句便《くすなわ》ち工《たくみ》なり

と結ぶ。「国家の不幸は詩人にとって幸いだ。世の激変を表現する段になると、詩句はたちまち巧妙になる」との意。元好問は金がモンゴルに滅ぼされた後も屈服せず遺民《いみん》として生きた。その生涯と作品をみごとに凝縮したこの句は、詩人の皮肉な運命をあらわす成句として流布する。

元好問

十二月三日

朝《あした》に道《みち》を聞《き》かば　夕《ゆうべ》に死《し》すとも可《か》なり

孔子《こうし》の言葉。「朝、真理について聞くことができたら、その晩に死んでもかまわない」の意。伝統的な解釈では「節度ある理想社会が到来したと聞いたら、すぐ死んでも本望だ」という意味だとされる。自分が生きている間はおそらくそんな理想社会は到来しないだろうが、少しでも理想社会の実現のために尽力したいという孔子の切望がこめられた表現である。（『論語』里仁《りじん》篇）

「吾が道窮まれり」と嘆く孔子（『聖蹟之図』）

十二月四日

涓涓《けんけん》に壅《ふさ》がざれば将《まさ》に江河《こうが》を成《な》さんとす

「涓涓《けんけん》」は水が細く流れるさま。「水がちょろちょろ流れている間に防ぎとめないと大河になる」の意。「千丈《せんじょう》の堤《つつみ》も螻蟻《ろうぎ》の穴《あな》より潰《つい》ゆ」（九月五日参照）と類似する。発端の小さなミスが大きな禍《わざわい》に繋がると警告する成語は数多い。逆に「千里《せんり》の行《こう》は足下《そっか》に始《はじ》まる」（一月四日参照）のように、小さな積み重ねが大きな成功のもとだとする成語も多い。まさに銅貨の裏表である。（『説苑《ぜいえん》』敬慎《けいしん》篇）

十二月五日

多岐亡羊《たきぼうよう》

列子

『列子《れっし》』説符篇《せっぷ》に見える「大道《たいどう》は多岐《たき》を以《もっ》て羊《ひつじ》を亡《に》がし、学《まな》ぶ者《もの》は多方《たほう》を以《もっ》て生《せい》を喪《うしな》う」による四字成句。「大きな道は分かれ道が多いために逃げた羊をとり逃し、学問をする者はいろいろ方法があるために生き方がわからなくなる」の意。多様な方面に興味をもつのはいいが、あれもこれもと欲張るとすべて中途半端になってしまう。根本に立ち返りポイントを見定めることが大切だというわけだ。情報過多の現代にも有効な至言。

十二月六日

耳《みみ》を掩《おお》いて鐘《かね》を盗《ぬす》む

『呂氏春秋《りょししゅんじゅう》』自知《じち》篇の故事による成句。春秋《しゅんじゅう》時代晋《しん》の重臣范昭子《はんしょうし》の鐘を盗んだ者がいた。担いで逃げようとしたが大きすぎる。砕こうとすると大音響を発したので、「人《ひと》の之《こ》れを聞《き》きて己《おのれ》のものを奪《うば》うを恐《おそ》れ、遽《あわ》てて其《そ》の耳《みみ》を掩《おお》う(人が音を聞いて自分の鐘を奪うことを恐れ、あわてて耳をおおった)」というものだ。後に転化し「耳《みみ》を掩《おお》いて鈴《すず》を盗《ぬす》む」ともいう。いずれにせよ小細工を弄し自分を欺くことを指す表現として流布する。

十二月七日

興《きょう》に乗《じょう》じて行《ゆ》き　興《きょう》尽《つ》きて返《かえ》る

王徽之

東晋《とうしん》の王徽之《おうきし》（王羲之《おうぎし》の息子で有名な奇人）の言葉。彼は大雪の降った日、急に友人の戴逵《たいき》に会いたくなって小舟に乗り、一晩かけて到着したが、いざ門前まで来るとそのまま帰ってしまう。「興に乗じて出かけ、興が尽きて帰って来たまでだ。何も戴《たい》に会う必要はないさ」というのだ。目的性を重視する社会通念をすっとぼけたポーズで全面否定してみせるとは、王徽之もどうして只者ではない。（『世《せ》説新語《せつしんご》』任誕篇《にんたんへん》）

十二月八日

禍《わざわい》を転《てん》じて福《ふく》と為《な》す

戦国《せんごく》の遊説家《ゆうぜいか》蘇秦《そしん》が推進した六国合従《りっこくがっしょう》同盟はやがて瓦解し、各国間で戦いが再燃する。これは斉《せい》が燕《えん》を攻撃して十城を奪取し、燕王に迫られた蘇秦が斉王と会い返還交渉したさいの言葉。「禍《わざわい》を転《てん》じて福《ふく》と為《な》し、敗《はい》に因《よ》りて功《こう》を為《な》す」とつづく。「禍を幸いに転化し、敗北により手柄を立てる」の意。このときは蘇秦の能弁が功を奏し、斉王は十城を返還したが、その後、蘇秦は燕から斉へと流転を重ね、非業の最期を遂げた。(『史記』蘇秦列伝)

十二月九日

睚眦《がいさい》の怨《うら》みにも必《かなら》ず報《むく》ゆ

戦国《せんごく》時代秦《しん》の宰相范雎《はんしょ》の故事。「一飯《いっぱん》の徳《とく》にも必《かなら》ず償《つぐな》い、睚眦《がいさい》の怨《うら》みにも必《かなら》ず報《むく》ゆ」とつづく。「睚眦《がいさい》」はにらむこと。范雎は無実の罪で拷問され故国魏《ぎ》を脱出、やがて秦《しん》の昭《しょう》王に認められ宰相となる。これは成功した范雎が過去の恩讐にいかに報いたかを述べた言葉で、「一飯を恵まれた恩にも必ず返礼し、にらまれたほどの怨みにも必ず仕返しした」の意。後世、根に持つタイプの成功者の報復を示す常套表現となる。(『史記』范雎《はんしょ》列伝)

「范雎　袍を受く」(漢の画像石)

十二月十日

世《せ》情《じょう》　冷暖《れいだん》を看《み》る

俗諺《ぞくげん》。「人面《じんめん》　高低《こうてい》を逐《お》う」とつづく。「人面《じんめん》」はここでは人情、情誼《じょうぎ》。「世の常として相手の境遇しだいで態度を変え、人情の常として相手の地位や力の変化に応じ態度を変えるものだ」の意。要は相手に経済力や勢力があればなびき、なくなればそっぽを向くことをいう。「人《にん》情定《じょうさだ》めがたし」にあたる。『金瓶梅《きんぺいばい》』をはじめ古典小説にもよく出てくる表現だが、俗世の習いを何の幻想もなくえぐりだす切なくも苦味のきいた成語である。

十二月十一日

仁《じん》を欲《ほっ》すれば　斯《ここ》に仁《じん》至《いた》る

孔子《こうし》の言葉(『論語』述而《じゅつじ》篇)。原文は「仁《じん》遠《とお》からんや。我《わ》れ仁《じん》を欲《ほっ》すれば、斯《ここ》に仁《じん》至《いた》る」である。「仁は遠くにあるだろうか。自分が真剣に仁を求めさえすれば、仁は今ここにあらわれる」の意。人を勇気づける力強い発言だ。儒家《じゅか》思想の最高の徳目「仁」の核は他者への思いやり、人間愛である。孔子は「仁《じん》を為《な》すは己《おのれ》に由《よ》る、而《しこ》うして人《ひと》に由《よ》らんや」(同、顔淵《がんえん》篇)とも述べるなど、常に仁を主体的にとらえていることが注目される。

他人に間違われて難に遭う孔子(『聖蹟之図』)

十二月十二日

曙後《しょご》　一星孤《いっせいこ》なり

盛唐《せいとう》の崔曙《さいしょ》の五言律詩「明堂火珠詩《めいどうかしゅし》」第四句。

夜来《やらい》　双月満《そうげつみ》つ
曙後《しょご》　一星孤《いっせいこ》なり

とつづく。「双月《そうげつ》」は二つの月。月と水に映った月を指す。「昨夜双月が円《まど》かだったが、夜明け後　一星だけになった」の意。これを作った翌年、崔曙は死去し娘が一人残された。娘の名が「星星《シンシン》」だったため、この句が予兆になったと喧伝《けんでん》された。以後、表記の句は親の死後、一人娘が残されることを指す成句となる。成句の生まれる過程を示す面白い話である。

十二月十三日

天《てん》の与《あた》うるに取《と》ら弗《ざ》れば反《かえ》って其《そ》の咎《とが》を受《う》く

韓信

前漢《ぜんかん》創業の功臣韓信《かんしん》に自立を勧めた策士蒯通《かいとう》の言葉。「天の与えた機会を受け取らないと、逆に天の咎めを受ける」の意。韓信は躊躇して従わなかったが、最終的に呂后《りょこう》と蕭何《しょうか》の計略にはまり、蒯通の計を用いなかったことを後悔しつつ処刑された(五月三十日参照)。その後、この言葉は三国志世界で煮えきらない劉備《りゅうび》を鼓舞する決まり文句となる。(『史記』淮陰侯《わいいんこう》列伝)

十二月十四日

智者《ちしゃ》も千慮《せんりょ》に必《かなら》ず一失有《いっしつあ》り

韓信《かんしん》に敗れ捕虜になった趙《ちょう》の軍師広武君《こうぶくん》は助言を求められると、「敗軍《はいぐん》の将《しょう》は以《もっ》て勇《ゆう》を言《い》う可《べ》からず」と謝絶する。しかし、韓信のたっての要請をうけ、「智者《ちしゃ》も千慮《せんりょ》に必《かなら》ず一失有《いっしつあ》り、愚者《ぐしゃ》も千慮に必ず一得有《いっとくあ》り」と前置きして所見を述べた。思わぬ手抜かりの意で用いられる「千慮《せんりょ》の一失《いっしつ》」はこれによる。昨日の言葉のほか「成《な》るも蕭何《しょうか》　敗《やぶ》るも蕭何」(五月三十日参照)「国士無双《こくしむそう》」「背水《はいすい》の陣《じん》」など韓信に関連する名言は多い。(『史記』淮陰侯《わいいんこう》列伝)

十二月十五日

其《そ》の櫝《とく》を買《か》いて其《そ》の珠《たま》を還《かえ》す

『韓非子《かんぴし》』外儲説《がいちょせつ》左上の逸話に見える言葉。「櫝《とく》」は櫃《ひつ》、容器。楚《そ》の商人が鄭《てい》の国に珠玉を売りこむにあたり、付加価値をつけようとゴテゴテ飾りたてた木蘭《もくらん》の容器に入れた。すると、鄭の人は「その容器を買い中身の珠玉を返してよこした」というものだ。これは著者が修辞に凝りすぎると、読者は表現に気をとられ中身が読みとれなくなることの喩えだが、後世、貴重なものと価値のないものをとりちがえる比喩として用いられる。

十二月十六日

羹《あつもの》に懲《こ》りて膾《なます》を吹《ふ》く

『楚辞《そじ》』九章《きゅうしょう》「惜誦《せきしょう》」の句による。「羹《あつもの》」は熱い吸い物。「膾《なます》」は冷たいあえもの。原文には、

熱羹《ねっこう》に懲《こ》りて膾《なます》を吹《ふ》くに
何《なん》ぞ此《こ》の志《こころざし》を変《か》えざる

とあり、「羹で火傷をしたのに懲りて膾まで吹いて食べる人がいるのに、私はなぜ性懲りもなく志を変えようとしないのだろう」の意。作者屈原《くつげん》が頑強な自分の生き方をやや自嘲的に歌ったくだりである。表記の言葉は後世、痛いめにあってこりごりし、過度に臆病になる成句として流布する。

十二月十七日

漱石枕流《そうせきちんりゅう》

西晋《せいしん》の孫楚《そんそ》が友人王済《おうせい》に隠遁の志を告げたさい、「枕石漱流《ちんせきそうりゅう》(石《いし》に枕《まくら》し流《なが》れに漱《すす》ぐ)」と言うべきところをうっかり「漱石枕流《そうせきちんりゅう》(石《いし》に漱《すす》ぎ流《なが》れに枕《まくら》す)」と言ってしまった。王済に誤りを指摘されると、なんと孫楚は「流れを枕にするのは耳を洗うため、石で口をすすぐのは歯を磨《と》ぐためだ」と言ってのけた。以後、これは意地っ張りで負け惜しみの強いことを指す成句となる。夏目漱石の筆名もこれによる。(『世説新語《せせつしんご》』排調篇《はいちょう》)

十二月十八日

張公《ちょうこう》酒《さけ》を喫《の》み　李《り》公《こう》酔《よ》う

武則天

唐《とう》代の童謡の一節。則天武后《そくてんぶこう》は晩年、美少年兄弟の張易之《ちょうえきし》・張昌宗《しょうそう》を重用した。彼らはこれをいいことに猛威をふるい、人々の憤激をかった。「張公《ちょうこう》」はこの兄弟を指し、「李公《りこう》」は唐王朝の一族（姓は李《り》）を指す。「張さんが酒を飲み、李さんが酔っぱらう」すなわち「張兄弟がはびこり、李氏が落ち目になる」の意。後世、この言葉は「側杖《そばづえ》を食う」「とばっちりをうける」の意で用いられる成語となる。（程大昌《ていたいしょう》『演繁露続《えんばんろぞく》集《しゅう》』）

十二月十九日

朝三暮四《ちょうさんぼし》

『荘子《そうし》』斉物論篇《せいぶつろん》の寓話による。狙公《さるつかい》がサルに朝三つ暮四つトチの実を与えると言うといっせいに怒りだし、朝四つ暮三つにすると言うと喜んだというもの。有名な「朝三暮四《ちょうさんぼし》」の典拠だが、本来は内容や実質は同じで表現が異なるだけなのに、目くじらたてる愚かさを諷刺した寓話である。現在、この言葉は口先で人を騙す意味で用いられることが多い。いずれにせよ、目先の利につられたサルの二の舞だけはしたくないものだ。

十二月二十日

漸《ようや》く佳《か》境《きょう》に入《い》る

東晋《とうしん》の大画家顧《こ》愷《がい》之《し》の言葉。顧愷之は砂糖キビを食べるとき、常にしっぽのほうから食べた。理由を聞かれると、大真面目で「だんだん佳境に入るのさ（美味な部分に近づく）」と答えた。顧愷之は非常な奇人で、当時「三絶《さんぜつ》（三つの世にもまれなる面）」の持ち主だとされた。「才絶《さいぜつ》（才のきわみ）」「画絶《がぜつ》（画才のきわみ）」「痴絶《ちぜつ》（阿呆のきわみ）」である。この話は『世《せ》説新《せつしん》語《ご》』排調《はいちょう》篇にも見えるが、やや字句に異同がある。（『晋書《しんじょ》』顧愷之伝）

顧愷之の代表作「女史箴図」

十二月二十一日

舟《ふね》に刻《こく》して剣《けん》を求《もと》む

『呂氏春秋《りょししゅんじゅう》』察今《さっこん》篇の話による。船上から水中に剣を落とした者がいた。その男は急いで舷《げん》に印《しるし》を刻みつけ、対岸に着くと、印のところから河に飛びこみ剣をさがした。船は移動しているのだから、むろん見つかるはずがない。この話をもとに表記の成句が生まれ、時勢の変化を無視し、昔ながらのやり方に固執する意味で用いられる。「待ちぼうけ」の歌で知られる「株《しゅ》を守《まも》って兎《うさぎ》を待《ま》つ」(『韓非子《かんぴし》』五蠹《ご と》篇)も似た意味をもつ。

十二月二十二日

冬至《とうじ》　陽生《ようしょう》じ　春又《はるま》た来《き》たる

杜甫《とほ》の七言律詩「小至《しょうし》」第二句。夔《き》州（四川《しせん》省）にいた時期の作。「小至」は冬至の一日前。

天時人事《てんじじんじ》　日《ひ》びに相《あ》い催《もよお》す
冬至《とうじ》　陽生《ようしょう》じ　春又《はるま》た来《き》たる

とつづく。「天の時も人の事もおし迫り、冬至になって陽気が生じ春がまた来ようとしている」の意。冬至の後は一陽来復《いちようらいふく》、日一日と昼が長くなって、柳や梅の芽もふくらむ。作者はそんな春の気配を喜びつつ、「雲物殊《うんぶつこと》ならず郷国異《きょうこくこと》なる（風物は変わらないがここは故郷ではない）」と異郷のわが身を慨嘆する。

十二月二十三日

風《かぜ》は蕭蕭《しょうしょう》として　易水《えきすい》寒《さむ》し

戦国《せんごく》時代末、燕《えん》の太子《たいし》丹《たん》に懇望され、秦《しん》王政《せい》(のちの始《し》皇帝)の暗殺を引き受けた荊軻《けいか》が、易水《えきすい》の岸辺でうたった別れの歌。

風《かぜ》は蕭蕭《しょうしょう》として　易水寒《えきすいさむ》し
壮士《そうし》一《ひと》たび去《さ》って　復《ま》た還《かえ》らず

とつづく。このとき、白い喪服をつけて見送った人々は荊軻の悲壮な歌声に胸うたれ、目を怒らせ髪を逆立てたという。けっきょく荊軻は秦王政を追いつめたものの、間一髪で逃げられ斬り殺された。これぞ悲劇の刺客《しかく》の絶唱である。(『史記』刺客列伝)

秦王を刺殺しようとする荊軻(漢の画像石)

十二月二十四日

落日《らくじつ》　故人《こじん》の情《じょう》

李白

李白《りはく》の五言律詩「友人《ゆうじん》を送《おく》る」第六句。後半四句は、

浮雲《ふうん》　遊子《ゆうし》の意《い》
落日《らくじつ》　故人《こじん》の情《じょう》
手《て》を揮《ふる》って　茲自《ここよ》り去《さ》れば
蕭蕭《しょうしょう》として班馬鳴《はんばいなな》く

「班馬《はんば》」は進まない馬。「浮雲は旅人たるきみの心、落日は見送る友たる私の気持ち。きみが手をふりここから去るとき、馬も哀しげにいななく」の意。ただよう雲を旅立つ友人に、たゆたいながら沈む落日を見送る自分に喩えた、第五、第六句の表現は簡潔にして秀逸、惜別の情を余韻ゆたかに歌う。

十二月二十五日

路《みち》には凍死《とうし》の骨《ほね》有《あ》り

杜甫

杜甫《とほ》の長篇詩「京自《けいよ》り奉先《ほうせん》県に赴《おもむ》くときの詠懐《えいかい》五百字」の一句。

朱門《しゅもん》には酒肉《しゅにく》臭《くさ》きに
路《みち》には凍死《とうし》の骨《ほね》有《あ》り

とつづく。「富貴の朱塗りの門内では余った酒や肉が腐臭を発しているのに、道端では困窮し凍死した人々の骨が横たわっている」の意。七五五年の冬、「安禄山《あんろくざん》の乱」勃発の直前、唐《とう》王朝の退廃が極に達し社会不安が激化した時期の作だが、貧富の極端な差をリアルに描くこの詩句には、社会の病根をえぐりだす迫力がある。

十二月二十六日

万事《ばんじ》倶《とも》に備《そな》われど　只《た》だ東風《とうふう》を欠《か》くのみ

諸葛亮

「赤壁《せきへき》の戦い」のさい、呉《ご》軍を率いる周瑜《しゅうゆ》は曹操《そうそう》の大軍を撃破する準備を整えたが、ただ一つ欠けている条件があり思い悩む。すると諸葛亮《しょかつりょう》が「曹《そう》公《こう》を破《やぶ》らんと欲《ほっ》すれば、宜《よろ》しく火攻《ひぜ》めを用《もち》うべし。万事《ばんじ》倶《とも》に備《そな》われど、只《た》だ東風《とうふう》を欠《か》くのみ」と記したメモを渡して、魔術師よろしく七星壇《しちせいだん》を築き、火攻めに不可欠の東風を吹きおこすにいたる。現在では、この言葉は局面を決定づける最後の条件が満たされていないことを示す常套表現となる。

（『三国志演義』第四十九回）

十二月二十七日

曲《きょく》に誤《あやま》り有《あ》り　周郎顧《しゅうろうかえり》みる

周瑜

「周郎《しゅうろう》」は呉《ご》の周瑜《しゅうゆ》。「郎」は若君。盟友孫策《そんさく》は孫《そん》郎《ろう》と呼ばれる。周瑜は孫策に協力してまたたくまに江東《こうとう》（長江下流域《ちょうこうかりゅういき》）制覇を果たし、孫策の夭折後は弟孫権《そんけん》をもりたて呉の基盤を固めた。彼は軍事的天才であるのみならず音楽的才能もあり、このように「（宴会で）演奏に誤りがあると、周郎はキッとふりかえる」と噂された。周瑜は『三国志演義《さんごくしえんぎ》』では諸葛亮《しょかつりょう》の引き立て役だが、実は非常にカッコいい人物なのだ。（『三国志』周瑜《しゅうゆ》伝）

十二月二十八日

覆巣《ふくそう》の下《した》に完卵《かんらん》無《な》し

曹操《そうそう》傘下の文人孔融《こうゆう》の幼い息子の言葉。原文は「大人《たいじん》 豈《あ》に覆巣《ふくそう》の下《した》に復《ま》た完卵《かんらん》有《あ》るを見《み》んや」で、「お父さん、転覆した巣の下につぶれない卵などありません」の意。孔子《こうし》二十世の子孫にあたる孔融は自意識が強く、いつも曹操を怒らせた。曹操が逮捕・処刑に踏み切ったとき、孔融は使者に二人の息子だけは助けてほしいと懇願するが、息子は冷静にこう言ってのける。利発な息子の判断どおり彼ら兄弟もまもなく処刑された。（『世説新語《せせつしんご》』言語篇）

天知《てんし》る　地知《ちし》る

楊震

後漢《ごかん》の楊震《ようしん》の言葉。楊震は潔癖かつ剛直な人物だった。ある夜遅く昔馴染みが彼のもとを訪れ、今なら誰も知らないと言って大枚の賄賂を贈ろうとした。すると楊震は「天知《てんし》る、神知《かみし》る、我《わ》れ知《し》る、子知《し》る。何《なん》ぞ知《し》る無《な》しと謂《い》わんや(このことは天も神も私もきみも知っている。どうして誰も知らないといえようか)」ときっぱりはねつけた。後世、この言葉は「神知る」を「地知る」に置き換えた形で流布する。(『後漢書《ごかんじょ》』楊震《ようしん》伝)

十二月三十日

君《きみ》に老《ろう》と衰《すい》を還《かえ》さん

蘇東坡

蘇《そ》東坡《とうば》の五言古詩「別歳《べつさい》」末句。「別歳」は年忘れの宴。第十一、第十二句で、

　且《しばら》く一日《いちじつ》の歓《かん》を為《な》し
　此《こ》の窮年《きゅうねん》の悲《かな》しみを慰《なぐさ》む

「まずは今日一日楽しみ、この歳末の悲しみを癒そう」と感慨をふりきり、末尾の第十五、第十六句で、

　去《さ》れ去《さ》れ　回顧《かいこ》する勿《な》かれ
　君《きみ》に老《ろう》と衰《すい》を還《かえ》さん

「旧年よ　行くがいい、ふりかえらないで。おまえに私の老いと衰えを返すから」とユーモラスに歌いおさめる。ゆく年を擬人化し悲哀感をふきとばす痛快な詩である。

十二月三十一日

任重《にんおも》くして道遠《みちとお》し

曾子

今日は大晦日。これは『論語《ろんご》』泰伯《たいはく》篇に見える孔子《こうし》の高弟曾子《そうし》の言葉。「士《し》は以《もっ》て弘毅《こうき》ならざる可《べ》からず、任重《にんおも》くして道遠《みちとお》し」とつづく。「士は大らかでつよい意志をもたねばならない。その任務は重く完成への道は遠いからである」の意。この文章はさらに「仁以《じんもっ》て己《おのれ》が任《にん》と為《な》す。亦《ま》た重《おも》からずや。死《し》して後《のち》已《や》む。亦《ま》た遠《とお》からずや」とつづく。仁の完成を自分の任務とし、死ぬまで努力せよという曾子のエールをもって、まずは一年の締めくくりとしよう。

あとがき

本書『中国名言集　一日一言』は、古代から現代にわたる中国の名言を選びだし、うるう年も含めて一年三百六十六日に配し、解説を加えたものである。対象としたジャンルは正統的な詩文、史書、随筆、小説、書簡、俗諺《ぞくげん》など、多岐にわたっている。

本書では、よく知られた極め付きの名言に加え、隠れた名言や、人生や人の世の機微を鮮やかに映しだす俗諺をもとりあげた。ときに叡智の結晶した言葉の重みに粛然とし、ときに寸鉄人を刺す言葉の切れ味に感嘆し、ときに洒脱なユーモア感覚あふれる言葉の面白さに哄笑し、ときに鮮やかに世界を凝縮した詩句に心を酔わせるというふうに、さまざまなニュアンスに富む多種多様の名言を、「一日一言」たっぷり味わっていただければと願うものである。

膨大な数にのぼる中国の名言のなかから、三百六十六を選びだすのは、それだけでもなかなか難しいことだったが、「古いものこそ新しい」、今なおいきいきと人の心をうつ力をもちつづけている言葉を選ぶことをモットーとした。このなかには、私自身が愛してやまない名言もむろん含まれている。

　本書は、これら三百六十六の多様な名言がそれぞれもつ意味や背景を簡潔に明らかにし、その言葉のもつ魅力がまざまざと浮かびあがるような解説を付したいと願いつつ、一年がかりでほぼ毎日、少しずつ書き進めたものである。文字どおり「愚《ぐ》公《こう》山を移す」の積み重ねによって成ったものだが、こうして名言と向き合った日々はたとえようもなく刺激的で楽しいものだった。その弾んだ気分が本書に反映されていればうれしく思う。


　本書はもともと「京都新聞」に『井波律子の一日一言』というタイトルで、二〇〇七年一月一日から十二月三十一日まで、新聞休刊日を除いて毎日連載したものである。本書にとりあげた名言に季節感を感じさせるものが含まれ、季節の移ろいを底流としているのも、この毎日連載というかたちに拠るところが大きいといえよう。連載中、楽しみにしてくださる読者も多く、大いに励まされたことをここに付記しておきたい。

　今回、この連載をもとに一冊の本としてまとめるにあたり、新聞休刊日およびうるう年の二月二十九日を書き足したのをはじめ、引用部分に手を加えるなど、そうとう大幅な加筆・修正をほどこした。

　本書が完成するまで多くのかたのお世話になった。連載中には、京都新聞文化報道部の坂井輝久さんにたいへんお世話になった。坂井さんはまことに緻密に原稿をチェックしてくださり、ほんとうに頼もしい存在であった。ここに心からお礼を申しあげたいと思う。

出版にさいしては、岩波書店生活社会編集部の渡部朝香さんにお世話になった。渡部さんは気合いを入れて、的確かつきめこまかに名言群を編集構成され、本書を魅力的な名言集にしあげてくださった。また、長年のおつきあいになる岩波書店の井上一夫さんは、『三国志名言集』につづき今回も絶妙の助言やヒントを与えてくださった。渡部さんと井上さんに心からなる感謝をささげるとともに、すてきな装丁をしてくださった杉松翠さんにもお礼を申しあげたいと思う。

二〇〇七年十二月

井波律子

しなやかにして勁い言葉——岩波現代文庫版あとがき

本書『中国名言集 一日一言』の原本は、二〇〇八年一月に岩波書店から刊行された。このたび『中国文学の愉しき世界』につづいて、岩波現代文庫に収められ、装い新たに、さらなる旅立ちの日を迎えることができたことを、ほんとうにうれしく光栄に思う。

原本の「まえがき」および「あとがき」に記したように、本書は、古代から現代にわたる中国の名言のうちから、三百六十六を選び、うるう年を含めて一年三百六十六日に配し、解説を付したものである。対象としたジャンルは正統的な詩文から俗諺《ぞくげん》に至るまで、多岐にわたるが、いずれのジャンルからも、時代を超えていきいきとした活力にあふれ、読み手や聞き手が励まされて元気になったり、パッと愉快な気分になったり、勇気づけられたりするような言葉を中心に選びだし、大上段にふりかぶったあまりに教訓的な言葉や説教臭のつよい言葉は避けた。

本書の原本は、もともと「京都新聞」に二〇〇七年一月一日から十二月三十一日まで、新聞休刊日を除いて毎日連載した記事をまとめたものである。連載の時点から十一年、二〇〇八年一月の原本刊行の時点から、すでにほぼ十年の歳月が経過した。

私事ながら、二〇〇七年から二〇〇八年にかけては、九十歳を超えた母の老化が進んで、とまどうことも多く、日々、いぶし銀のように輝く名言と向き合うことによって、私自身、目からウロコが落ち、励まされたり支えられたりしたこともしばしばあった。原本の刊行から一年余り後の二〇〇九年四月、母は九十五歳で他界し、ほぼ同時に私も定年退職した。

これを機に、私の暮らしは大きく変化し、懸案の大仕事にとりかかる時間はできたものの、ともすれば、挫けそうになった。そんなときには、この『中国名言集』をめくって、「千里《せんり》の行《こう》は足下《そっか》に始《はじ》まる」(本書五頁)という言葉に背中を押されたり、いつゴールにたどり着けるのだろうかと不安になったときには、「収穫《しゅうかく》を問《と》う莫《な》かれ　但《た》だ耕耘《こううん》を問《と》え」(本書四六頁)と、成果にこだわらず、力を尽くすプロセスこそが大事だという言葉に励まされ、なるほどと納得したり、ゴール間近になって、ややもすれば前のめりになり、委細かまわぬ焦った気分になったときには、「百里《ひゃくり》を行《ゆ》く者《もの》は九十《きゅうじゅう》を半《なかば》とす」(本書七〇頁)と、最後まで気を抜かずに完走するよう、自重したりした。

そんなふうに、この本が、読んでくださる方々の「つよい味方」になることができればと、願うばかりである。

文庫化にあたり、今一度、『中国名言集』に最初から最後までじっくり目を通したが、とりあげた数々の名言がまったく古びることなく、現在形ですっくと浮びあがってくることに、快い感動を覚えた。考えてみれば、ここにあげた名言は、二千五百年余り前に発せられた孔子の言葉をはじめとして、長い歳月を超えて生きつづけた「勁《つよ》さ」をもつものばかりだ。これらの言葉は、強靭ではあるが、けっして固定したり硬直したりすることなく、いかなる時代、いかなる人にも通用するような、いたってしなやかな応用性を含んでいる。名言とは、しなやかにして勁い言葉を指すのだと、今さらのように感じ入ったのだった。

なお、今回の文庫化にさいし、原本にほとんど手を加えなかったが、『論語』を出典とする言葉については、その後、刊行された拙著『完訳 論語』(二〇一六年)の訓読に合わせるなど、少々手直しを加えた。

本書の原本の刊行にさいしては、岩波書店の井上一夫さんと渡部朝香さんにきめ細かなご配慮をいただき、たいへんお世話になった。今回、文庫化にあたっては、『中国文学の愉しき世界』につづいて岩波現代文庫編集部の入江仰さんにたいへんお世話になった。ちなみに、原本は箱入りの重厚なしつらえだったが、熟読してくださる読者の方々から何度も、どこでも読めるように、持ち運びやすいコンパクトな形の本もあればいいのに、とご要望をいただいた。この文庫版は、文章と図版がきっちりマッチした、美しく読みやすいものにしあがり、みごとにそうしたご要望に沿うものであると思う。ここに、ご担当くださった皆さんに心からお礼を申しあげたいと思う。

二〇一七年九月

井波律子

本書は二〇〇八年一月、岩波書店より刊行された。

岩波現代文庫［文芸］

B307-308
赤い月（上・下）
なかにし礼

終戦前後、満洲で繰り広げられた一家離散の悲劇と、国境を越えたロマンス。映画・テレビドラマ・舞台上演などがなされた著者の代表作。〈解説〉保阪正康

B309
アニメーション、折りにふれて
高畑勲

自らの仕事や、影響を受けた人々や作品、苦楽を共にした仲間について縦横に綴った生前最後のエッセイ集、待望の文庫化。〈解説〉片渕須直

B310
花の妹 岸田俊子伝 ―女性民権運動の先駆者―
西川祐子

京都での娘時代、自由民権運動との出会い、政治家・中島信行との結婚など、波瀾万丈の生涯を描く評伝小説。文庫化にあたり詳細な注を付した。〈解説〉和崎光太郎・田中智子

B311
大審問官スターリン
亀山郁夫

自由な芸術を検閲によって弾圧し、政敵を粛清した大審問官スターリン。大テロルの裏面と独裁者の内面に文学的想像力でせまる。文庫版には人物紹介、人名索引を付す。

B312
声の力 ―歌・語り・子ども―
河合隼雄
阪田寛夫
谷川俊太郎
池田直樹

童謡、詩や絵本の読み聞かせなど、人間の肉声の持つ力とは？ 各分野の第一人者が「声」の魅力と可能性について縦横無尽に論じる。

岩波現代文庫［文芸］

B301-302

またの名をグレイス(上・下)

マーガレット・アトウッド
佐藤アヤ子訳

十九世紀カナダで実際に起きた殺人事件を素材に、巧みな心理描写を織りこみながら人間存在の根源を問いかける。ノーベル文学賞候補とも言われるアトウッドの傑作。

B303

塩を食う女たち
聞書・北米の黒人女性

藤本和子

アフリカから連れてこられた黒人女性たちは、いかにして狂気に満ちたアメリカ社会を生きのびたのか。著者が美しい日本語で紡ぐ女たちの歴史的体験。〈解説〉池澤夏樹

B304

余白の春
―金子文子―

瀬戸内寂聴

無籍者、虐待、貧困――過酷な境遇にあって自らの生を全力で生きた金子文子。獄中で自殺するまでの二十三年の生涯を、実地の取材と資料を織り交ぜ描く、不朽の伝記小説。

B305

この人から受け継ぐもの

井上ひさし

著者が深く関心を寄せた吉野作造、宮沢賢治、丸山眞男、チェーホフをめぐる講演・評論を収録。真摯な胸の内が明らかに。〈解説〉柳　広司

B306

自選短編集　パリの君へ

高橋三千綱

売れない作家の子として生を受けた芥川賞作家が、デビューから最近の作品まで単行本未収録の作品も含め、自身でセレクト。岩波現代文庫オリジナル版。〈解説〉唯川　恵

2023. 3

岩波現代文庫［文芸］

B296
三国志名言集
井波律子

波瀾万丈の物語を彩る名言・名句・名場面の数々。調子の高さ、響きの楽しさに、思わず声に出して読みたくなる！　情景を彷彿させる挿絵も多数。

B297
中国名詩集
井波律子

前漢の高祖劉邦から毛沢東まで、選び抜かれた珠玉の名詩百三十七首。人が生きることの哀歓を深く響かせ、胸をうつ。

B298
海うそ
梨木香歩

決定的な何かが過ぎ去ったあとの、沈黙する光景の中にいたい——。いくつもの喪失を越えて、秋野が辿り着いた真実とは。〈解説〉山内志朗

B299
無冠の父
阿久悠

舞台は戦中戦後の淡路島。「生涯巡査」の父をモデルに著者が遺した珠玉の物語が文庫に。父親とは、家族とは？〈解説〉長嶋有

B300
実践　英語のセンスを磨く
—難解な作品を読破する—
行方昭夫

難解で知られるジェイムズの短篇を丸ごと解説し、読みこなすのを助けます。最後まで読めば、今後はどんな英文でも自信を持って臨めるはず。

岩波現代文庫［文芸］

B291
中国文学の愉しき世界
井波律子

烈々たる気概に満ちた奇人・達人の群像、壮大にして華麗な中国的物語幻想の世界！　中国文学の魅力をわかりやすく解き明かす第一人者のエッセイ集。

B292
英語のセンスを磨く
―英文快読への誘い―
行方昭夫

「なんとなく意味はわかる」では読めたことにはなりません。選りすぐりの課題文の楽しく懇切な解読を通じて、本物の英語のセンスを磨く本。

B293
夜長姫と耳男
近藤ようこ漫画
坂口安吾原作

長者の一粒種として慈しまれる夜長姫。美しく、無邪気な夜長姫の笑顔に魅入られた耳男は、次第に残酷な運命に巻き込まれていく。〔カラー6頁〕

B294
桜の森の満開の下
近藤ようこ漫画
坂口安吾原作

鈴鹿の山の山賊が出会った美しい女。山賊は女の望むままに殺戮を繰り返す。虚しさの果てに、満開の桜の下で山賊が見たものとは。〔カラー6頁〕

B295
中国名言集　一日一言
井波律子

悠久の歴史の中に煌めく三六六の名言を精選し、一年各日に配して味わい深い解説を添える。毎日一頁ずつ楽しめる、日々の暮らしを彩る一冊。

2023. 3

岩波現代文庫創刊二〇年に際して

二一世紀が始まってからすでに二〇年が経とうとしています。この間のグローバル化の急激な進行は世界のあり方を大きく変えました。世界規模で経済や情報の結びつきが強まるとともに、国境を越えた人の移動は日常の光景となり、今やどこに住んでいても、私たちの暮らしは世界中の様々な出来事と無関係ではいられません。しかし、グローバル化の中で否応なくもたらされる「他者」との出会いや交流は、新たな文化や価値観だけではなく、摩擦や衝突、そしてしばしば憎悪までをも生み出しています。グローバル化にともなう副作用は、その恩恵を遥かにこえていると言わざるを得ません。

今私たちに求められているのは、国内、国外にかかわらず、異なる歴史や経験、文化を持つ「他者」と向き合い、よりよい関係を結び直してゆくための想像力、構想力ではないでしょうか。

新世紀の到来を目前にした二〇〇〇年一月に創刊された岩波現代文庫は、この二〇年を通して、哲学や歴史、経済、自然科学から、小説やエッセイ、ルポルタージュにいたるまで幅広いジャンルの書目を刊行してきました。一〇〇〇点を超える書目には、人類が直面してきた様々な課題と、試行錯誤の営みが刻まれています。読書を通した過去の「他者」との出会いから得られる知識や経験は、私たちがよりよい社会を作り上げてゆくために大きな示唆を与えてくれるはずです。

一冊の本が世界を変える大きな力を持つことを信じ、岩波現代文庫はこれからもさらなるラインナップの充実をめざしてゆきます。

(二〇二〇年一月)

中国名言集 一日一言

2017年11月16日 第1刷発行
2023年 4 月 5 日 第4刷発行

著 者 井波律子《いなみりつこ》

発行者 坂本政謙

発行所 株式会社 岩波書店
〒101-8002 東京都千代田区一ツ橋 2-5-5

案内 03-5210-4000 営業部 03-5210-4111
https://www.iwanami.co.jp/

印刷・精興社 製本・中永製本

ISBN 978-4-00-602295-2 Printed in Japan

人名索引

以下索引は，音訓にかかわりなく，筆頭漢字の読みの五十音順に従って配列し，音が同じ場合には，その字の総画数順，ついで部首順とした．

【あ】

晏嬰(11.5)

【い】

伊籍(7.8)

【う】

于武陵(5.29)

【え】

袁紹(10.3)
袁衷(7.3)
偃→子游
燕の恵王(1.25)
燕の昭王(1.25/9.4)
燕の太子丹(12.23)
轅固生(7.30)

【お】

王安石(1.2)
王維(3.14/11.25)
王翰(4.10)
王徽之(12.7)
王羲之(3.3/11.8/12.7)
王彦章(2.15)
王献之(11.8)
王之渙(4.9/7.24)
王充(1.20)
王戎(10.4)
王済(12.17)
王覇(3.13)
王符(11.13)
王勃(3.15)
王陽明(10.30/11.2)
欧陽修(3.27/4.20/5.26/8.20)

【か】

河間献王(3.10)
賀知章(3.17)
賈誼(9.15)
蒯通(12.13)
隗囂(11.20)
岳飛(6.5)
楽毅(1.25)
郭隗(9.4)
葛洪(6.28)
桓寛(4.26)
桓魋(8.5)
漢の哀帝(9.15)
漢の恵帝(10.1)
漢の高祖(劉邦)(1.13/2.29/5.30/5.31/6.26/7.4/7.5/8.3/10.1/11.9)
漢の成帝(5.18)
漢の宣帝(11.24)
漢の武帝(3.10/3.27/7.7/7.30/8.22/11.6)
管仲(2.10/2.11/4.27/7.19)
関羽(1.6/7.4)
韓信(2.19/5.30/12.13/12.14)
韓の宣恵王(8.2)
韓非子(2.21/4.23/7.19/8.29)
韓愈(1.29/6.7/6.26

/10.19)
顔回(6.3/6.16
/11.10)
顔之推(5.17/6.17)
顔真卿(5.17)

【き】

魏徴(1.31/6.12
/6.23)
魏の安釐王(11.18)
魏の武侯(7.6)
魏の文侯(8.19)
魏の文帝(曹丕)(5.6
/5.12)
魏の明帝(3.27)
許渾(8.1)
魚玄機(6.24)
堯(6.12/11.2)

【く】

屈原(4.19/9.16
/11.4/12.16)

【け】

荆軻(12.23)
嵆康(10.4)
嵆紹(10.4)
月性(1.11)
桀(8.12)
元好問(12.2)
阮籍(8.25/10.28)

【こ】

伍子胥(5.22/5.23)
呉王濞(11.22)
呉起(7.6)
呉広(8.3)
呉道子(4.21)
後漢の光武帝(3.9
/3.13/11.20)
胡亥→秦の二世皇帝
顧炎武(2.17)
顧愷之(3.5/12.20)
公孫弘(7.30)
公孫述(11.20)
公孫禄(9.15)
孔子(1.2/1.3/1.4
/1.8/1.21/1.22
/1.24/1.27/1.28
/1.29/2.6/2.16
/2.17/2.23/2.24
/3.11/3.28/4.13
/4.14/4.17/4.21
/4.24/4.25/4.27
/5.1/5.3/5.7/6.3
/6.8/6.15/6.16
/7.2/7.21/7.29
/8.4/8.5/8.13
/8.16/8.17/9.17
/9.21/9.22/9.28
/10.20/11.1/11.5
/11.10/11.23
/12.3/12.11
/12.28/12.31)
孔融(12.28)
句践(5.21/5.22
/5.23)
広武君(12.14)
侯白(9.10)
洪邁(5.30)
耿湋(9.23)
項羽(1.13/2.29
/5.31/6.26/8.3)
闔閭(5.22)

【さ】

左思(5.5/11.3)
崔曙(12.12)
崔杼(2.27)

【し】

子夏(商)(7.2)
子貢(賜)(6.8/7.2
/11.10)
子楚→秦の荘襄王
子張(師)(7.2)
子游(偃)(9.28)
子路(仲由)(2.24
/3.28/6.3/6.15
/7.21/8.4/8.16)
司馬懿(9.14/9.20)
司馬炎(9.14)
司馬師(9.14)

司馬昭(9.14/10.28)
司馬遷(3.29/5.22
/6.25/9.25
/11.28)
師→子張
賜→子貢
隰朋(7.19)
謝安(2.3)
謝氏(8.20/8.21)
謝道蘊(2.3)
朱子(3.31/4.1)
朱淑真(4.12)
周顗(6.9)
周公(周公旦)(8.13
/9.30)
周興(10.8)
周の成王(8.13)
周の武王(11.28)
周の文王(11.21)
周瑜(1.18/8.10
/12.26/12.27)
叔斉(11.28)
叔孫通(7.5)
舜(6.12/11.2)
荀子(2.21/2.28
/4.16/6.14)
如意(10.1)
諸葛亮(諸葛孔明)
(1.6/5.28/7.4
/7.9/8.7/9.20
/12.26/12.27)
商→子夏
商鞅(4.29)
常建(5.27)
蕭何(5.30/5.31
/12.13)
鍾子期(2.9)
任尚(9.27)
沈括(10.15)
沈既済(7.28)
秦檜(6.5)
秦の始皇帝(政)
(1.17/2.22/3.7
/6.20/6.21/7.15
/12.23)
秦の昭王(12.9)
秦の荘襄王(子楚)
(6.20)
秦の二世皇帝(胡亥)
(2.22/6.12/7.15)

【す】

隋の文帝(楊堅)
(7.11)
隋の煬帝(6.12)

【せ】

西施(2.5/7.26)
斉の桓公(2.10
/7.19)
斉の景公(2.27)
斉の宣王(9.2
/11.16)
斉の荘公(2.27)
政→秦の始皇帝
戚夫人(10.1)

【そ】

祖逖(9.26)
楚の威王(9.1)
楚の荘王(2.21/10.2
/10.31)
楚の平王(5.22)
楚の霊王(2.21)
蘇洵(6.13)
蘇軾(蘇東坡)(1.11
/2.5/2.20/3.4
/3.5/3.21/4.21
/6.30/8.6/8.10
/10.14/12.30)
蘇秦(8.2/12.8)
宋玉(9.16)
宋綬(10.15)
宋の桓公(11.26)
宋の襄公(11.26)
荘子(1.5/7.27/9.1)
曹松(7.31)
曹操(1.9/7.8/8.10
/9.30/10.3/11.20
/12.26/12.28)
曹覇(5.15)
曹丕→魏の文帝
曾国藩(2.13/4.30)

曾子(9.19/12.31)
則天武后(12.18)
息夫躬(9.15)
孫権(1.18/7.8
/12.27)
孫策(12.27)
孫臣(11.18)
孫楚(12.17)
孫臏(6.4)
孫武(11.19)

【た】

大夫種(5.23)
太公望→呂尚
戴逵(12.7)
澹台滅明(9.28)

【ち】

智伯(1.23)
仲由→子路
紂(8.12)
張易之(12.18)
張儀(6.29)
張昌宗(12.18)
張栻(2.4)
張飛(1.6/7.4)
張良(7.4/10.1
/11.9)
趙括(6.1)
趙高(2.22/7.15)
趙奢(6.1)
趙充国(11.24)
趙襄子(1.23)
趙の武霊王(11.14)
趙飛燕(5.18)
趙母(9.8)
趙明誠(5.8)
趙翼(12.2)
陳紀(7.22)
陳勝(8.3/8.11)
陳寔(7.22)
陳諶(7.22)
陳子昂(3.12)
陳琳(10.3)

【て】

程大昌(12.18)
鄭の荘公(5.13)
田嬰(10.12)
田忌(6.4)
田文→孟嘗君

【と】

杜季良(11.17)
杜荀鶴(8.18)
杜甫(2.1/2.4/2.11
/3.16/5.15/5.28
/6.19/9.9/9.18
/10.5/10.27
/11.25/12.22
/12.25)
杜牧(1.13/4.4/4.5
/9.11/10.10
/11.11)
杜預(7.10)
唐の玄宗(8.26)
唐の太宗(6.12
/6.23)
東方朔(7.7/8.22)
陶淵明(1.14/1.15
/5.19/5.20/5.25
/10.25/10.26)
陶侃(5.25)
董狐(2.27)
独孤皇后(7.11)

【は】

馬援(11.17)
馬氏(11.21)
馬謖(7.9)
馬良(7.8)
枚乗(11.22)
梅堯臣(8.20/8.21)
白居易(白楽天)
(1.26/2.2
/7.23/10.26)
伯夷(11.28)
伯牙(2.9)
范雎(12.9)
范昭子(12.6)
范増(2.29)
范仲淹(4.28)
范蠡(5.21/5.23)

班超(8.9/9.27)

【ふ】

夫差(5.21/5.22/7.26)
傅玄(1.30/4.16)
馮異(3.9)
馮驩(10.11)

【へ】

平原君(5.2)
邴原(11.29)

【ほ】

庖丁(7.18)
茅盾(11.11)
鮑叔(2.10/2.11)

【も】

毛遂(5.2)
毛沢東(1.7/4.22/9.6/11.30/12.1)
孟浩然(3.22)
孟子(1.28/2.7/2.18/4.2/4.3/4.15/5.14/8.15/8.28/9.2/9.3/10.21/11.16)
孟嘗君(田文)(10.11/10.12)

【ゆ】

庾信(9.16)
由→子路

【よ】

豫譲(1.23)
楊開慧(11.30)
楊貴妃(8.26)
楊堅→隋の文帝
楊国忠(8.26)
楊震(12.29)
雍歯(11.9)

【ら】

来俊臣(10.8)

【り】

李賀(3.27/11.27)
李広(2.8)
李斯(1.17/7.15)
李淑一(11.30)
李清照(5.8)
李白(2.1/2.11/4.7/4.8/10.9/10.13/10.22/11.25/12.24)
李林甫(8.26)
柳宗元(7.12)
柳直荀(11.30)
劉禹錫(6.6)
劉希夷(3.23/4.11)
劉基(6.22)
劉向(8.31)
劉克荘(3.30)
劉琨(9.26)
劉政(11.29)
劉禅(8.7)
劉楨(5.12)
劉備(1.6/7.4/7.8/8.7/12.13)
劉輔(5.18)
劉邦→漢の高祖
呂后(10.1/12.13)
呂尚(太公望)(11.21)
呂不韋(6.20/6.21)
呂蒙(1.18)
梁啓超(2.13/4.30)
梁の恵王(9.3)
林黛玉(6.24/12.1)
林逋(2.25)
藺相如(10.17/10.29)

【れ】

列子(1.7)
廉頗(10.17/10.29)

【ろ】

路励行(9.10)
魯粛(1.18)

出典索引

【あ】

『晏子春秋』内篇雑上(11.5)

【い】

「韋中立に答えて師道を論ずる書」(柳宗元)(7.12)
「飲酒二十首」(陶淵明)(1.15)

【う】

「烏衣巷」(劉禹錫)(6.6)
「烏江亭に題す」(杜牧)(1.13)

【え】

『淮南子』原道訓(3.1)
『淮南子』人間訓(1.12/7.20)
『淮南子』説林訓(11.15)
『淮南子』説山訓(2.12/8.8)
『易経』革(3.18)
『易経』繫辞(3.2/10.17)
『易経』乾(9.24)
『易経』坤(10.24)
『塩鉄論』(4.26)
『演繁露続集』(12.18)

【お】

「欧陽少師の致仕を賀す啓」(蘇軾)(2.20)
「鶯梭」(劉克荘)(3.30)

【か】

「過秦論」(賈誼)(9.15)
「回郷偶書」(賀知章)(3.17)
「岳陽楼記」(范仲淹)(4.28)
「重ねて題す」(白居易)(2.2)
『鶡冠子』天則篇(10.18)
「壁に題す」(月性)(1.11)
「元日」(王安石)(1.2)
「咸陽城の東楼」(許渾)(8.1)
『漢書』河間献王伝(3.10)
『漢書』賈誼伝(1.12)
『漢書』韓安国伝(7.14)
『漢書』司馬遷伝(9.25)
『漢書』息夫躬伝(9.15)
『漢書』趙充国伝(11.24)
『漢書』東方朔伝(8.22/9.27)
『漢書』劉輔伝(5.18)
『管子』牧民篇(4.27)
『韓詩外伝』(1.26)
「韓枢密に上る書」(蘇洵)(6.13)
『韓非子』外儲説(12.15)
『韓非子』顕学篇(2.12)
『韓非子』五蠹篇(12.21)
『韓非子』功名篇(8.29)

『韓非子』説林篇(7.19/11.12)
『韓非子』大体篇(6.10)
『韓非子』喩老篇(4.23/9.5)
『顔氏家訓』省事篇(6.18)
『顔氏家訓』勉学篇(5.17/6.17)
「鸛鵲楼に登る」(王之渙)(7.24)

【き】

「己亥歳詩」(曹松)(7.31)
「擬詠懐」(庾信)(9.16)
「嬌女の詩」(左思)(5.5)
「曲江二首」(杜甫)(9.18)
『金石録』後序(李清照)(5.8)
「金銅仙人　漢を辞するの歌」(李賀)(3.27)

【く】

『旧唐書』元行沖伝(7.17)
「偶成」(朱子)(4.1)
「君子行」(9.29)

【け】

「京自り奉先県に赴くときの詠懐五百字」(杜甫)(12.25)
『啓顔録』(9.10)
「元遺山集に題す」(趙翼)(12.2)
「元二の安西に使いするを送る」(王維)(3.14)
「遣懐」(杜牧)(10.10)

【こ】

「五柳先生伝」(陶淵明)(5.20)
「古詩十九首」(1.10/3.25)
「古風」(李白)(10.22)
『呉越春秋』(5.21)
「呉道子の画の後に書す」(蘇軾)(4.21)
『後漢書』王覇伝(3.13)
『後漢書』朱浮伝(7.13)
『後漢書』岑彭伝(11.20)
『後漢書』馬援伝(11.17)
『後漢書』班超伝(8.9/9.27)
『後漢書』馮異伝(3.9)
『後漢書』楊震伝(12.29)
「湖上に飲せしが初めは晴れ後に雨ふる二首」(蘇軾)(2.5)
「江南の春」(杜牧)(4.4)
『紅楼夢』(5.27/6.24/12.1)
「香山寺に暑を避く」(白居易)(7.23)
「興善寺の後池に題す」(盧綸)(8.23)
「鴻溝を過ぐ」(韓愈)(6.26)

【さ】

「酒を勧む」(于武陵)(5.29)
「雑詩」(陶淵明)(1.14)
「雑詩」(傅玄)(1.30)
「雑説」(韓愈)(6.7)
『三国志』郭嘉伝(3.19)

『三国志』高貴郷公髦紀・裴注『漢晋春秋』(9.14)
『三国志』周瑜伝(12.27)
『三国志』諸葛亮伝(1.6)
『三国志』諸葛亮伝・裴注『漢晋春秋』(9.20)
『三国志』先主伝・裴注『諸葛亮集』(8.7)
『三国志』馬謖伝(7.9)
『三国志』馬良伝(7.8)
『三国志』邴原伝・裴注『魏氏春秋』(11.29)
『三国志』呂蒙伝・裴注『江表伝』(1.18)
『三国志演義』(9.26/10.3/12.26)
『三略』(2.19)
「山園小梅」(林逋)(2.25)
「山行」(杜牧)(11.11)
「山中にて幽人と対酌す」(李白)(4.7)
「山中の寡婦」(杜荀鶴)(8.18)

【し】

『史記』越王句践世家(5.23)
『史記』燕召公世家(9.4)
『史記』楽毅列伝(1.25)
『史記』管晏列伝(2.10/4.27)
『史記』韓長孺列伝(7.14)
『史記』魏世家(8.19)
『史記』屈原列伝(11.4)
『史記』伍子胥列伝(5.22)
『史記』孔子世家(7.29)
『史記』高祖本紀(7.4)
『史記』項羽本紀(2.29)
『史記』滑稽列伝(7.7)
『史記』刺客列伝(1.23/12.23)
『史記』儒林列伝(7.30)
『史記』叔孫通列伝(7.5)
『史記』商君列伝(4.29)
『史記』蕭相国世家(5.31)
『史記』秦始皇本紀(2.22)
『史記』斉太公世家(2.27)
『史記』楚世家(10.2/10.31)
『史記』蘇秦列伝(8.2/12.8)
『史記』荘子列伝(9.1)
『史記』孫子呉起列伝(6.4/7.6/11.19)
『史記』太史公自序(9.25)
『史記』張儀列伝(6.29)
『史記』趙世家(11.14)
『史記』陳渉世家(8.3/8.11)
『史記』鄭世家(6.25)
『史記』伯夷列伝(11.28)
『史記』范雎列伝(12.9)
『史記』平原君列伝(5.2)
『史記』孟嘗君列伝(10.11/10.12)
『史記』李斯列伝(1.17/7.15)
『史記』李将軍列伝(2.8)
『史記』留侯世家(10.1/11.9)
『史記』呂不韋列伝(6.20/6.21)
『史記』廉頗藺相如列伝(6.1/10.29)

『史記』魯周公世家(9.30)
『史記』魯仲連列伝(9.7)
『史記』淮陰侯列伝(12.13/12.14)
「師説」(韓愈)(1.29)
『詩経』衛風「河広」(11.26)
『詩経』衛風「淇奥」(6.8)
『詩経』王風「采葛」(5.11)
『詩経』王風「大車」(5.10)
『詩経』大雅「蕩」(8.12)
『詩経』邶風「撃鼓」(5.10)
『詩経』邶風「谷風」(10.23)
『詩経』邶風「柏舟」(5.24)
『詩経』魯頌「駉」(11.23)
『資治通鑑』(6.12/6.23/8.26)
「秋興八首」(杜甫)(10.27)
「秋日」(耿湋)(9.23)
「秋風の辞」(漢の武帝)(11.6)
「秋浦の歌」(李白)(10.13)
「述懐」(魏徴)(1.31)
「春暁」(孟浩然)(3.22)
「春日」(朱子)(3.31)
『春秋左伝』(1.16/3.26/4.19/4.25/5.1/5.13/7.10/7.20)
「春望」(杜甫)(2.4/3.16)
「春夜」(蘇軾)(3.21)
「春夜　桃李の園に宴するの序」(李白)(4.8)
『荀子』王制篇(2.28)
『荀子』勧学篇(4.16/6.11/9.22)
『荀子』君道篇(2.21/6.12)
『荀子』修身篇(6.14)
『荀子』礼篇(1.1)
『書経』盤庚篇(9.6)
『書経』旅獒篇(6.27)
「書を上りて呉王を諫む」(枚乗)(11.22)
「小至」(杜甫)(12.22)
「将進酒」(李白)(2.1)
「蜀相」(杜甫)(5.28)
「任少卿に報ずる書」(司馬遷)(3.29)
『晋書』阮籍伝(8.25)
『晋書』顧愷之伝(12.20)
『晋書』左思伝(11.3)
『晋書』謝玄伝(1.19)
『晋書』杜預伝(7.10)
『晋書』劉琨伝(9.26)
「秦淮に泊す」(杜牧)(9.11)
『新五代史』王彦章伝(2.15)

【す】

「酔翁亭記」(欧陽修)(5.26)
『隋書』独孤皇后伝(7.11)

【せ】

『世説新語』言語篇(2.3/5.12/11.8/12.28)
『世説新語』賢媛篇(9.8)
『世説新語』巧芸篇(3.5)
『世説新語』徳行篇(7.22/10.28)
『世説新語』任誕篇(6.9/12.7)
『世説新語』排調篇(12.17/12.20)

『世説新語』容止篇(10.4)
「西林の壁に題す」(蘇軾)(10.14)
「清明」(杜牧)(4.5)
『説苑』敬慎篇(12.4)
『説苑』正諫篇(8.31)
「静夜思」(李白)(10.9)
「赤壁の賦」(蘇軾)(8.10)
「惜春」(朱淑真)(4.12)
「雪梅」(盧梅坡)(2.26)
「山海経を読む」(陶淵明)(5.19)
「前出塞」(杜甫)(10.5)
『戦国策』魏策(3.8/11.18)
『戦国策』秦策(3.7)
『潜夫論』賢難篇(11.13)

【そ】

『楚辞』九章・惜誦(4.19/12.16)
『楚辞』九弁(9.16)
『宋史』岳飛伝(6.5)
『宋書』陶潜伝(5.25)
『荘子』外物篇(8.14)
『荘子』山木篇(1.5/8.27)
『荘子』秋水篇(7.12/9.1)
『荘子』徐無鬼篇(5.16)
『荘子』斉物論篇(7.27/12.19)
『荘子』知北遊篇(3.24)
『荘子』養生主篇(7.18)
『荘子』列御寇篇(9.1)
『曾文正公嘉言鈔』(2.13/4.30)
『孫子』軍争篇(6.2)
『孫子』作戦篇(3.19)
『孫子』謀攻篇(6.2)

【た】

「太子少傅箴」(傅玄)(4.16)
「丹青引」(杜甫)(5.15)
「短歌行」(曹操)(9.30)

【ち】

『朝野僉載』(10.8)
「超然台の記」(蘇軾)(8.6)
「蝶恋花・李淑一に答う」(毛沢東)(11.30)
「枕中記」(沈既済)(7.28)
「陳商に贈る」(李賀)(11.27)

【て】

『庭幃雑録』(7.3)
『伝習録』(11.2)
「伝神記」(蘇軾)(3.5)
「典論論文」(魏の文帝)(5.6)

【と】

「杜少府　任に蜀州に之くを送る」(王勃)(3.15)
『唐詩選』(1.31/5.29)
「桃花源記」(陶淵明)(10.25)
「悼亡三首」(梅堯臣)(8.21)
「陶公の旧宅を訪う」(白居易)(10.26)
「登高」(杜甫)(9.9)
「友に贈る五首」(白居易)(1.26)

【な】

「南陽県君謝氏墓誌銘」(欧陽修)(8.20)

【に】

『日知録』(2.17)

【は】

「破山寺後の禅院」(常建)(5.27)
「売柑者の言」(劉基)(6.22)
「梅雨」(杜甫)(6.19)
「白頭を悲しむ翁に代る」(劉希夷)(3.23/4.11)
「初めて黄州に到る」(蘇軾)(6.30)

【ひ】

「貧交行」(杜甫)(2.11)

【ふ】

「文与可の画く篔簹谷偃竹の記」(蘇軾)(3.4)
『文録』(8.8)

【へ】

「別歳」(蘇軾)(12.30)

【ほ】

「歩出夏門行」(曹操)(1.9)
『抱朴子』外篇・尚博篇(6.28)

【め】

「明堂火珠詩」(崔曙)(12.12)

【む】

『夢渓筆談』(10.15)

【も】

『孟子』公孫丑篇(4.2/4.3/5.14/7.20)
『孟子』尽心篇(2.18/4.15/8.15)
『孟子』滕文公篇(4.3)
『孟子』離婁篇(1.28/2.7/4.2/8.28)
『孟子』梁恵王篇(9.2/9.3/10.21/11.16)
「孟東野を送る序」(韓愈)(10.19)
『文選』(11.22)

【や】

『野客叢書』(11.21)

【ゆ】

「友人を送る」(李白)(12.24)
「幽州台に登る歌」(陳子昂)(3.12)

【よ】

『容斎随筆』(5.30)
「楊仕徳・薛尚謙に与うる書」(王陽明)(10.30)

【ら】

『礼記』学記篇(5.4)
『礼記』月令篇(3.6)
『礼記』曲礼上篇(9.13)
『礼記』檀弓下篇(8.17)
『礼記』表記篇(6.18)
「洛陽牡丹記」(欧陽修)(4.20)
「蘭亭序」(王羲之)(3.3)

【り】

「立春偶成」(張栻)(2.4)
『呂氏春秋』察今篇(12.21)
『呂氏春秋』自知篇(12.6)
『呂氏春秋』尽数篇(10.16)
『呂氏春秋』必己篇(10.6)
『呂氏春秋』本味篇(2.9)
「涼州詞」(王翰)(4.10)
「涼州詞」(王之渙)(4.9)

【れ】

『列子』説符篇(12.5)
『列子』天瑞篇(3.20)
『列子』湯問篇(1.7)

【ろ】

『老子』(1.4/2.19/2.20/5.12/10.25)
「鹿柴」(王維)(11.25)
『論語』為政篇(1.3/4.14/4.17/8.16/11.23)
『論語』学而篇(2.6/2.23/4.13/6.8)
『論語』顔淵篇(1.24/5.3/12.11)
『論語』郷党篇(1.2/6.16)
『論語』憲問篇(2.6)
『論語』公冶長篇(2.24/5.18/11.1/11.5/11.10)
『論語』子罕篇(1.8/2.16/3.11/4.17/4.24/6.15)
『論語』子路篇(2.24/5.1)
『論語』述而篇(1.22/1.27/1.29/3.28/4.21/5.15/6.3/7.21/8.4/8.5/8.13/12.11)
『論語』先進篇(3.28/7.2)
『論語』泰伯篇(9.19/12.31)
『論語』八佾篇(10.20)
『論語』陽貨篇(2.23)
『論語』雍也篇(3.28/5.3/5.7/6.16/9.21/9.28)
『論語』里仁篇(1.21/6.15/9.17/12.3)
『論衡』状留篇(1.20)

【わ】

「予れ事を以て獄に繋がれ……子由に遺る」(蘇軾)(1.11)

語句索引

（太字は表題）

【あ】

飽くを求めて而も営饌を懶る(6.17)
青は藍より出でて藍より青し(9.22)
青は之れを藍より取れども藍より青し(9.22)
悪衣悪食を恥ずる者は　未だ与に議るに足らざる也(6.15)
悪小なるを以て之れを為す勿かれ(8.7)
足を削って履に適す(11.15)
朝に道を聞かば　夕に死すとも可なり(12.3)
羹に懲りて韲を吹く(12.16)
迹を削り勢いを捐てて，功名を為さず(8.27)
新たに沐する者は必ず冠を弾く(11.4)
新たに浴する者は必ず衣を振るう(11.4)
或ものは百歩にて後に止まり，或ものは五十歩にして後に止まる(9.3)
晏平仲は善く人と交わる，久しくして人之れを敬す(11.5)
暗香　浮動　月　黄昏(2.25)

【い】

井の中の蛙，大海を知らず(7.12)
衣食足りて栄辱を知る(4.27)
衣食足りて礼節を知る(4.27)
韋編三絶(7.29)
渭城の朝雨　軽塵を浥し(3.14)
意に会する有る毎に，便ち欣然として食を忘る(5.20)
意を得て言を忘る(8.14)
穀きては則ち室を異にするも，死しては則ち穴を同じくせん(5.10)
遺愛寺の鐘は枕を欹てて聴く(2.2)
家貧しければ則ち良妻を思う(8.19)
憤りを発して食を忘る(8.4)
安くんぞ斯の懐の入る可きを知らんや(11.29)
安くんぞ往くとして楽しまざる(8.6)
焉くんぞ来者の今に如かざるを知らんや(1.8)

是る処　青山　骨を埋む可し(1. 11)
一葦もて之れを杭らん(11. 26)
一飲三百杯なるべし(2. 1)
一字千金(6. 21)
一事を経ざれば一智に長ぜず(4. 18)
一日再びは晨なり難し(1. 14)
一日の計は晨に在り(1. 1)
一日見ざれば　三月の如し(5. 11)
一人　虚を伝うれば，万人　実を伝う(11. 13)
一人　朝に在らば　百人　帯を緩うす(9. 10)
一人にして成るに非ざる也(4. 21)
一年の計は春に在り(1. 1)
一万を怕れず，只だ万一を怕る(2. 14)
一面掃えば一面生ず，故に一書有る毎に三四校するも，猶お脱謬有り(10. 15)
一目十行(7. 29)
一葉落ちて天下の秋を知る(8. 8)
一葉落つるを見て，歳の将に暮れんとするを知る(8. 8)
一葉　目を蔽えば泰山を見ず(10. 18)
一を聞いて以て十を知る(11. 10)
一犬　形に吠え　百犬　声に吠ゆ(11. 13)
一将　功成りて　万骨枯る(7. 31)
一寸の光陰　軽んず可からず(4. 1)
一箪の食　一瓢の飲(6. 16)
一杯一杯　復た一杯(4. 7)
一飯に三たび哺を吐く(9. 30)
一飯の徳にも必ず償い，睚眦の怨みにも必ず報ゆ(12. 9)
一片の孤城　万仞の山(4. 9)
佚を以て労を待つ(6. 2)
古の君子は交わり絶ゆるも悪声を出さず(1. 25)
古を好み敏にして以て之れを求むる者也(1. 29)
今　君の下駟を以て彼の上駟に与え，君の上駟を取りて彼の中駟に与え，君の中駟を取りて彼の下駟に与えよ(6. 4)
今の患うる所は，大臣名を好んで謗りを懼るることなり(6. 13)
今　兵威已に振るい，譬えば竹を破くが如し(7. 10)
未だ嘗て公事に非ざれば，偃の室に至らざる也(9. 28)
未だ嘗て人物を臧否せず(10. 28)
未だ醒めず　池塘春草の夢(4. 1)
未だ生を知らず　焉くんぞ死を知らん(3. 28)
未だ柳絮の風に因って起こるに若かず(2. 3)
苟くも観る可き有れば，皆な楽しむ可き有り(8. 6)

所謂る虎を画いて成らずして反って狗に類する者也(11.17)
殷鑑遠からず(8.12)
殷鑑遠からず，夏后の世に在り(8.12)

【う】

羽翼已に成れり(10.1)
羽翼已に成れり，動かし難し(10.1)
魚を得て荃を忘る(8.14)
兎を得て蹄を忘る(8.14)
疑うらくは是れ　地上の霜かと(10.9)
運用の妙は一心に存す(6.5)
雲物殊ならず郷国異なる(12.22)

【え】

怨毒の　人に於けるや甚だし(5.22)
遠近高低　一も同じきは無し(10.14)
遠水は近火を救わず(11.12)
燕雀安くんぞ鴻鵠の志を知らんや(8.11)

【お】

老いの将に至らんとするを知らざるのみ(8.4)
王必ず士を致さんと欲さば，先ず隗従り始めよ(9.4)
王侯将相　寧くんぞ種有らんや(8.3)
応接に暇あらず(11.8)
大凡そ物は其の平らかなるを得ざれば則ち鳴る(10.19)
多く不義を行えば　必ず自ら斃る(5.13)
治まりて乱るるを忘れず(3.2)
教えて然る後に困しむを知る(5.4)
己達せんと欲して人を達す(5.3)
己の欲せざる所を，人に施す勿かれ(5.3)
各おの其の好む所を以て，反って自ら禍を為す(3.1)
思い邪無し(11.23)
凡そ人の意思は各おの所在有り，或いは眉目に在り，或いは鼻口に在り(3.5)
凡そ物は皆な観る可き有り(8.6)
温故知新(4.14)

【か】

瓜田に履を納れず(9.29)
彼れも一時　此れも一時也(4.3)
河氷結合，一日の寒に非ず(1.20)
臥薪嘗胆(5.21)
苛政無ければなり(8.17)
苛政は虎よりも猛し(8.17)
苛政は虎よりも猛し(8.18)
家書　万金に抵る(3.16)

荷花は好しと雖も　也た緑葉の扶持を要す(4.22)
禍福は糾える纆の如し(1.12)
禍福は己自り之れを求めざる者無し(7.20)
禍福は門を同じくす(7.20)
禍福　門無し　唯だ人の召く所なり(7.20)
歌管　楼台　声　細細(3.21)
贏ち得たり　青楼薄倖の名(10.10)
回や一を聞いて以て十を知る，賜や一を聞いて以て二を知るのみ(11.10)
海内　知己存せば(3.15)
偕老同穴(5.10)
階前の梧葉　既に秋声(4.1)
睚眦の怨みにも必ず報ゆ(12.9)
帰って細君に遺る(8.22)
顧みて他を言う(9.2)
鏡に臨んで紡績を忘る(5.5)
如も美しく且つ賢なるは無し(8.21)
学を修め，古を好み，実事求是なり(3.10)
客舎青青　柳色新たなり(3.14)
風は蕭蕭として　易水寒し(12.23)
悲しい哉　秋の気為るや(9.16)
鼎の軽重，未だ問う可からざる也(10.31)
鼎の軽重を問う(10.31)
必ず鄰り有り(1.21)
必ず先ず成竹を胸中に得(3.4)
上　正しからざれば，下　参差たり(10.7)
甘井は先ず竭く(8.27)
官知止まりて，神欲行わる(7.18)
玩物喪志(6.27)
邯鄲の夢(7.28)
桓魋　其れ予れを如何せん(8.5)
間一髪(11.22)
間　髪を容れず(11.22)
閑時　焼香もせず(7.16)
管鮑の交わり(2.10/10.17)
歓楽極まって哀情多し(11.6)

【き】

木に縁りて魚を求む(11.16)
杞憂(3.20)
奇貨居く可し(6.20)
季良に効いて得ざれば，陥って天下の軽薄子と為る(11.17)
鬼神を敬して之れを遠ざく(3.28)
割りめ正しからざれば，食らわず(6.16)
樹静かならんと欲するも風止まず(1.26)
騎虎の勢い(7.11)
騎獣の勢い，必ず下りるを得ず(7.11)
菊を采る　東籬の下(1.15)

子の手を執り，子と偕に老いん(5. 10)
君なる者は舟なり，庶人なる者は水なり(2. 28)
君に勧む　金屈巵(5. 29)
君に勧む　更に尽くせ一杯の酒(3. 14)
君に憑む　話す莫かれ　封侯の事(7. 31)
君に老と衰を還さん(12. 30)
君の下駟を彼の上駟に与えよ(6. 4)
君は未だ其の父を見ざる耳(10. 4)
君見ずや　黄河の水　天上より来たり(2. 1)
丘の禱るや久し(7. 21)
丘の学を好むに如かざる也(11. 1)
旧時　王謝　堂前の燕(6. 6)
朽木は雕る可からざる也(5. 18)
急来　仏の脚を抱く(7. 16)
窮すれば則ち独り其の身を善くす(2. 18)
窮鳥　懐に入る(11. 29)
羌笛何ぞ須いん　楊柳を怨むを(4. 9)
強弩の末勢　魯縞を穿つ能わず(7. 14)
皎皎として頗る白皙なり(5. 5)
郷音改むる無きも鬢毛衰う(3. 17)
郷異なれば用変ず(11. 14)
興に乗じて行き　興尽きて返る(12. 7)
頰上に三毛を益す(3. 5)
玉石混淆(6. 28)
曲学阿世(7. 30)
曲径　幽処に通ず(5. 27)
曲に誤り有り　周郎顧みる(12. 27)
錐の嚢中に処るが若し(5. 2)
金玉敗絮(6. 22)
錦官城外　柏森森たり(5. 28)

【く】

九たび臂を折りて医と成る(4. 19)
愚公　山を移す(1. 7)
愚公　山を移す(1. 20)
愚者も千慮に必ず一得有り(12. 14)
空山　人を見ず(11. 25)
口恵にして実至らざれば　怨災其の身に及ぶ(6. 18)
口に蜜有り　腹に剣有り(8. 26)
唇亡べば歯寒し(1. 16)
国乱るれば則ち良相を思う(8. 19)
国破れて山河在り(2. 4/3. 16)
首に明珠翡翠の飾り無し(5. 8)
車を停めて坐ろに愛す楓林の晩(11. 11)
君子の交わりは淡きこと水の如し(1. 5)
君子の道に貴ぶ所の者は三(9. 19)
君子は器ならず(4. 17)

君子は其の諾責有らんよりは，寧ろ已怨有れ(6.18)
君子は千万人の諛頌を恃まず　一二の有識の窃笑を畏る(4.30)
君子は多ならんや，多ならざる也(4.17)
君子は人の美を成し　人の悪を成さず(1.24)
君子は未然に防ぎ，嫌疑の間に処らず(9.29)
君子は和して同ぜず(5.1)
君子豹変(3.18)

【け】

毛を吹いて小疵を求む(6.10)
有にも匪けき君子は，切するが如く磋するが如く，琢するが如く磨するが如し(6.8)
兄為り難く　弟為り難し(7.22)
兄弟の讐は兵に反らず(9.13)
形骸の外に放浪す(3.3)
荊を負いて罪を請う(10.29)
渓雲初めて起こって　日　閣に沈み(8.1)
軽妝して楼辺を喜び(5.5)
鶏群の一鶴(10.4)
煙は寒水を籠め月は沙を籠む(9.11)
元方は兄為り難く，季方は弟為り難し(7.22)
阮嗣宗は至慎なり(10.28)
兼聴すれば則ち明らかなり(6.12)
兼聴斉明なれば則ち天下も之れに帰す(6.12)
涓涓に壅がざれば将に江河を成さんとす(12.4)
乾坤一擲(6.26)
捲土重来(1.13)
捲土重来　未だ知る可からず(1.13)
権勢尤たざれば則ち夸者は悲しむ(5.16)
権利尽くれば交わり疏なり(6.25)
権利を以て合う者は，権利尽くれば交わり疏なり(6.25)
賢なる哉　回や，一箪の食，一瓢の飲，陋巷に在り(6.16)

【こ】

子養わんと欲するも親待たず(1.26)
五十歩百歩(9.3)
五十歩を以て百歩を笑わば如何(9.3)
五斗米の為に腰を折る能わず(5.25)
古道　人の行く無く，秋風　禾黍を動かす(9.23)
古来　征戦　幾人か回る(4.10)
此の道　今人棄つること土の如し(2.11)
呉下の阿蒙(1.18)

虎穴に入らずんば虎子を得ず(8.9)
孤舟　一に繋ぐ　故園の心(10.27)
孤豚為らんと欲す(9.1)
是の時に当たり，孤豚為らんと欲すと雖も，豈に得可けんや(9.1)
是れをしも忍ぶ可くんば　孰れをか忍ぶ可からざらん(10.20)
胡蝶の夢(7.27)
胡馬は北風に依り　越鳥は南枝に巣くう(1.10)
請う君　甕に入れ(10.8)
庶くは孝子の心をして，皆な風樹の悲しみ無からしめんことを(1.26)
亢龍　悔い有り(9.24)
公孫子よ，務めて正学を以て言い，曲学を以て世に阿る無かれ(7.30)
功名　誰か復た論ぜん(1.31)
巧言令色　鮮し仁(2.23)
巧言令色　鮮し仁(2.24)
巧新婦も麵無きの餺飥を做り得ず(5.9)
巧婦も無米の炊を為し難し(5.9)
交遊の讐は国を同じくせず(9.13)
光陰箭の如し(3.24)
江湖に落魄して酒を載せて行く(10.10)
江東の子弟　才俊多し(1.13)
江を隔てて猶お唱う後庭花(9.11)
後生　畏る可し(1.8)
後生　畏る可し(9.22)
狡兎死して良狗烹らる(5.23)
皇帝為るの貴きを知る也(7.5)
香山の楼北　暢師の房(7.23)
香炉峰の雪は簾を撥げて看る(2.2)
剛毅木訥　仁に近し(2.24)
校書は塵を掃うが如し(10.15)
黄河　海に入りて流る(7.24)
黄河遠く上る白雲の間(4.9)
猴子　大王と称す(9.12)
項王の天下を奪う者は必ず沛公ならん(2.29)
頭を挙げて山月を望み，頭を低れて故郷を思う(10.9)
国士無双(5.30/12.14)
穀雨は霜を断つ(4.6)
心遠ければ地自ずから偏なり(1.15)
神を以て遇い　目を以て視ず(7.18)
国家の不幸は詩家の幸い(12.2)
忽として遠行の客の如し(3.25)
事異なれば礼易る(11.14)
事は易きに在り，而るに諸れを難きに求む(2.7)
尽く書を信ずれば　則ち書無きに如かず(4.15)

之れと言う毎に言は皆な玄遠にして，未だ嘗て人物を臧否せず(10.28)
之れを沽らん哉，之れを沽らん哉(4.24)
之れを毫釐に失すれば　差うに千里を以てす(9.25)
之れを知るを知ると為し，知らざるを知らずと為す，是れ知る也(8.16)
衣は新たなるに若くは莫し(11.5)
今年花落ちて顔色改まり(4.11)

【さ】

去れ去れ　回顧する勿かれ，君に老と衰を還さん(12.30)
左右を顧みて他を言う(9.2)
磋切の至言を以て騃拙と為し，虚華の小弁を以て妍巧と為す(6.28)
崔杼　荘公を弑す(2.27)
歳月　人を待たず(1.14)
歳歳年年　人同じからず(3.23)
酒は量無し，乱に及ばず(1.2)
酒を釃いで江に臨み，槊を横たえて詩を賦す(8.10)
三軍も帥を奪う可き也(2.16)
三顧の礼(1.6)
三人行めば必ず我が師有り(1.22)
三人　市虎を成す(3.8)
三人　虎を成す(3.8)
三年蜚ばず鳴かず(10.2)
三年蜚ばず鳴かず(10.31)
三年蜚ばず，蜚べば将に天を冲かんとす(10.2)
三年鳴かず，鳴けば将に人を驚かさんとす(10.2)
三分の白　一段の香(2.26)
山陰道上従り行けば，山川自ずから相い映発し(11.8)
山雨来たらんと欲して　風　楼に満つ(8.1)
山上に老虎無し，猴子　大王と称す(9.12)
山中の賊を破るは易く　心中の賊を破るは難し(10.30)

【し】

士は己を知る者の為に死す(1.23)
士は以て弘毅ならざる可からず(12.31)
士　道に志して，而も悪衣悪食を恥ずる者は(6.15)
子孫の聞こゆる無しと雖も，族氏猶お未だ遷らず(10.26)
子は怪力乱神を語らず(3.28)
司馬昭の心は路ゆく人も知る所也(9.14)
四境の内　治まらざれば，則ち之れを如何せん(9.2)
四面楚歌(2.29)
如かざる也，吾れと女と如かざる

也(11.10)
死して後已む，亦た遠からずや(12.31)
死せる諸葛　生ける仲達を走らす(9.20)
児童相い見るも相い識らず(3.17)
志士は日の短きを惜しむ(1.30)
知らざるを知らずと為す(8.16)
知らず　明鏡の裏，何れの処より秋霜を得たる(10.13)
師や過ぎたり，商や及ばず(7.2)
詩三百，一言以て之れを蔽えば，曰く，思い邪無し(11.23)
賜や始めて与に詩を言う可きのみ(6.8)
而るに諸れを遠きに求む(2.7)
鹿を指して馬と為す(2.22)
然らば則ち師愈れるか(7.2)
十室の邑にも必ず忠信有り(11.1)
十室の邑にも必ず忠信　丘の如き者有らん(11.1)
実事求是(3.10)
室に塗金刺繍の具無し(5.8)
疾風に勁草を知る(3.13)
質，文に勝てば則ち野，文，質に勝てば則ち史，文質彬彬として，然る後に君子(5.7)
且く一日の歓を為し，此の窮年の悲しみを慰む(12.30)
霜を履むは陰始めて凝る也，其の道を馴致して堅氷に至る也(10.24)
霜を履んで堅氷至る(10.24)
借問す　酒家何れの処にか有る(4.5)
朱雀橋辺　野草の花　烏衣巷口夕陽斜めなり(6.6)
朱に近づけば必ず赤し(4.16)
朱門には酒肉臭きに，路には凍死の骨有り(12.25)
株を守って兎を待つ(12.21)
酒債　尋常　行く処に有り(9.18)
豎子　与に謀るに足らず(2.29)
十年一たび覚む　揚州の夢(10.10)
収穫を問う莫かれ　但だ耕耘を問え(2.13)
収穫を問う莫かれ(4.30)
周公吐哺(9.30)
周の粟を食まず(11.28)
周の徳衰えたりと雖も，天命未だ改まらず(10.31)
周の夢に胡蝶と為れるか，胡蝶の夢に周と為れるかを知らず(7.27)
柔弱は剛強に勝つ(2.19)
柔　能く剛を制す(2.19)
秋風　禾黍を動かす(9.23)
終始一の如し(1.1)
衆口　金を鑠かす(3.8)
愁人は夜の長きを知る(1.30)
獣兎を追殺する者は狗也(5.31)

鞦韆　院落　夜　沈沈(3.21)
出藍の誉れ(9.22)
春光度らず　玉門関(4.9)
春宵　一刻　値　千金(3.21)
春風　暖を送って　屠蘇に入る(1.2)
春眠　暁を覚えず(3.22)
処処　啼鳥を聞く(3.22)
書を読むことを好めども，甚だしくは解するを求めず(5.20)
曙後　一星孤なり(12.12)
上邪(7.25)
上梁正しからざれば下梁歪む(10.7)
小国寡民(10.25)
小人の交わりは甘きこと醴の如し(1.5)
小人は是れに反す(1.24)
小人は同じて和せず(5.1)
小を以て大に事うる者は天を畏るる者也(10.21)
少小郷を離れ　老大にして回る(3.17)
少壮幾時ぞ　老いを奈何せん(11.6)
少年老い易く　学成り難し(4.1)
丞相の祠堂　何処にか尋ねん(5.28)
松柏の質(3.11)
牀前　月光を看る(10.9)
城門　失火，殃　池魚に及ぶ(10.6)
将　軍に在れば君命も受けざる所有り(11.19)
将を射んと欲すれば先ず馬を射よ(10.5)
商女は知らず　亡国の恨み(9.11)
情人の眼裏　西施有り(7.26)
情人の眼裏　西施を出だす(7.26)
勝敗は兵家の常なり(3.9)
勝敗は兵家も事期せず(1.13)
蕭瑟として草木揺落して変衰す(9.16)
蜀犬　日に吠ゆ(7.12)
蜀犬　日に吠ゆ(6.19/7.13)
城春にして草木深し(2.4/3.16)
人間到る処青山有り(1.11)
人間の婦を見尽くしたれど(8.21)
人間　万事　塞翁が馬(1.12)
人心の同じからざるは，其の面の如し(3.26)
人心は面の如し(3.26)
人生　意気に感ず(1.31)
人生七十　古来稀なり(9.18)
人生　別離足し(5.29)
人面　高低を逐う(12.10)
仁　遠からんや，我れ仁を欲すれば，斯に仁至る(12.11)
仁以て己が任と為す，亦た重からずや(12.31)
仁を為すは己に由る，而うして人に由らんや(12.11)

仁を欲すれば　斯に仁至る(12.11)
臣は禄とは議を異にし，未だ同日に語る可からず(9.15)
陣して後に戦うは兵法の常なり(6.5)
真偽顚倒，玉石混淆なり(6.28)

【す】

過ぎたるは猶お及ばざるがごとし(7.2)
水魚の交わり(1.6)
水村　山郭　酒旗の風(4.4)
吹毛の求(6.10)
酔翁の意は酒に在らず(5.26)
酔翁の意は酒に在らず．山水の間に在る也(5.26)
既に生え既に育しよくなれば，予れを毒に比す(10.23)
既に隴を得て復た蜀を望む(11.20)
乃ち敢えて君と絶たん(7.25)
須らく梅は雪に三分の白を遜るべく(2.26)

【せ】

世情　冷暖を看る(12.10)
是是非非(6.14)
是非は只だ多く口を開く為なり(7.1)
是を是とし非を非とす(6.14)
是を是とし非を非とす，之れを知と謂う(6.14)
是を非とし非を是とす，之れを愚と謂う(6.14)
成算　胸に在り(3.4)
成竹　胸中に在り(3.4)
西湖を把って西子に比せんと欲すれば(2.5)
征徭を避くるに計無かるべし(8.18)
青帝をして長く主為らしむ(4.12)
星火燎原(9.6)
星星の火　以て原を燎く可し(9.6)
清明の時節　雨紛紛(4.5)
清明は雪を断つ(4.6)
盛年重ねては来たらず(1.14)
精衛　微木を銜む(5.19)
精金たる所以は足色に在り(11.2)
精金たる所以は足色に在りて分両に在らず(11.2)
積財千万　薄伎の身に在るに如かず(5.17)
籍は又た能く青白眼を為し，礼俗の士を見れば，白眼を以て之れに対す(8.25)
切磋琢磨(6.8)
千金散じ尽くさば　還た復た来たらん(2.1)
千丈の堤も螻蟻の穴以り潰ゆ(9.5)

千丈の堤も螻蟻の穴以り潰ゆ (9.25/12.4)
千人の諾諾は一士の諤諤に如かず (4.29)
千万人と雖も吾れ行かん(4.2)
千里鶯啼いて緑紅に映ず(4.4)
千里の馬は常に有るも，而るに伯楽は常には有らず(6.7)
千里の行は足下に始まる(1.4)
千里の行は足下に始まる(12.4)
千里の目を窮めんと欲し，更に上る一層の楼(7.24)
千慮の一失(12.14)
先鞭(9.26)
阡陌交通し　鶏犬相い聞こゆ (10.25)
善小なるを以て為さざる勿かれ (8.7)
禅房　花木深し(5.27)
銭財積えざれば則ち貪者憂う (5.16)

【そ】

夫れ賢士の世に処るや，譬えば錐の嚢中に処るが若く，其の末立ちどころに見る(5.2)
夫れ仁者は己立たんと欲して人を立て(5.3)
夫れ籌策を帷帳の中に運らし，勝ちを千里の外に決するは，吾れ子房に如かず(7.4)
夫れ天地は万物の逆旅にして，光陰は百代の過客なり(4.8)
夫れ養う所以にして養う所を害するは，譬えば猶お足を削って履に適し，頭を殺いで冠に便ずるがごとし(11.15)
其の知らざる所に至っては，老馬と蟻とを師とするを難からず (7.19)
其の外を金玉とし，其の内を敗絮とす(6.22)
其の櫝を買いて其の珠を還す (12.15)
其の人と為りや，憤りを発して食を忘れ，楽しんで以て憂いを忘れ(8.4)
其の善からざる者は之れを改む (1.22)
其の善き者を択んで之れに従う (1.22)
疎影　横斜　水　清浅(2.25)
楚王　細腰を好む(2.21)
楚の荘王　細腰を好み，故に朝に餓人有り(2.21)
楚腰繊細　掌中に軽し(10.10)
壮士一たび去って　復た還らず (12.23)
倉廩実ちて礼節を知り(4.27)
曹公を破らんと欲すれば，宜しく火攻めを用うべし(12.26)
創業は易く守成は難し(6.23)

僧中に此の身を老いしめん(8. 23)
漱石枕流(12. 17)
霜葉は二月の花よりも紅なり
(11. 11)
叢菊　両び開く　他日の涙
(10. 27)
俗に陸沈み，世を金馬門に避く
(7. 7)
抑そも吾が妻の助也(8. 20)
存して亡ぶるを忘れず(3. 2)

【た】

多岐亡羊(12. 5)
多言は敗多し(6. 18)
多少の工夫　織りて成すを得ん
(3. 30)
多少の楼台　烟雨の中(4. 4)
多多益ます弁ず(7. 1)
但だ人語の響くを聞く(11. 25)
大雅　久しく作らず(10. 22)
大人　豈に覆巣の下に復た完卵有るを見んや(12. 28)
大道は多岐を以て羊を亡がし，学ぶ者は多方を以て生を喪う
(12. 5)
大智は愚の如し(2. 20)
大直は屈するが若く，大巧は拙なるが若く，大弁は訥なるが若し
(2. 20)
大勇は怯の若し(2. 20)
大を以て小に事うる者は天を楽しむ者也(10. 21)
泰山は土壌を譲らず　故に能く其の大を成す(1. 17)
差うに毫釐を以てすれば，謬るに千里を以てす(9. 25)
薪尽きずんば則ち火止まじ
(11. 18)
薪を抱きて火を救う(11. 18)
沢国　江山　戦図に入り　生民何の計もて　樵蘇を楽しまん
(7. 31)
卓卓として野鶴の鶏群に在るが如し(10. 4)
達すれば則ち兼ねて天下を善くす
(2. 18)
任い是れ深山　更に深き処なるも，也た応に征徭を避くるに計無かるべし(8. 18)
誰か河を広しと謂うや(11. 26)
誰か君王に勧めて馬首を回し，真成一擲　乾坤を賭す(6. 26)
丹青　知らず老いの将に至らんとするを(5. 15)
淡粧濃抹　総べて相い宜し(2. 5)
断金の交わり(10. 17)
湛湛と長江去り，冥冥と細雨来たる(6. 19)
暖を欲して而も衣を裁つを惰る
(6. 17)
澹台滅明なる者有り(9. 28)

【ち】

地を以て秦に事うるは，譬えば猶お薪を抱きて火を救うがごとき也(11.18)
知行合一(10.30)
知者は動き，仁者は静かなり(9.21)
知者は楽しみ　仁者は寿し(9.21)
知者は創り，能者は焉を述ぶ(4.21)
知者は水を楽しみ，仁者は山を楽しむ(9.21)
知心は一個すら也た求め難し(6.24)
智者も千慮に必ず一失有り(12.14)
智の目の如きを憂うる也，能く百歩の外を見るも，自ら其の睫を見る能わず(4.23)
近きを以て遠きを待ち，佚を以て労を待ち，飽を以て飢を待つ(6.2)
父の讐は与に共に天を戴かず(9.13)
蟄虫　始めて振く(3.6)
中心　違むこと有り(10.23)
忠臣は国を去るも其の名を絜くせず(1.25)
籌策を帷帳の中に運らす(7.4)
長安に男児有り(11.27)
長鋏よ帰来らんか(10.11)
長鋏よ帰来らんか，出づるに輿無し(10.11)
長鋏よ帰来らんか，食に魚無し(10.11)
張公酒を喫み　李公酔う(12.18)
朝三暮四(12.19)
直木は先ず伐らる(8.27)
枕石漱流(12.17)

【つ】

月は何年　樹を照らし，花は幾遍人に逢わん(8.23)
慎んで好きことを為す勿かれ(9.8)
常に恐る　祖生の吾れに先んじて鞭を著くるを(9.26)

【て】

手を覆せば雨(2.11)
手を翻せば雲と作る(2.11)
手を揮って　茲自り去れば，蕭蕭として班馬鳴く(12.24)
鄭声の雅楽を乱るを悪む也(2.23)
天下の憂いに先だちて憂い　天下の楽しみに後れて楽しむ(4.28)
天下の興亡は匹夫も責め有り(2.17)
天下の生ずるや久しきも一治一乱たり(4.3)
天下を保つ者は匹夫の賤も与って

責め有るのみ(2.17)
天涯　比隣の若し(3.15)
天知る，神知る，我れ知る，子知る．何ぞ知る無しと謂わんや(12.29)
天知る　地知る(12.29)
天時人事　日びに相い催す(12.22)
天地の悠然たるを念い，独り愴然と涕下る(3.12)
天道　是か非か(11.28)
天　徳を予れに生せり(8.5)
天に不測の風雲有り(8.30)
天の与うるに取ら弗れば　反って其の咎を受く(12.13)
天の時は地の利に如かず，地の利は人の和に如かず(5.14)
天の我が材を生ず　必ず用有り(2.1)
天若し情有らば　天も亦た老いん(3.27)
天網恢恢　疎にして失わず(5.12)
天を怨まず，人を尤めず(2.6)

【と】

斗酒もて相い娯楽し，聊か厚しとし薄しと為さず(3.25)
飛んで尋常百姓の家に入る(6.6)
冬至　陽生じ　春又た来たる(12.22)
同日に語る可からず(9.15)
同年にして語る可からず(9.15)
当局者は迷，傍観者は清(7.17)
当局者は迷い　傍観者は審らかなり(7.17)
東海を蹈んで死す有る耳(9.7)
東隅に失い　桑楡に収う(3.9)
東風　西風を圧倒す(12.1)
東風　凍を解き，蟄虫　始めて振き，魚　氷に上り，獺　魚を祭り，鴻雁　来たる(3.6)
桃李言わざれど　下　自ずと蹊を成す(2.8)
陶を姓とする人に逢う毎に，我れをして心依然たらしむ(10.26)
等閑に識り得たり　東風の面(3.31)
螳螂　蟬を捕らう(8.31)
螳螂　蟬を捕らえ，黄雀　後ろに在り(8.31)
遠く寒山に上れば石径斜めなり(11.11)
時に及んで当に勉励すべし(1.14)
徳に在りて険に在らず(7.6)
徳は孤ならず(1.21)
歳寒くして　然る後に松柏の彫むに後るることを知る也(3.11)
朋有り遠方より来たる，亦た楽しからずや(4.13)
虎を画いて狗に類す(11.17)
鳥の阜に在る有り，三年蜚ばず鳴かず，是れ何の鳥なるや(10.2)

鳥の将に死なんとするや，其の鳴くこと哀し(9.19)
鳥は則ち木を択ぶ(4.25)

【な】

名を好めば則ち多く私恩を樹て，誇りを懼るれば則ち法を執ること堅からず(6.13)
名を好んで誇りを懼る(6.13)
成るも蕭何　敗るも蕭何(5.30)
成るも蕭何　敗るも蕭何(12.14)
泣いて馬謖を斬る(7.9)
習い易くして貴ぶ可き者は読書に過ぐる無き也(5.17)
何ぞ仁ならんや(8.22)
何ぞ能く千里に一曲せざらんや(6.9)
南京　犀浦の道，四月　黄梅熟す(6.19)
南朝　四百八十寺(4.4)
女と回と孰れか愈れる(11.10)
女奚ぞ曰わざる(8.4)
女は人を得たりや(9.28)

【に】

二人心を同じうすれば，其の利きこと金を断つ(10.17)
肉袒負荊(10.29)
西のかた陽関を出づれば故人無からん(3.14)
任重くして道遠し(12.31)

【ね】

願わくは青帝をして長く主為らしめ(4.12)
熱羹に懲りて齏を吹くに，何ぞ此の志を変えざる(12.16)
年年歳歳　花相い似たり(3.23)

【の】

述べて作らず，信じて古を好む(4.21)
飲まんと欲すれば　琵琶　馬上に催す(4.10)

【は】

二十にして　心已に朽ちたり(11.27)
破竹の勢い(7.10)
恥ずること無きを之れ恥ずれば，恥ずること無からん(8.15)
馬氏の五常　白眉最も良し(7.8)
背水の陣(12.14)
敗軍の将は以て勇を言う可からず(12.14)
敗に因りて功を為す(12.8)
虞らざるの誉れ有り(8.28)
白雲生ずる処　人家有り(11.11)
白眼を以て之れに対す(8.25)
白駒の郤を過ぐるが若し(3.24)
白日　山に依って尽き，黄河　海に入りて流る(7.24)

白馬　隙を過ぐ(3.24)
白髪三千丈(10.13)
白髪三千丈，愁いに縁りて箇の似く長し(10.13)
白眉(7.8)
伯牙絶絃(2.9)
爆竹の声中　一歳除す(1.2)
恥の人に於けるや大し(8.15)
羞を包み恥を忍ぶは是れ男児(1.13)
発蹤して獣処を指示する者は人也(5.31)
花落つること知んぬ多少ぞ(3.22)
花に清香有り　月に陰有り(3.21)
花に百日の紅無し(8.24)
花は幾遍　人に逢わん(8.23)
花発けば風雨多く(5.29)
甚だしくは解するを求めず(5.20)
甚だしいかな，吾が衰えたるや(8.13)
春　人間に到らば草木知る(2.4)
万言万中　一黙に如かず(7.3)
万事倶に備われど　只だ東風を欠くのみ(12.26)
万紫千紅　総て是れ春(3.31)
万里　悲秋　常に客と作り(9.9)

【ひ】

火の原を燎くが若し(9.6)
火を失して水を海水より取れば，海水は多しと雖も火は滅せず(11.12)
卑人は以て主と為す可からず(5.18)
美なる哉乎，山河の固め，此れ魏国の宝也(7.6)
罷馬は鞭箠を畏れず(4.26)
罷民は刑法を畏れず(4.26)
久しいかな，吾れ復た夢に周公を見ず(8.13)
匹夫も志を奪う可からず(2.16)
匹夫も志を奪う可からず(2.17)
一つには則ち以て喜び，一つには則ち以て懼る(9.17)
人知らずして慍らず，亦た君子ならずや(4.13)
人　天地の間に生まるるは，白駒の郤を過ぐるが若く，忽然たるのみ(3.24)
人　天地の間に生まれ(3.25)
人に誨えて倦まず(1.27)
人に千日の好み無し(8.24)
人に旦夕の禍福有り(8.30)
人の患いは好んで人の師と為るに在り(1.28)
人の老いるを怕れず，只だ心の老いるを怕る(2.14)
人の己を知らざるを患えず　人を知らざるを患うる也(2.6)
人の之れを聞きて己のものを奪うを恐れ，遽てて其の耳を掩う(12.6)

人の生は命を天に受くるか，将た命を戸に受くるか(10.12)
人の其の言を易くするは責め無きのみ(8.28)
人の将に死なんとするや　其の言や善し(9.19)
人は生まれながらにして之れを知る者に非ず(1.29)
人は群を以て分かる(6.11)
人は足るを知らざることに苦しむ(11.20)
人は為さざる有り，而る後に以て為す有る可し(4.2)
人は故きに若くは莫し(11.5)
人は皆な以て堯舜為る可し(11.2)
人は以て恥ずること無かる可からず(8.15)
人を射ば先ず馬を射よ(10.5)
人を射ば先ず馬を射よ，敵を擒にせば先ず王を擒にせよ(10.5)
人を疑わば用うる莫かれ(11.7)
人をして応接に暇あらざらしむ(11.8)
人を用うれば疑う莫かれ(11.7)
人を玩べば徳を喪い，物を玩べば志を喪う(6.27)
百尺の室も突隙の熛以り焚かる(9.5)
百戦して殆からず(6.2)
百年　多病　独り台に登る(9.9)
百聞は一見に如かず(11.24)
百里を行く者は九十を半とす(3.7)
氷炭相い愛す(2.12)
氷炭相い容れず(2.12)
氷炭は器を同じくして久しからず(2.12)
氷凍三尺　一日の寒に非ず(1.20)
豹は死して皮を留む　人は死して名を留む(2.15)

【ふ】

不倶戴天(9.13)
不尽の長江　滾滾と来たる(9.9)
父母の年は知らざる可からず(9.17)
浮雲　遊子の意(12.24)
浮生は夢の若し(4.8)
葡萄の美酒　夜光の杯(4.10)
腐木は以て柱と為す可からず(5.18)
賦して滄桑に到れば　句便ち工なり(12.2)
風樹の嘆(1.26)
風声鶴唳(1.19)
富貴　我れに於いて浮雲の如し(5.15)
覆水収め難し(11.21)
覆水　盆に返らず(11.21)
覆巣の下に完卵無し(12.28)
両つながら成る能わず(8.29)
舟に刻して剣を求む(12.21)

故きを温ねて新しきを知る，以て師と為る可し(4.14)
文質彬彬(5.7)
文章は経国の大業にして不朽の盛事なり(5.6)
文人相い軽んず(5.6)
文人相い軽んずるは，古自りして然り(5.6)
刎頸の交わり(10.17/10.29)
紛紛として翠苔に落としむる莫かれ(4.12)
憤せずんば啓せず，悱せずんば発せず(1.27)

【へ】

平生　口の為に忙なり(6.30)
兵は死地也(6.1)
兵は死地也，而るに括は易く之れを言う(6.1)
兵は神速を尊ぶ(3.19)
兵は拙速なるを聞くも，未だ巧久なるを睹ざる也(3.19)
兵は拙速を尊ぶ(3.19)
兵は險かに度り難し(11.24)
返景　深林に入り，復た青苔の上を照らす(11.25)
返照　閭巷に入り，憂い来たるも誰と共にか語らん(9.23)
偏信すれば則ち暗し(6.12)

【ほ】

牡丹花下に死し鬼と做るも也た風流(4.20)
牡丹花下に死す(4.20)
牡丹は好しと雖も，還た緑葉の扶持を須つ(4.22)
望蜀(11.20)
烽火　三月に連なり(3.16)
蓬も麻中に生ずれば扶けずして直なり(4.16)
暴虎馮河(6.3)
暴虎馮河，死して悔い無き者は，吾れ与にせざる也(6.3)
牧童　遥かに指さす杏花村(4.5)
墨に近づけば必ず黒し(4.16)
槊を横たえて詩を賦す(8.10)
煩悩は皆な強いて頭を出だすに因る(7.1)

【ま】

亦た陛下の網目の疎ならざるに由る(5.12)
先ず隗従り始めよ(9.4)
復た呉下の阿蒙に非ず(1.18)
前に古人を見ず　後に来者を見ず(3.12)
固に一世の雄也(8.10)
将に以て滄海を塡めんとす(5.19)
全きを求むるの毀り有り(8.28)
学びて然る後に足らざるを知る

(5.4)
学んで思わざれば則ち罔し　思うて学ばざれば則ち殆うし(1.3)
学んで時に之れを習う　亦た説ばしからずや(4.13)
万両の黄金は容に得易かるべくも(6.24)
満酌　辞するを須いず(5.29)

【み】

三たび肱を折り知して良医と為る(4.19)
皆な楽しむ可き有り(8.6)
右手に円を画き，左手に方を画かば(8.29)
水至って清ければ魚無し(9.27)
水清ければ魚棲まず(9.27)
水清ければ大魚無し(9.27)
水は則ち舟を覆す(2.28)
水は則ち舟を載す(2.28)
自ら反りみて縮くんば(4.2)
自ら其の睫を見る能わず(4.23)
自ら笑う　平生　口の為に忙なるを(6.30)
路には凍死の骨有り(12.25)
路の遠きを怕れず　只だ志の短きを怕る(2.14)
道は邇きに在り(2.7)
道を得る者は助け多し(5.14)
道を失う者は助け寡し(5.14)
道を行くこと遅遅たるは，中心違むこと有ればなり(10.23)
耳に満つ潺湲　面に満つ涼(7.23)
耳を掩いて鐘を盗む(12.6)
明朝　意有らば　琴を抱いて来たれ(4.7)
明年花開くも誰か在る(4.11)

【む】

無価の宝を求むるは易く，有心の郎を得るは難し(6.24)
無辺の落木　蕭蕭と下る(9.9)
昔者　荘周　夢に胡蝶と為る(7.27)
寧ろ鶏口と為るも牛後と為る無かれ(8.2)
鞭を著く(9.26)
鞭を著くるは先に在り(9.26)
紫の朱を奪うを悪む也(2.23)

【め】

名山に蔵す(3.29)
命を戸に受くるか(10.12)
冥冥と細雨来たる(6.19)

【も】

黙して之れを識し，学んで厭わず(1.27)
物極まれば則ち衰う(7.15)
物は各おの其の類に従う也(6.11)
物は平らかならざれば則ち鳴る(10.19)

物は類を以て聚まる(6.11)

【や】

已むを得ざる者有って后に言う(10.19)
夜来　双月満つ(12.12)
夜来　風雨の声(3.22)
箭は弦上に在れば　発せざるを得ず(10.3)
安くして危うきを忘れず(3.2)
敝れたる温袍を衣，狐貉を衣る者と立ちて，而も恥じざる者は其れ由なるか(6.15)
山に陵無く，江水竭くるを為し，冬に雷震震と，夏に雪雨り，天地合すれば(7.25)

【ゆ】

行くに径に由らず(9.28)
由，女に之れを知ることを誨えんか(8.16)
由や勇を好むこと我れに過ぎたり(2.24)
悠然と南山を見る(1.15)
雪は却って梅に一段の香を輸すべし(2.26)
行ゆく落花に逢うて長歎息す(4.11)
弓を挽かば当に強きを挽くべし，箭を用いば当に長きを用うべし(10.5)

【よ】

世に伯楽有り　然る後に千里の馬有り(6.7)
世を金馬門に避く(7.7)
好きことすら尚お為す可からず，其れ況んや悪しきことをや(9.8)
酔うて沙場に臥するを君笑うこと莫かれ(4.10)
善く游ぐ者は溺る(3.1)
善く騎る者は堕つ(3.1)
揺落は秋の気為り，淒涼として怨情多し(9.16)
雍歯　尚お侯と為る(11.9)
漸く佳境に入る(12.20)
横に看れば嶺を成し　側には峰を成す(10.14)
夜　秦淮に泊して酒家に近し(9.11)
夜深け　起ちて闌干に凭りて立てば(7.23)

【ら】

洛花は穀雨を以て開く候と為す(4.20)
洛陽　之れが為に紙貴し(11.3)
洛陽三月　花は錦の如し(3.30)
洛陽城東　桃李の花(3.23)
洛陽の女児　顔色好し(4.11)
落日　故人の情(12.24)

【り】

利口の邦家を覆す者を悪む(2.23)
李下に冠を正さず(9.29)
流水腐らず(10.16)
流水の腐らず，戸枢の螻せざるは，動けば也(10.16)
龍疲れ虎困しみて　川原を割き　億万の蒼生　性命存す(6.26)
両豆　耳を塞げば雷霆を聞かず(10.18)
両人対酌すれば　山花開く(4.7)
良禽は木を択ぶ(4.25)
遼東の豕(7.13)

【れ】

烈士は暮年になるも，壮心已まず(1.9)

【ろ】

路上の行人　魂を断たんと欲す(4.5)
廬山の真面目(10.14)
廬山の真面目を識らざるは，只だ身の此の山中に在るに縁る(10.14)
老驥は櫪に伏すも　志は千里に在り(1.9)
老馬の智　用う可し(7.19)
老来　事業　転た荒唐なり(6.30)
六月　灘声　猛雨の如し(7.23)

【わ】

吾が家に嬌女有り(5.5)
吾が舌を視よ(6.29)
吾が舌を視よ，尚お在りや不や(6.29)
吾れ未だ駕を税く所を知らざる也(7.15)
吾れ衰えなば竟に誰か陳べん(10.22)
吾れ迺ち今日　皇帝為るの貴きを知る也(7.5)
吾れ万里の長江の若し(6.9)
吾れ復た夢に周公を見ず(8.13)
吾れ少くして賤し，故に鄙事に多能なり(4.17)
吾れをして富貴貧賤を以て其の心を累さざらしむるは(8.20)
我が心は石に匪ず(5.24)
我が心は石に匪ねば，転ばす可からざる也(5.24)
我が心は席に匪ねば，巻く可からざる也(5.24)
我が属患い無し(11.9)
我れ君と相い知り，長えに絶え衰うること無からしめんと欲す(7.25)
我れ五斗米の為に腰を折り郷里の小人に向かう能わず(5.25)
我れに於いて何か有らんや(1.27)
我れは一沐に三たび髪を捉り，一

飯に三たび哺を吐き，起ちて以て士を待つ(9.30)
我れは生まれながらにして之れを知る者に非ず(1.29)
我れは賈を待つ者也(4.24)
我れは賈を待つ者也(4.25)
我れは驕き楊を失い　君は柳を失う(11.30)
我れは驕き楊を失う(11.30)
我れ酔うて眠らんと欲す　卿且らく去れ(4.7)
我れを生む者は父母　我れを知る者は鮑子也(2.10)
我れをして心依然たらしむ(10.26)
殃　池魚に及ぶ(10.6)
禍を転じて福と為す(12.8)
笑って問う　客は何処より来たるかと(3.17)
孤の孔明有るは猶お魚の水有るがごとし(1.6)

年　表

		年　号	事件と人物(没年)	関連事項・人物
殷		前 1600?	殷の湯王即位	
西周		前 1100?	周の武王即位	太公望呂尚，周公旦，伯夷，叔斉
東周	春秋	前 770	周王朝が洛邑に遷都	
		前 701	鄭の荘公(前 757〜)	
		前 645	管仲	鮑叔
		前 643	斉の桓公	隰朋
		前 591	楚の荘王	
		前 500	晏嬰	崔杼，董狐
		前 496	呉王闔閭	孫武
		前 484	伍子胥	
			老子(生没年不明)	『老子』
		前 479	孔子(前 551〜)	『論語』 子路，顔回，子貢，子張，子夏，曾子，子游
		前 473	呉王夫差	西施
		前 465	越王句践	范蠡，大夫種
		前 425	趙襄子	豫譲
	戦国	前 403	韓・魏・趙，諸侯に列す	
		前 381	呉起	魏の武侯
		前 341	馬陵の戦で孫臏が龐涓を破る	田忌
		前 338	商鞅(前 390?〜)	
		前 317	蘇秦	
		前 309	張儀	
		前 295	趙の武霊王	
		前 294	孟嘗君，魏に出奔	馮驩
		前 289	孟子(前 372?〜)	『孟子』

		年　号	事件と人物(没年)	関連事項・人物
			列子(生没年不明)	『列子』
		前　286	荘子(前 369?〜)	『荘子』
		前　284	楽毅，斉を破る	
		前　279	燕の昭王	郭隗
		前　279	藺相如と廉頗，刎頸の交わりを結ぶ	
		前　278?	屈原(前 340?〜)	宋玉
		前　260	長平の戦	趙奢，趙括
		前　256	秦，周を滅ぼす	
		前　255	范雎	
		前　251	平原君	毛遂，魯仲連
		前　238	荀子(前 313?〜)	『荀子』
		前　235	呂不韋	『呂氏春秋』
		前　233	韓非子(前 280?〜)	『韓非子』
		前　227	荆軻	
秦		前　221	始皇帝(前 259〜前 210)が天下を統一	
		前　208	李斯	
		前　208	陳勝	
		前　207	胡亥(二世皇帝)	趙高
		前　202	垓下の戦で項羽敗死(前 232〜)	范増
前漢		前　202	劉邦(前 256 または前 247〜前 195)即位(高祖)	呂后，戚夫人，叔孫通，雍歯
		前　196	韓信	広武君，蒯通
		前　193	蕭何	
		前　185	張良	
		前　169	賈誼(前 201〜)	
		前　154	呉楚七国の乱	呉王濞

		年　号	事件と人物(没年)	関連事項・人物
		前 141	武帝(前 157〜前 87)即位	
		前 140	枚乗	
		前 122	劉安(淮南王)	『淮南子』
		前 121	公孫弘(前 201〜)	轅固生
		前 119	李広	
		前 93	東方朔(前 154〜)	
		前 86	司馬遷(前 145?〜)	『史記』
		前 80	桑弘羊(前 152〜)	桓寛『塩鉄論』
		前 52	趙充国(前 137〜)	
		前 1	趙飛燕	
			息夫躬(生没年不明)	
新		8	王莽(前 45〜23)即位	
後漢		25	光武帝(前 6〜57)即位	王覇
		34	馮異	
		49	馬援(前 14〜)	杜季良
		92	班固(32〜)	『漢書』
		97	王充(27〜)	『論衡』
		103	班超(33〜)	任尚
		124	楊震	
		163	王符(85?〜)	『潜夫論』
		184	黄巾の乱	
		187	陳寔(104〜)	陳紀，陳諶
		200	官渡の戦で曹操が袁紹を破る	
		208	赤壁の戦で周瑜が曹操を破る	
		210	周瑜(175〜)	孫策，魯粛，呂蒙
			邴原(生没年不明)	劉政
		220	曹操(155〜)	孔融，陳琳

		年　号	事件と人物(没年)	関連事項・人物
三国	魏	220	曹丕(187〜226)即位	
	蜀	221	劉備(161〜223)即位	関羽，張飛，劉禅
	呉	229	孫権(182〜252)即位	
		234	諸葛亮(181〜)	馬良，馬謖
		251	司馬懿(179〜)	司馬師，司馬昭
		262	嵇康(223〜)	嵇紹
		263	蜀，滅ぶ	
		263	阮籍(210〜)	
西晋		265	司馬炎(236〜290)魏を滅ぼし即位	
		278	傅玄(217〜)	
		280	呉，滅ぶ	
		284	杜預(222〜)	『春秋経伝集解』
		293	孫楚	王済
		297	陳寿(233〜)	『三国志』
		301	八王の乱	
		305	王戎(234〜)	
		305?	左思(250?〜)	
		311	永嘉の乱(〜316)	
東晋		317	司馬睿(276〜322)即位	
		321	祖逖(266〜)	劉琨
		322	周顗(269〜)	
		334	陶侃(259〜)	
		364	葛洪(283〜)	『抱朴子』
		365	王羲之(307〜)	王献之，王徽之
		383	肥水の戦	
		385	謝安(320〜)	謝玄，謝道蘊
		407?	顧愷之(346?〜)	
南北朝	宋	420	劉裕(356〜422)即位	

		年　号	事件と人物(没年)	関連事項・人物
		427	陶淵明(365?〜)	
		444	劉義慶(403〜)	『世説新語』
	梁	548	侯景の乱	
隋		581	楊 堅(541〜604)即 位(文帝)	独孤皇后
		589	文帝，南北を統一	
		591	顔之推(531〜)	『顔氏家訓』
		604	煬帝(569〜618)即位	
唐		618	李 淵(566〜635)即 位(高祖)	【初唐】(〜709)
		626	李世民(596〜649)即位(太宗)	
		643	魏徴(580〜)	
		676	王勃(648〜)	
		678?	劉希夷(651〜)	
		690	則天武后(624〜705)即位，国号を周とする	張易之，張昌宗
		697	来俊臣(651〜)	周興
		702	陳子昂(661〜)	
		705	則天武后退位	【盛唐】(710〜765)
		712	李隆基(685〜762)即位(玄宗)	楊貴妃，李林甫
			王翰(生没年不明，710年の進士)	
		739	崔曙	
		740	孟浩然(689〜)	
		742	王之渙(688〜)	
		744	賀知章(659〜)	

		年　号	事件と人物(没年)	関連事項・人物
			常建(生没年不明, 727年の進士)	
		755	安禄山の乱	
		761	王維(701?〜)	
		762	李白(701〜)	【中唐】(766〜835)
		770	杜甫(712〜)	
		785	顔真卿(709〜)	
			耿湋(生没年不明, 763年の進士)	
			盧綸(生没年不明)	
			沈既済(生没年不明)	「枕中記」
		817	李賀(791〜)	
		819	柳宗元(773〜)	
		824	韓愈(768〜)	【晩唐】(836〜907)
		842	劉禹錫(772〜)	
		846	白居易(772〜)	
			許渾(791?〜没年不明, 832年の進士)	
		852	杜牧(803〜)	
			于武陵(生没年不明)	
		868?	魚玄機(843?〜)	
		875	黄巣の乱	
		902?	曹松(830?〜)	
		904	杜荀鶴(846〜)	
		907	唐, 滅ぶ	
五代		923	王彦章(863〜)	
北宋		960	趙匡胤(927〜976)即位	
		1028	林逋(967〜)	
		1052	范仲淹(989〜)	

		年　号	事件と人物(没年)	関連事項・人物
		1060	梅堯臣(1002～)	
		1066	蘇洵(1009～)	
		1072	欧陽修(1007～)	
		1086	司馬光(1019～)	『資治通鑑』
		1086	王安石(1021～)	
		1095	沈括(1031～)	『夢渓筆談』
		1101	蘇軾(1036～)	
		1115	女真が国号を金と改める	
			朱淑真(生没年不明)	
南宋		1127	高宗が即位し，臨安(杭州)を都とする	
		1142	岳飛(1103～)	秦檜
		1156?	李清照(1084～)	趙明誠
		1180	張栻(1133～)	
		1200	朱子(1130～)	『四書集注』
		1202	洪邁(1123～)	『容斎随筆』
		1234	金，滅ぶ	
		1257	元好問(1190～)	
		1269	劉克荘(1187～)	
元		1279	フビライが南宋を滅ぼして国号を元と称す	
明		1368	朱元璋(1328～1398)即位	
		1375	劉基(1311～)	
			袁袠(生没年不明，1441年の挙人)	『庭幃雑録』
		1528	王陽明(1472～)	
		1636	後金が国号を清と改める	
清		1644	清が北京を都とする	

		年　号	事件と人物(没年)	関連事項・人物
		1682	顧炎武(1613〜)	
		1763?	曹雪芹(1715?〜)	『紅楼夢』
		1814	趙翼(1727〜)	
		1840	アヘン戦争	
		1850	太平天国の乱(〜1864)	
		1872	曾国藩(1811〜)	
		1911	辛亥革命	
現代		1949	中華人民共和国成立	
		1976	毛沢東(1893〜)	楊開慧，李淑一

＊生没年について諸説ある場合，最近の研究等も踏まえて，いずれか一つに拠った．